面向 21 世纪高等学校计算机基础课程规划教材

大学计算机应用基础案例教程

夏　耘　吉顺如　主　编

吴　惊　程国曙　副主编

中国铁道出版社

CHINA RAILWAY PUBLISHING HOUSE

内 容 简 介

为了切实提高大学计算机课程基础教学的水平，以适应社会经济发展的需要，案例引领，任务驱动是本书所推崇的。本书根据国外的教学理念结合国内大学计算机基础教学的特点，由案例引出问题，通过案例分析解决问题。在此基础上提出新问题，要求读者动手解决，并在动手、动脑的基础上进一步归纳总结，使读者的计算机应用能力得到提升。

全书由 5 章组成，主要包括：计算机基础知识，常用软件的使用，多媒体应用技术，网页制作及综合应用。每章都配有知识要览、案例、体验实验、归纳和知识拓展（在配套的光盘中）等模块，能帮助读者更好地消化、理解相关知识。为了配合本书的学习，作者还制作了与本书配套的光盘，光盘上有实验所需的素材和教学课件。

本书适合作为高等学校本科生"计算机应用基础"课程的实验教材，也可供计算机应用基础自学者或参加各种计算机应用基础考试的读者使用。

图书在版编目（CIP）数据

大学计算机应用基础案例教程 / 夏耘，吉顺如主编.

北京：中国铁道出版社，2008.9

面向 21 世纪高等学校计算机基础课程规划教材

ISBN 978-7-113-08837-8

Ⅰ．大… Ⅱ．①夏… ②吉… Ⅲ．电子计算机－高等学校－教材 Ⅳ．TP3

中国版本图书馆 CIP 数据核字（2008）第 131828 号

书　　名：	大学计算机应用基础案例教程	
作　　者：	夏　耘　吉顺如　主编	
策划编辑：	严晓舟　秦绪好	
责任编辑：	王占清	编辑部电话：（010）63583215
编辑助理：	张　丹	封面制作：白　雪
封面设计：	付　巍	责任印制：李　佳

出版发行： 中国铁道出版社（北京市宣武区右安门西街 8 号　邮政编码：100054）

印　　刷： 三河市华业印装厂

版　　次： 2008 年 9 月第 1 版　　2008 年 9 月第 1 次印刷

开　　本： 787mm×1092mm　1/16　印张：15.25　字数：359 千

印　　数： 6 000 册

书　　号： ISBN 978-7-113-08837-8/TP·2848

定　　价： 32.00 元（附赠光盘）

前　言

本教材编写的目的是使学生的计算机综合应用能力得到提高，以掌握计算机的基本操作作为切入点，通过典型案例循序渐进地介绍计算机的原理和计算机常用的应用软件。在本教材的编写过程中，编者充分了解了当代大学生的学习状况，知道他们必须了解信息科学与信息技术的基本理论，必须掌握微电子技术、计算机技术、数据通信、多媒体技术、网络技术、数据库技术和程序设计的基础知识，以及必须提高计算机操作和应用的基本技能。

在本教材的编写中，考虑了内容分布、重点、难点的把握。贯穿了ITDIY的指导思想，使读者从体验到动手，逐步提升计算机应用能力。编者兼顾了教学内容的系统性和完整性，兼顾了各个模块中知识的联系、渗透；还兼顾了基础理论、基本操作技能和解决实际问题能力的有机结合。本教材所涉及的应用软件方面比较广，旨在使学生能在学习基础知识和基本概念的同时，提高运用应用软件和解决实际问题的能力。

本教材提供了实验所需的素材和操作提示，希望读者在学习的同时，掌握解题的思路、方法，并通过练习进一步巩固基础知识和基本概念，不断提高计算机应用能力。

本教材由夏耘、吉顺如任主编，由吴惊、程国曙任副主编。其中，第1章由徐宇清、刘丽霞、柳强编写，第2章由黄春梅、臧劲松、程国曙编写，第3章由吴惊、王炳新编写，第4章由夏耘、吉顺如、黄小瑜编写，第5章由马立新、杨赞、陈章编写。全书由夏耘统稿。

由于编写时间仓促和编者水平有限，本书中难免存在一些不妥之处，恳请广大读者批评指正。

编　者
2008年5月

目　录

第 1 章

计算机基础知识

本章通过案例介绍主流的 PC 操作系统，使学生在实验中掌握 Windows XP 系统的基本操作，同时对计算机原理有基本认识，从概念上理解汇编指令与机器码的对应关系，掌握基本的汇编指令进行简单的编程和阅读汇编程序。

本章通过案例介绍 IE 浏览器的使用和高级设置，介绍如何浏览基本网页信息，使学生在实验中掌握搜索引擎的使用技巧，能够从大量的信息中找到自己想要的信息，并掌握 BBS、文件传输下载、聊天软件和电子邮件等常见网络服务的使用。

本章通过案例介绍常用软件的安装和使用，使学生在实验中掌握对常用软件的分类，掌握下载工具、压缩工具、网络电视、输入法、证券股票、即时聊天、视频播放、MP3 工具、P2P 工具、浏览器、邮件工具、插件清理、网络安全、系统工具、刻录软件、阅读工具、图形图像等的使用。

1.1 计算机基础

【案例 1-1】Windows 的基本操作

【案例环境】Windows XP

【任务及步骤】

1. 熟悉 Windows 平台环境，如图 1-1 所示。

（1）了解"桌面"、"任务栏"、"多任务切换"、"图标"、"窗口"、"状态栏"、"快捷方式"、"应用程序"、"驱动器"、"文件夹"等要素。

（2）掌握应用程序的运行，窗口的打开、大小调整、最小化、还原和关闭（关闭应用程序的窗口就是结束该程序的运行）。

（3）了解文件夹窗格和其展示的内容，文件夹打开和关闭。

（4）理解多任务运行，前后台任务切换和管理。

（5）正确的开机和关机。

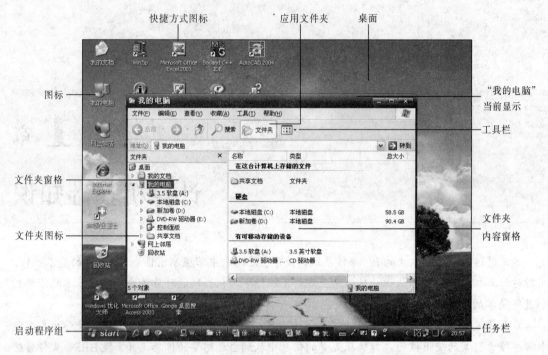

图 1-1　Windows 桌面

2. 写出文件（或文件夹）的文件标识符，如：

（1）C:\WINDOWS\system32　　　　　　　　二级文件夹 system32 的"文件标识符"。

（2）C:\WINDOWS\system32\mspaint.exe　　　文件 mspant.exe 的"文件标识符"。

（3）C:\WINDOWS\system32\appmgmt　　　　三级文件夹 appmgmt 的"文件标识符"。

3. 写出文件（或文件夹）的路径，如：

（1）C:\Program Files　　　　　C:盘上 Program Files 一级文件夹。

（2）C:\WINDOWS　　　　　　C:盘上 WINDOWS 一级文件夹。

（3）C:\BORLANDC　　　　　　C:盘上一级文件夹 BORLANDC。

（4）C:\　　　　　　　　　　　C:盘根文件夹。

（5）D:\　　　　　　　　　　　D:盘根文件夹。

（6）C:\WINDOWS\ime　　　　　C:盘一级文件夹 WINDOWS 下的二级子文件夹 ime。

（7）C:\WINDOWS\Fonts　　　　C:盘一级文件夹 WINDOWS 下的二级子文件夹 Fonts。

【体验实验】

学会文件（或文件夹）的定位，掌握"filespec"的表示，能管理任务栏中多个应用程序的前后台运作方式，能正常运行和结束程序。

【归纳】

（1）桌面上的图标是某个应用程序的引导标志，由于应用程序功能的不同，反映的图标形式上也各不相同，使用图标可以快速启动一些常用程序。图标主要有两类，一类是操作系统安装后自动生成的；另一类是在图标左下角有个"向右上弯"的箭头，称为"快捷图标"，往往是用户自行安装的专用软件或通过定位的应用程序（通过鼠标"右键"选择发送到桌面命令）形成的。例如：找到 notepad.exe，右击进入"桌面快捷方式"设置，可以看到在桌面上出现了指向"notepad.exe"程序的快捷图标，以后双击该图标就可直接运行"notepad.exe"程序。

（2）熟悉"我的电脑"的使用，正确识别各种驱动器图标（软盘、硬盘和光盘），正确识别"文件夹"和"文件"。因为文件夹功能相同，所以文件夹图标大同小异，通常是个浅黄色的"讲义夹"；而文件的种类繁多，功能各不相同，有的是应用程序，有的是文档，有的是数据库，有的是压缩包，等等。所以文件的图标差异很大，但同类型文件的图标形状肯定相同（因为它们的属性相同）。

（3）"我的电脑"中的地址栏十分重要，当前打开的文件夹中的"文件标识符"（即 filespec），将在地址栏中显示，也可在地址栏中直接输入需要定位的"文件标识符"（按【Enter】键）。如果是文件夹的 filespec，则会在文件夹内容窗格中立刻显示该文件夹所包含的内容；如果直接输入应用程序的 filespec，则直接运行该程序；如果直接输入已关联应用程序的某个文档的 filespec，则该文档立即被打开。

（4）.txt 文件与 notepad.exe 关联，.doc 文件与 Word 关联，.xls 文件与 Excel 关联，.ppt 文件与 PowerPoint 关联，.mp3 与媒体播放器关联等。

（5）如果"我的电脑"当前的地址栏内容是一个文件夹，则状态栏显示该文件夹中的对象个数；如果选中其中的某个文件，则状态栏显示该文件的基本信息。

【案例 1-2】文件夹"展开"和"查看"的基本操作

【案例环境】Windows XP

【任务及步骤】

（1）双击桌面上"我的电脑"图标，在打开的窗口中双击 C:盘，打开 WINDOWS\system32 文件夹。

（2）按照图 1-2（选择标注"重点掌握"处）所示的操作，观察窗口内容的变化。

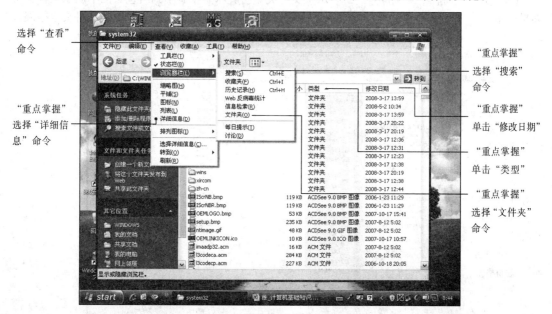

图 1-2　"我的电脑"中"查看"选项的使用

（3）进入"WINDOWS\system32"窗口，在工具栏中单击"查看"按钮，选择"缩略图"、"平铺"、"图标"、"列表"、"详细信息"命令，并注意窗口的变化。

（4）选择"详细信息"命令，单击文件夹内容窗格标题上的"名称"、"大小"、"类型"和"修改日期"，注意观察"▲"（升序）、"▼"（降序）排列的变化，如图1-3所示。

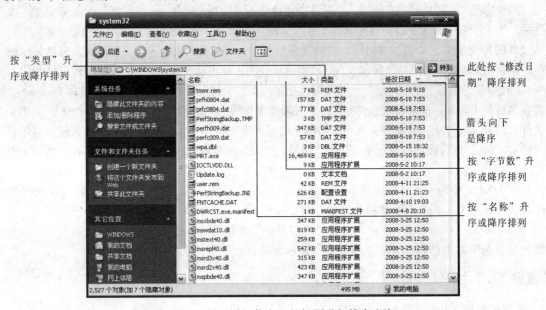

图 1-3　选择"详细信息"的标题进行排序查询

（5）在工具栏中单击"文件夹"或"搜索"按钮，出现文件夹窗格或搜索状态（搜索助理），如图1-4所示。

（6）文件夹前有"＋"符号的，表示该文件夹呈折叠状态（看不到所包含的下属子文件夹），如果单击这个"＋"符号后，会变成"－"符号，则表示该文件夹已展开，其下属文件夹也被展开。

图 1-4　搜索文件或文件夹的几个关键操作

【体验实验】

（1）学会指定文件（文件夹）的详细信息查询，能熟练进行文件夹窗格和搜索窗格之间的切换。

（2）学会显示文件扩展名。

【归纳】

（1）在"我的电脑"窗口中，熟练运用"查看"选项中的主要功能（见图 1-2 和图 1-3），尤其是"详细信息"和"缩略图"。

（2）熟练掌握工具栏中"文件夹"和"搜索"按钮的操作，以及状态的切换。

（3）在"搜索助理"（或搜索）状态，若是特指某文件，要输入全名（包括：文件名.扩展名），若是泛指某一类文件，要输入.扩展名，注意小数点"."不可省略。

（4）查找范围可以在"在这里寻找"下拉列表框中直接输入待查文件夹的盘符路径，也可单击下三角按钮进行定位，如图 1-5 所示。

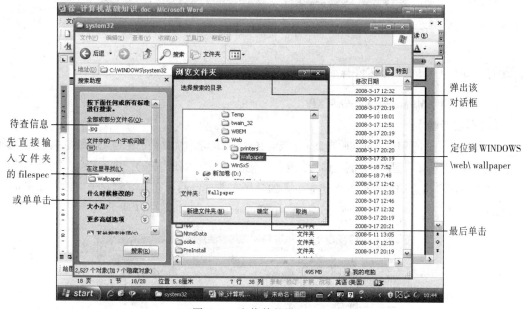

图 1-5　查找前的设置

（5）默认状态是深层次查找，即单击"更多高级选项"下三角按钮，显示已复选其"子文件夹"。

（6）文件的扩展名代表文件的属性，即文件的组织结构，具有唯一性，一般不可随意更改，是由与其关联的应用程序生成的。例如：应用程序 Word 生成的文档扩展名都是.doc，电子表格软件 Excel 生成的文档其扩展名都是.xls，幻灯片软件 PowerPoint 生成的文档其扩展名都是.ppt，记事本软件（notepad.exe）生成的文档其扩展名都是.txt。如果双击此类文档，就会启动与此相关联的应用程序，随后就可打开该文档。

（7）在"我的电脑"窗口中选择"工具"|"文件夹选项（O）..."命令，弹出"文件夹选项"对话框，切换到"查看"选项卡，将"隐藏已知文件类型的扩展名"复选框前的钩"√"去掉，如图 1-6 所示。

（8）在左侧的文件夹窗格中，盘符或文件夹前有"＋"或"－"符号，分别表示该文件夹呈折叠或展开状态。

图 1-6　显示文件的扩展名

【案例 1-3】Windows 的文件操作

【案例环境】Microsoft Windows XP

【任务及步骤】

从教师机（或 ftp 服务器或实验光盘）下载素材到自己的学号文件夹下，对文件和文件夹进行各种常规操作（包括：选择、创建、复制、移动、改名、删除、压缩、解压缩等），并将实验结果上传给教师。

（1）在用户磁盘的根文件夹下建立个人的学号文件夹，然后在其下建立子文件夹 mydata，在 mydata 中再建三个下级子文件夹 office、web 和 programing，如图 1-7 所示。

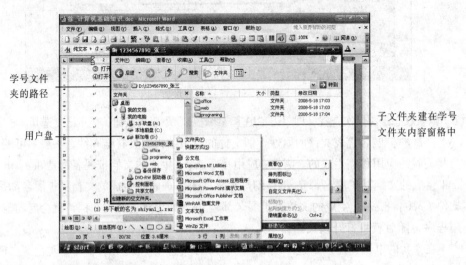

图 1-7　在学号文件夹下建立子文件夹

① 直接打开用户磁盘（用户磁盘由教师指定），在文件夹内容窗格空白处右击，选择"新建"｜

"文件夹"命令，文件夹的名称为："0812000101_张明"（每个学生用自己学号和姓名建立一个文件夹，这样便于向教师递交作业）。

② 打开学号文件夹，在文件夹内容窗格空白处，右击并选择"新建"｜"文件夹"命令，文件夹的名称为："office"。

③ 打开学号文件夹，在文件夹内容窗格空白处，右击并选择"新建"｜"文件夹"命令，文件夹的名称为："web"。

④ 打开学号文件夹，在文件夹内容窗格空白处，右击并选择"新建"｜"文件夹"命令，文件夹的名称为："programming"。

（2）将 office 文件夹移到自己的学号文件夹外，再重新移动到原来的位置。

① 选中 office 文件夹，右击并选择"剪切"命令，单击工具栏的"向上"按钮（或单击文件夹窗格中的用户盘），右击并选择"粘贴"命令，则 office 文件夹移动到学号文件夹外，与学号文件夹成并列状态。

② 选中 office 文件夹，右击并选择"剪切"命令，双击学号文件夹（或单击文件夹窗格的学号文件夹），将鼠标移到文件夹内容窗格，右击并选择"粘贴"命令，则 office 文件夹移回到学号文件夹内。

（3）为 shiyan1_1.rar 文件解压缩，解压后生成的新文件夹 shiyan1_1 移到个人学号文件夹外。

① 选中"shiyan1_1.rar"文件，右击并选择"释放到这里"命令。

② 选中新文件夹"shiyan1_1"，右击并选择"剪切"命令，单击工具栏"向上"按钮（或单击文件夹窗格中的用户盘），右击并选择"粘贴"命令。

【体验实验】

（1）将第 1 章\案例\案例 1-1-3 文件夹 shiyan1_1（连同下级子文件夹）中所有.doc 格式的文件复制到 office 文件夹下。

图 1-8　在 shiyan1_1 文件夹下查找.doc 文件

（2）删除 office 文件夹下名为 file_a.doc 的文件，将素材文件夹（连同下级子文件夹）中所有.xls 文件删除。然后打开"回收站"，将 test_a.xls 和 test_c.xls 文件还原，将 test_b.xls 彻底删除。

（3）将素材文件夹 picture 下 filea.jpg 和 fileb.jpg 文件改名为 afile.jpg 和 bfile.jpg。

在 C:\WINDOWS 下查找包含 Windows XP 文字内容的.txt 文件（文本文件），找到后复制到个人学号文件夹下。

（4）将学号文件夹下的 office 文件夹压缩成 office.rar 文件，仍保存在学号文件夹下。

（5）将自己的学号文件夹也压缩成"学号文件夹名.rar"，该压缩文件和原先的学号文件夹在用户磁盘上呈并列显示状态。

（6）关闭所有程序，检查任务栏上有没有任务，完成作业并上传。

【归纳】

（1）本案例涉及 Windows 对文件和文件夹的基本操作。在文件夹路径的定位方面，有"磁盘文件夹的折叠和展开"，"文件夹窗格"和"文件夹内容窗格"信息的查看，"搜索助理"和"文件夹"之间的切换，搜索文件夹时的定位等。

（2）文件夹的创建，移动和复制。

（3）文件的移动、复制、重命名，文件与应用程序的关联。常用文件（如文本文件、Word文档等）的创建也可用类似文件夹的创建方法。案例中没有具体介绍，学生可自行模仿，文件夹和文件的删除、复制、移动、查找和重命名等操作基本相同。

（4）回收站的操作。

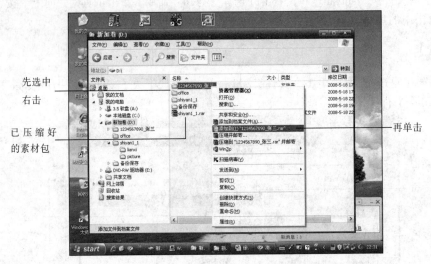

图 1-9　压缩素材文件夹和学号文件夹

（5）文件夹的压缩和解压缩，文件夹压缩时，会连同其下属所有信息一起打包。文件的压缩本案例没有涉及，因为使用的不多，有些文件的可压缩性也不大。

（6）文件在上传前，一定要存好盘，并关闭窗口，检查任务栏上相关任务是否已经结束，才可上传。文件在打开状态上传，可能造成信息丢失或文件被损坏。

【案例1-4】掌握汉字和特殊符号的信息处理

【案例环境】Microsoft Windows XP

【任务及步骤】

掌握汉字和常用符号（包括"全角"和"半角"字符）的输入，掌握"软键盘"的使用，创建和打开.txt 文档，进行修改编辑后存盘，所有作业保存在个人学号文件夹下。

（1）在个人学号文件夹下创建 test1_3.txt 文本型文档，输入如下文字和符号后存盘并关闭，字体的字形和大小使用默认状态。然后将该文档复制到本电脑的"我的文档"中。

> 1964 年世界上第一个卫星导航系统——美国"子午仪"投运，通过 4～6 颗卫星组成的导航卫星网，运行于近似圆形的极轨道上，卫星由南向北运行，高度 1100 km，运行周期：107 min，可完成全球、全天候的经纬二维定位，精度才 100～300M。

① 打开个人学号文件夹，注意地址栏内容是"D:\ 1234567890_张三"，鼠标放在右侧的文件夹内容窗格（可看到 web、office 和 programing 等文件夹）的空白处，右击并选择"新建"|"文本文档"命令，如图 1-10 所示。

图 1-10　在个人学号文件夹下建文本文件

② 系统创建了一个名为"新建文本文档.txt"的文件，鼠标移动到该蓝色区域中，单击.txt 前的"."，将"新建文本文档"几个字改为"test1_3"，按【Enter】键即可。

③ 选中 test1_3.txt（注意它呈蓝色状态），按【Enter】键或双击鼠标，打开该文档。

④ 反复在键盘上按【Ctrl+Shift】组合键（称为组合键），直至出现某汉字输入法为止（推荐使用"智能 ABC"或"全拼"输入法），如图 1-11 所示。也可单击任务栏右侧的"显示语言栏"，选中某种输入法，如图 1-11 所示。

⑤ 输入上述文字信息，可以单击"软键盘"按钮，打开软键盘，输入相应的字符，使用结束后必须选择"PC 键盘"。可反复单击软键盘按钮，显示或隐藏软键盘，如图 1-12 所示。

⑥ 输入结束后，选择"文件（F）"|"保存"命令，然后关闭窗口。

⑦ 在个人学号文件夹下找到 test1_3.txt，将它同名复制到本机的"我的文档"下。

（2）创建 test1_4.txt 文档，输入如下信息后存盘，字体的字形和大小使用默认状态，把它"另存为"test1_5.txt，保存到个人学号文件夹的 office 下，然后关闭窗口，将 test1_5.txt 文件复制到个人学号文件夹的 programing 子文件夹下。

1 2 3 4 5 6 7 8 9 0 a b c d e f g A B C D E F G
1234567890abcdefgABCDEFG
＋ － ＊ ／ ＝ : ，。 :， " " ' ' ? ! … ～ 《》【 】〔 〕『 』①②③④⑤⑥㈠㈡㈢㈣㈤㈥
＋ － × ÷ ± ∫ ∑ ≤ ≥ ＜ ＞ ＝ ≠ 零壹贰叁肆伍陆柒捌玖拾佰仟万亿兆吉分厘毫微
§ № ☆ ★ ○ ● → ← ↑ ↓ @ &

图 1-11　启动汉字输入法和软键盘按钮

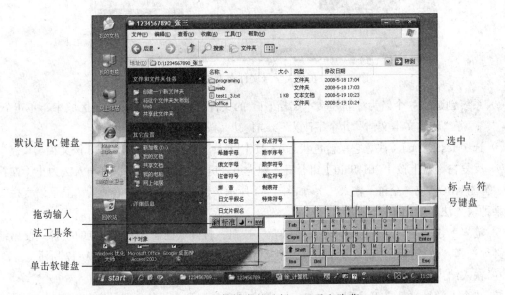

图 1-12　软键盘的选择、显示和隐藏

输入全角的空格和半角的空格，观察它们的区别。

① 创建 test1_4.txt，通过软键盘切换，输入上述信息，键盘切换如图 1-13 所示。

② 可将鼠标放在工具条两端的边缘，当出现双十字箭头时，按左键不放，将其拖动到适当位置后松开鼠标键。

③ 软键盘使用后恢复到 PC 键盘状态。

图 1-13 全角/半角字符和数字的输入

④ 类似上题的保存，这次选择"另存为"命令，通过选择路径到 programing，将文件名改为 test1_5，扩展名不要输入，确定"保存类型"，单击"保存"按钮，关闭窗口，如图 1-14 所示。

图 1-14 另存文件

（3）在个人学号文件夹下创建名为"我的作业"的子文件夹，并将 office 下所有信息复制到该文件夹下。

① 这是中文名的文件夹，要建在个人学号文件夹下，定位要正确。创建时，要将系统自动生成的"新建文件夹"，改名为"我的作业"，如图 1-15 所示。

② 双击 office 文件夹，全选所有信息，右击并选择"复制"命令，双击"我的作业"，在该文件夹内容窗格的空白处右击，选择"粘贴"命令。

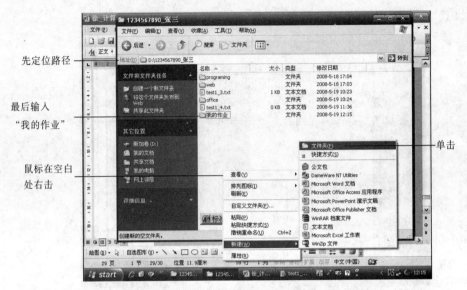

图 1-15　在个人学号文件夹下建（汉字）子文件夹

【体验实验】

（1）在个人学号文件夹下建立名为"我喜欢的图片"的子文件夹，然后在 C:\WINDOWS\web\wallpaper 下搜索.jpg 文件，找到后按文件名升序排列，将前 10 个文件复制到"我喜欢的图片"下。

（2）在个人学号文件夹下建立名为"帮助文件"的子文件夹，在C:\WINDOWS\system32下搜索.hlp文件（帮助文件），找到后按文件"修改日期"降序排列，将日期最近的前 5 个文件复制到"帮助文件"子文件夹下，再将其中名为"winabc.hlp"的文件也复制到"帮助文件"子文件夹下，如图 1-16 所示。

图 1-16　将帮助文件中的某些内容复制并准备粘贴

（3）双击 winabc.hlp 文件，打开"目录"选项卡中的"输入法入门"选项，选中"全拼输入"选项，单击"显示"按钮。

（4）按住鼠标左键，将打开窗口中的所有内容选中（呈蓝色状态），再右击并选择"复制"命令。

（5）在"帮助文件"文件夹下新建"全拼输入.txt"文件，将刚选中的信息全部粘贴到文档中，保存并关闭窗口。

【归纳】

（1）案例 1–4 涉及文字和常用符号的输入，要注意任何一种输入法，都只能使用小写字母。

（2）在创建文件夹或文件名时，不要使用全角的字符，避免不兼容和无法查找到信息。

（3）在搜索时，泛指的扩展名前面的"."是实心的小数点，在创建文件时，一般不能指定其属性，是由关联它的程序来确定的。如果一定要输入扩展名，也必须是"."实心小数点开头。

（4）输入法启动后，有时出于某种需要，要临时关闭汉字的输入，可使用组合键【Ctrl+空格键】。如果发现不能正常输入汉字，除了要确保使用小写字母外，单击软键盘按钮，查看 PC 键盘是否处于默认工作状态，如图 1–12 所示。也可单击任务栏的"显示输入法"进行重选，如图 1–11 所示。

（5）本案例对前面的操作做了一定程度的复习。

【案例 1–5】认识计算机的基本结构

【案例环境】Microsoft Windows XP、"未来之星"模拟机软件

【任务及步骤】

（1）安装和运行模拟计算机，进入"帮助"界面，选择"软件系统帮助"和"硬件系统帮助"，了解程序段、数据段、源程序、列表文件、映像文件和注解等资料。

① 打开"未来之星"文件夹，双击 setup.exe 文件进行安装，安装完成后桌面上生成"信息科技学习机"图标。

② 双击启动，出现如下画面如图 1–17（a）所示，单击"帮助"图标，出现如下画面，如图 1–17（b）所示。

（a）　　　　　　　　　　　　　　（b）

图 1–17　模拟机启动后的主界面

这是一个用于教学目的的 8 位模拟机，数据宽度为 8 bit，电路板集成了运算器和控制器（CPU）、存储器及输入/输出接口，并安排了便于调试指令的各类寄存器状态显示和程序窗口，其中的"A 寄存器"也是"累加器"，一般的运算都由它来完成，运算结果也会保留。

在该寄存器内，集成电路板的下部依次是"B 寄存器"、"C 寄存器"、"D 寄存器"、"S 寄存器"、"程序计数器"和"堆栈数据"；集成电路的左端（一列）是输入端，从上至下每个圆圈代表一个

字节，权值分别为 2^0、2^1、…、2^7，可表示一个 ASCII 码或 0～255 之间的某个正整数；集成电路板的右端是输出端，权值的定义同输入端。

输入端灯灭表示 1，绿灯亮表示 0；输出端红色信号表示 1，蓝色信号表示 0。可用鼠标单击输入端的各个位置，进行端口的数据输入。

底部一行功能键便于操作、运行和调试。

③ 单击"进入"按钮，出现如图 1-18 所示画面。

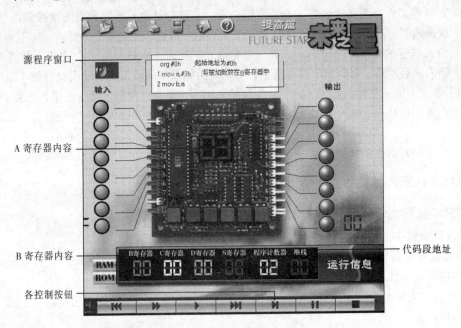

图 1-18　进入模拟机的操作界面

④ 所有寄存器、程序代码段和数据段的信息都是十六进制形式表示，输入和输出端是 8 位的二进制形式，注意观察。

⑤ 模拟机主界面各菜单的功能，如图 1-19 所示。

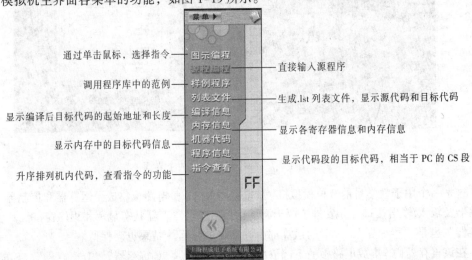

图 1-19　模拟机主界面的功能菜单

⑥ 选择"样例程序"命令，在"样例程序库"中选择一个简单程序"采用当前程序"，进行编译，采用"单步运行"和"连续运行"，从各寄存器和输出端获取信息。

⑦ 保存样例程序到个人文件夹下的 programing 中，如图 1-20 所示。

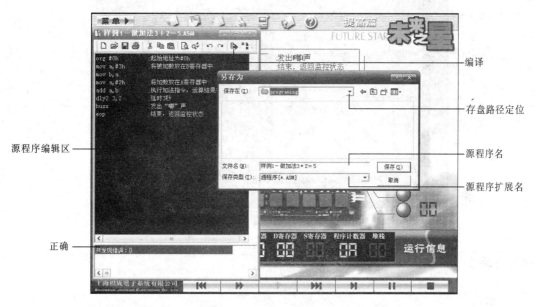

图 1-20　将当前样例程序保存到 programing 文件夹下

⑧ 图 1-21 显示 3+2=5 程序生成的列表文件信息。

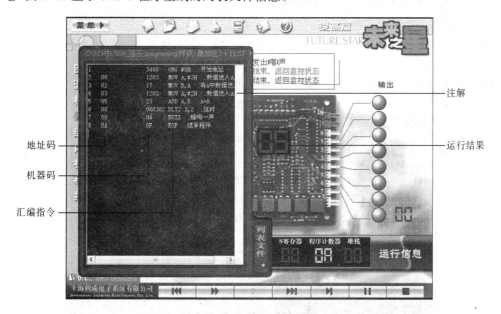

图 1-21　生成 .lst 列表文件

⑨ 图 1-22 显示程序运行时 CPU 寄存器和内存的信息。

⑩ 如果 .asm 源程序编译通过，存盘时还会同时保存列表文件 .lst、内存映像文件 .cd 和编译信息文件 .inf。

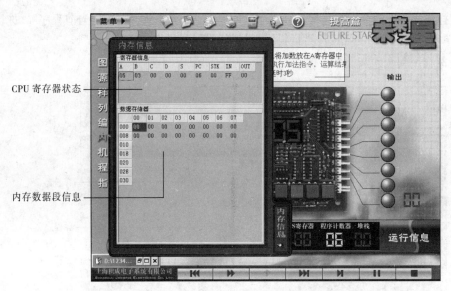

CPU 寄存器状态

内存数据段信息

图 1-22　程序运行时 CPU 寄存器和内存信息

【体验实验】

1．加法

（1）做加法 14+6=20。

（2）被加数放在 B 寄存器中，加数放在 A 寄存器中（都是立即数）。

（3）运算结果放在 A 寄存器中，并输出。

（4）起始地址为#12h。

（5）放置注解。

（6）生成.asm 文件如图 1-23 所示，.lst 文件如图 1-24 所示。

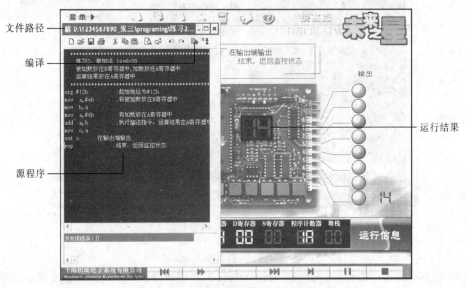

文件路径

编译

源程序

运行结果

图 1-23　源程序和运行结果

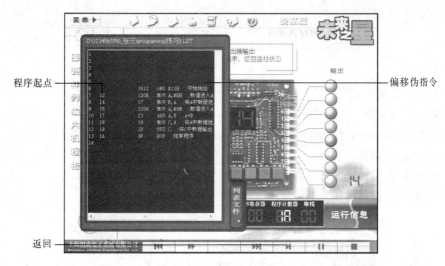

图 1-24 .lst 列表文件

（7）观察程序段和数据段信息，如图 1-25 所示。

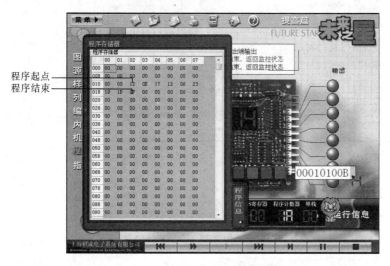

图 1-25 程序段信息

（8）单步运行和连续运行程序。

附源程序清单：

```
;   ***********************************************
;   练习 2，做加法 14+6=20
;   被加数放在 B 寄存器中,加数放在 A 寄存器中
;   运算结果放在 A 寄存器中
;   ***********************************************
org  #12h          ;起始地址为#12h
mov  a,#eh          ;将被加数放在 B 寄存器中
mov  b,a
mov  a,#6h          ;将加数放在 A 寄存器中
add  a,b          ;执行加法指令，运算结果在 A 寄存器中
```

```
mov c,a          ;
out c            ;在输出端输出
eop              ;结束，返回监控状态
```

2. 减法

（1）利用立即数做加法，求 17 – 2=15，单步调试和连续运行。

（2）被减数放在 B 寄存器中，减数放在 A 寄存器中（都是立即数）。

（3）运算结果放在 A 寄存器中，并输出，保存.asm 源文件和.lst 列表文件。

（4）起始地址为#0h。

（5）放置注解。

（6）查看 CPU 寄存器和数据段信息，如图 1-26 所示。

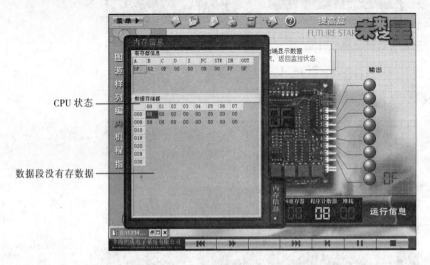

图 1-26　查看 CPU 寄存器和数据段信息

（7）观察程序段信息，注意程序代码段的长度，如图 1-27 所示。

（8）观察程序单步运行和连续运行时程序计数器的状态。

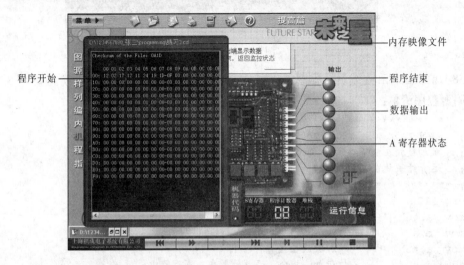

图 1-27　程序段信息和程序代码段长度

【综合实验】

（1）编写源程序，并以文件名"练习2.asm"保存。

（2）编译该程序，生成目标代码，查阅指令系统表，理解生成的目标代码含义。

（3）理解和分析程序段的目标代码，理解.lst列表文件。

（4）对"伪指令"org的理解，安排代码段做一个偏移。

（5）数据经C寄存器送往端口，不仅在A寄存器中可看到，输出端口也收到了数据。

（6）可从列表文件，尤其是程序存储器可清晰地看到程序的起始地址是12H（十六进制），即十进制的18。

（7）14+6=20，在A寄存器中看到14H就是20D，请查看本章开始的换算。

附源程序清单：

```
;   ***************************************************
;     练习 3 做减法  17-2=15
;     被减数放在 A 寄存器中，减数放在 B 寄存器中
;     运算结果放在 A 寄存器中
;   ***************************************************
org  #0h          ;起始地址为#0h
mov  a,#2h        ;将减数放在 B 寄存器中
mov  b,a
mov  a,#11h       ;将被减数放在 A 寄存器中
sub  a,b          ;执行减法指令，运算结果在 A 寄存器中
mov  c,a
out  c            ;输出端显示数据
eop               ;结束，返回监控状态
```

【归纳】

（1）熟悉各功能菜单的进入和退出。

（2）先使用系统提供的简单"样例程序"，进行编译和运行。

（3）"采用当前程序"，可把该样例程序存入编辑区，进行修改，指定filespec存盘。

（4）源程序修改后，必须重新"编译"，没有错误后，才可运行。

（5）了解界面上的各类寄存器信息和程序控制键。

（6）掌握"CPU寄存器"、"内存信息"、"机器代码"和"列表文件"内容的查看并理解。

（7）初识"指令系统"，关于指令系统可参考"第1章案例素材"文件中的"拓展"。

（8）当保存源程序.asm文件时，列表文件.lst自动存放到同一文件夹下。

（9）汇编语言规定，分号";"后的内容是注解，编译系统对此给予忽略，不产生机器代码。考虑到节省篇幅，文中后面的一些注解并不是每行都加分号。但要注意：汇编语言中的分号只能使用"半角字符"，即ASCII字符中的分号。

（10）理解各个寄存器的作用，并关注程序计数器。

（11）对照指令表（见"拓展素材"），验证程序段中的指令代码，对照列表文件的信息。

（12）A寄存器是最关键的一个寄存器。

（13）如果执行-2+17的运算，程序将怎样修改？

该模拟机的整个指令系统分为七大类，详见配套光盘中"每章案例素材\第1章\拓展\资源1-1"（模拟机指令系统）。

1.2 Internet Explorer 的使用及网络应用

【案例1-6】使用 Internet Explorer 浏览网页

【案例环境】Microsoft Windows XP、Internet Explorer 6.0

【任务及步骤】

1. 启动和退出 IE 浏览器

（1）启动 IE 浏览器。直接在桌面上双击 IE 浏览器图标 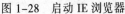；或选择"开始"｜"程序"｜Internet Explorer 命令，如图 1-28 所示。

（2）退出 IE 浏览器。直接单击 IE 浏览器右上角的"x"按钮即可。

2. 用地址栏浏览"中国教育和科研计算机网"网页

（1）IE 浏览器的工具按钮下面有一个文本框，前面写着"地址"，在这里填写中国教育和科研计算机网的地址：http://www.edu.cn/，如图 1-29 所示。再按【Enter】键即可链接到该网页。

图 1-28　启动 IE 浏览器　　　　图 1-29　用地址栏浏览网页

（2）IE 浏览器窗口的右上角有个图标，在不停地"飘动"，代表正在接收信息。如果它停止了飘动，变成一个蓝色静止的 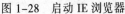，就说明停止接收信息了，如图 1-30 所示。

3. 使用超链接浏览相关信息

（1）鼠标变成了小手形状，说明这是一个"超链接"。单击"中国教育"，进入新的网页。

（2）注意地址栏，里面显示的地址发生了变化，说明"超链接"转到了另一页，"超链接"是从当前页转到另一页的"跳板"；同时，由此还可以知道，转到新的网页时，地址栏里会自动显示当前页的地址。其实在很多时候阅读网页时，可以不必看鼠标是否变成小手形状，通过画面或文字的意思就能判断什么地方有链接点。单击这个"节目时间表"可以看见更为详细的节目表，在表里选择"星期和频道"可以看到相应时间的电视节目了。

（3）如果现在想看其他的网页，只要知道网址并在地址栏中输入，再按【Enter】键就可以访问了。记住此操作，就可以任意在 Internet 上浏览网页了。例如，要进入中国教育和科研计算机网页，可在地址栏中输入 www.edu.cn。

图 1-30　IE 浏览器停止接收信息

4．几个常用按钮：后退 、前进 和停止

（1）在 IE 浏览器工具栏上单击"后退"按钮，就能返回到上一页，如图 1-31 所示。

（2）使用"前进"按钮可以把刚才通过"后退"、"翻过去"的网页再"翻回来"，当"前进"按钮变成灰色时，就说明已经到了最后一页，不能再向前翻阅了。

（3）"停止"是终止从网上浏览当前网页的内容；"刷新"是重新浏览当前网页的内容。

（4）"主页"是打开浏览器时首先看到的网页。

（5）如果现在想回到"中国教育和科研计算机"这一页，需要单击多次"后退"按钮，这样太慢。IE 浏览器已经提供了简便的操作，只要单击工具栏"后退"按钮旁边的向下"箭头"图标，前一时段所浏览的网页地址会在此显示出来。

图 1-31　IE 浏览器的后退

5．保存当前浏览的网页

（1）选择"文件"｜"另存为"命令，选择本地个人文件夹，并单击"保存"按钮，便可把当前"中央电视台"的网页保存下来，如图 1-32 所示。

（2）在菜单中选择"查看"｜"编码"命令可设置网页中字体的编码。

（3）查看网页的源代码：在菜单中选择"查看"｜"源代码"命令可查看网页中的 HTML 代码。

图 1-32　保存网页

6．创建和使用个人收藏夹

（1）添加收藏夹，保存网页。打开当前喜爱的网页，然后在菜单中选择"收藏"｜"添加收藏夹"命令，单击"确定"按钮，便可保存喜爱的网页。

（2）整理收藏夹。在菜单中选择"收藏"｜"整理收藏夹"命令，对已经保存的网页进行整理。可通过"创建文件夹"按钮创建新的文件夹、"重命名"按钮重命名文件夹、"移至文件夹"按钮移动已有的网页和文件夹、"删除"按钮用来清理网页或文件夹。以上操作实现网页的归类整理。

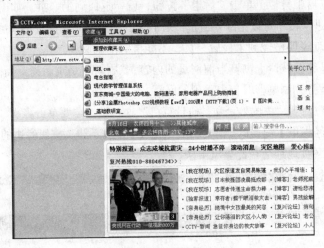

图 1-33　创建文件夹

7．浏览器的高级设置

（1）清理上网记录。打开 IE 浏览器，在菜单中选择"工具"｜"Internet 选项"命令，如图 1-34 所示。在弹出的"IE 选项"对话框中，单击"常规"选项卡上的"删除 Cookies"按钮删除浏览网页时的 Cookies。单击"删除文件"按钮清除浏览网页时的临时文件记录、"删除历史记录"按钮清除浏览网页时浏览过的网页地址和痕迹。以上操作都属于清理上网记录的方法，如图 1-35 所示。

（2）设置浏览器主页。打开某一网站的主页，在菜单中选择"工具"|"Internet 选项"命令，在弹出的"Internet 选项"对话框中切换到"常规"选项卡，单击"使用当前页"按钮，再单击"确定"按钮。例如，设置 http://www.cctv.com 为主页，将网页地址输入即可，如图 1-35 所示。

（3）Internet 安全设置。打开 IE 浏览器，选择"工具"|"Internet 选项"命令，如图 1-34 所示。切换到"安全"选项卡，通过"自定义级别"和"默认级别"两个按钮设置浏览器的安全级别。单击"自定义级别"按钮，设置浏览器在浏览网页时对"各类组件"、"Active 脚本"、或"Java 脚本"等的安全控制；单击"默认级别"按钮恢复到系统默认的安全级别，默认安全级别为"中"。

（4）Internet 高级选项设置。打开 IE 浏览器，选择"工具"|"Internet 选项"命令，如图 1-34 所示。切换到"高级"选项卡如图 1-35 所示，可详细设置浏览网页时各项参数的具体设置。

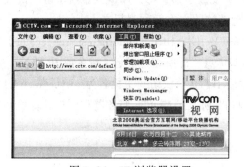

图 1-34　IE 浏览器设置

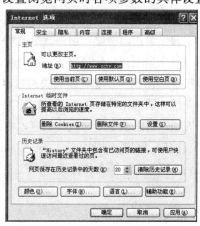

图 1-35　"Internet 选项"对话框

【体验实验】

（1）使用 IE 浏览器，浏览北京大学的网站，地址是：http://www.pku.edu.cn/。并将此网页添加到收藏夹。浏览此网站，并找到"北大概况"、"未名 BBS"网页，保存网页到本地个人文件夹中。

（2）将北京大学设置为本地 IE 浏览器的主页，并将 Internet 隐私级别设置为"中"。

（3）打开新的浏览器窗口，浏览 www.chinaedu.edu.cn 和 http://www.sohu.com 两个网页，可以在多个 IE 窗口之间进行切换。

（4）浏览以上两个网页中的新闻信息，并保存页面，并清理本地 IE 浏览器的 Cookies 文件。

【归纳】

1．相关概念

（1）因特网即 Internet，是以网络之间互连的方式，构成了世界上最大的计算机网络，实现了国际资源的共享信息的交流。一台计算机接入 Internet 的方法有以下四种：

① 拨号接入：通过普通电话线上网，用户在上网的同时，不能再接收电话，所需设备为一台计算机、一部电话机、一个调制解调器、一条可以连接 ISP 的电话线、一个账号。

② ISDN 接入：综合业务数字网 ISDN（integrated services digital network）有窄带与宽带之分，分别称为 N-ISDN（narrowband-isdn）和 B-ISDN（broadband-isdn），无特殊说明 ISDN 指 N-ISDN；所需设备为一台计算机、网络终端、终端适配器等。

③ ADSL 接入：ADSL 全称是 asymmetric digital subscriber，中文意思是"非对称数字用户线路"。它以普通电话线路作为传输介质，在普通双绞铜线上实现下行高达 8Mbit/s 的传输速度，上行高达 640kbit/s 的传输速度；所需设备为：一台计算机、ADSL 设备、一条电话线。

④ Cable Modem 接入：Cable Modem 通过有线电视上网，不需要拨号，不占用电话线，上网的同时也能收看电视；所需设备为一台计算机、有线电视接口、Cable Modem 设备和接口。

（2）WWW、Web 网站与网页：WWW 是 World Wide Web 的缩写，中文名称为万维网，Internet 上最具特色的查询方式，也是当前 Internet 上应用最广泛的一种信息发布及查询服务。WWW 实际上就是一个很大的文件集合体，这些文件称为网页或 Web 页，存储在 Internet 上的成千上万台计算机上，提供网页的计算机称为 Web 服务器，或叫做网站、网点。

（3）超文本与超链接：用户通过浏览器观看一个网页时，会发现一些带有下画线的文字或图形、图片等，当鼠标指针指向某一部分时，鼠标指针变成手形，称为超链接。当单击超链接时，浏览器就会显示出与该超链接相关的内容。具有超链接的文本就称为超文本。

（4）统一资源定位器 URL 和 HTTP 协议：在 WWW 中用 URL（uniform resource locator）定义资源所在地。URL 的地址格式为：应用协议类型：//信息资源所在主机名（域名或 IP 地址）/路径名/…/文件名。例如，地址 http://www.edu.cn 表示用 HTTP 协议访问主机名为 www.edu.cn 的 Web 服务器的主页（中国教育和科研计算机网主页）。HTTP 协议是在 Web 服务器和用户计算机间使用的超文本传输协议。

2．Internet Explorer

现在访问 Internet 的工具已经非常多，Internet Explorer 是其中较为常用的一种。Internet Explorer 的中文是"因特网探索者"，通常叫做 IE。如果说 Internet 是大海，那么 Explorer 就是轮船，我们就是这艘船的舵手。Windows XP 系统内置了 Microsoft Internet Explorer 6.0（简称 IE6.0）。主要提供如下功能：

（1）浏览 Internet 信息：完成拨号连接后，指向并双击桌面上的"Internet Explorer"图标，便可打开 IE 6.0 浏览器。每一个 Web 页面，包括主页都有一个唯一的地址，称为统一资源定位器 URL（universal resource locator）。要进入某一网页，可在浏览器的"地址"栏中输入该网页的地址。

在浏览器所显示网页中的"超链接"用于帮助用户寻找相关内容的其他网页资源。这种技术，可以使用户以任意的次序、突破空间及地域来组织和浏览自己感兴趣的网页。

（2）设置浏览器选项：IE 6.0 提供了丰富的属性选项，使用户可以根据需要和习惯来配置浏览器设置。在浏览器窗口选择"查看"|"Internet 选项"命令，即可打开"Internet 选项"对话框；单击控制面板中的"Internet 属性"图标，也可打开类似的对话框。"Internet 选项"对话框如图 1-35 所示，其中包括"常规"、"安全"、"隐私"、"内容"、"连接"、"程序"及"高级"七个选项卡。

注意：利用 Internet Explorer 进行网上的操作，与 Windows XP 的应用程序的操作基本相似，只是要记住一些站点的网址。这就需要用户在平时有意识地记录一些站点的网址。下面列出了部分学校站点的网址。

中国科学院网　　　http://www.cnc.ac.cn
中国科技信息网　　http://www.stj.cn.net
中国教育科研网　　http://www.cernet.edu.cn
清华大学　　　　　http://www.tsinghua.edu.cn
北京大学　　　　　http://www.pku.edu.cn
中国科技大学　　　http://www.seu.edu.cn

【案例 1-7】Internet 信息检索及文件传输下载

【案例环境】Internet Explorer 6.0 及 Internet

【任务及步骤】

1. 利用 Google 检索信息（http://www.google.cn/）

（1）Google 的基本搜索：+，－，OR。"+"来表示逻辑"与"操作，只要空格就可以了。默认情况下搜索符合条件的网页，还可以搜索"视频"、"图片"、"地图"、"博客搜索"等不同的类型的网页。例如：搜索所有包含关键词"计算机等级考试"和"大纲"的中文网页，搜索式中的："计算机等级考试　大纲"等价于"计算机等级考试 + 大纲"，如图 1-36 所示。

图 1-36　Google 搜索主页

（2）Google 用减号"-"表示逻辑"非"操作。搜索所有包含"计算机等级考试"而不含"大纲"的中文网页搜索式为："计算机等级考试 -大纲"，如图 1-37 所示。

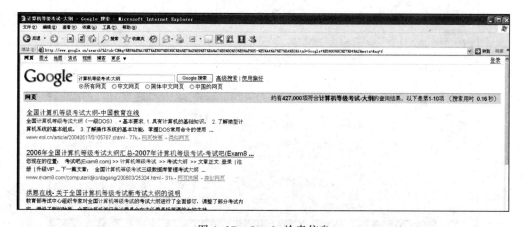

图 1-37　Google 检索信息

（3）Google 用大写的"OR"表示逻辑"或"操作（注意：小写的"or"，在查询的时候会被忽略；这样上述的操作实际上变成了一次"与"查询）。例如，搜索包含布兰妮"Britney"、披头士"Beatles"，或者两者均有的中文网页，搜索式为："britney OR beatles"。

（4）Google 搜索图片。选择 Google 中的"图片"选项或输入 http://images.google.cn/，然后输入搜索式即可。例如，输入 http://www.google.cn/选中下方的"图片"选项，然后在搜索栏中输入"玫瑰图片"，单击"搜索图片"按钮即可，如图 1-38 所示。

图 1-38　Google 检索图片信息

（5）Google 搜索地图或周边地址。选择 Google 中的"地图"选项或输入 http://ditu.google.cn/，然后输入搜索式即可。例如 http://ditu.google.cn/，然后在搜索栏中输入"上海南京西路"，单击"搜索地图"按钮即可，如图 1-39 所示。

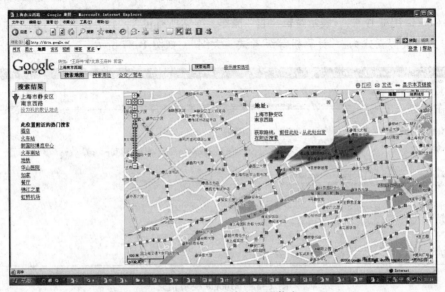

图 1-39　Google 检查地图信息

（6）Google 的高级搜索。单击 Google 页面上的"高级搜索"按钮，设置高级搜索选项，实现效率更高的搜索结果。例如，搜索包含"计算机基础"关键字的 Word 文档，文件格式可选择.doc，如图 1-40 所示。

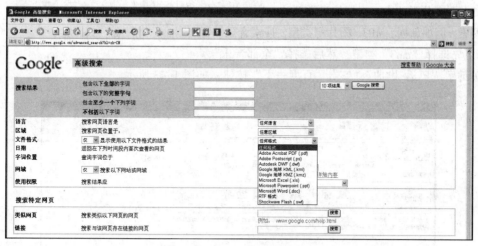

图 1-40　Google 高级搜索信息

（7）Google 在线翻译工具。单击 Google 页面上的"语言工具"按钮，进入语言工具页面，可以进行中文到英文或英文到中文之间的在线翻译，如图 1-41 所示。

图 1-41　Google 搜索在线翻译工具

2．百度搜索技巧（http://www.baidu.com/）

（1）百度基本搜索。逻辑符：与（+、空格）、或（OR）、非（-）。搜索包含几个关键词或几个关键词组合的网页信息，只需输入关键词和逻辑符。如搜索水稻品种资源、水稻 OR 品种资源、水

稻品种资源 –野生稻等。搜索包含整个词组或句子的网页信息，必须加英文引号。例如搜索："中国水稻品种资源"、"Crop Germplasm Resources"等，如图 1-42 所示。

（2）百度分类搜索。根据信息类型的不同，进行分类型搜索。例如新闻、MP3、图片等类型。搜索音乐"奥运"，可先选择"mp3"类型，然后选择"全部音乐"，输入关键字"奥运 歌曲"，单击"百度一下"按钮，如图 1-43 所示。

图 1-42 百度主页

图 1-43 百度分类搜索

（3）百度高级搜索。单击百度主页上的"高级"按钮，设置高级搜索选项，实现效率更高的搜索结果。例如，搜索包含"计算机基础"关键字的 Word 文档，文件格式可选择.doc，如图 1-44 所示。

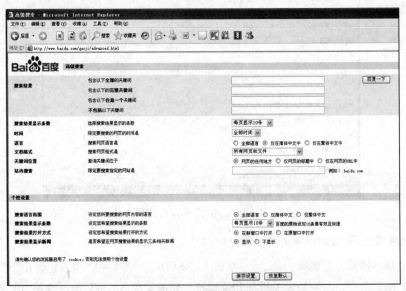

图 1-44 百度高级搜索

3．利用 YAHOO 搜索信息

（1）上网后启动 IE 浏览器，在地址栏中输入 http://cn.yahoo.com/，按【Enter】键，窗口中出现 YAHOO 的主页，如图 1-45 所示。

图 1-45　中国雅虎

（2）在 Yahoo 主页中的"关键词"文本框中输入需要查找的单词，例如"考研"，然后单击"搜索"按钮或按【Enter】键开始查询，如图 1-46 所示给出了查询结果。在检索完成后，所有关于"考研"的相关网站的索引信息，包括检索到的信息类别数及总数都会显示在窗口中，如图 1-46 所示。

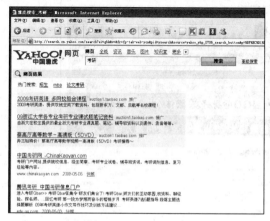

图 1-46　YAHOO 主页

（3）设置高级查询选项。在上例中，由于查询到的网页结果（找到相关网页）约 33 005 630 条，因此可以使用"高级搜索"功能来缩小范围，如图 1-47 所示。

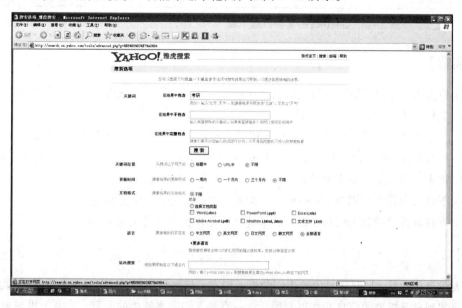

图 1-47　设置高级查询选项

4. Internet 的文件传输下载（从 WWW 网站下载文件）

（1）启动 IE 浏览器，在地址栏文本框中输入 http://tele.skycn.com/index.html，按【Enter】键进入天空软件站的主页。

（2）在天空软件站的上方单击"排行榜"超链接，出现所示的网页是天空软件站软件下载排行榜的网页，如图 1-48 所示。

（3）在这个网页中搜索一种软件如"腾讯 QQ2008 版"，单击进入下载页面并选择"山东淄博电信"下载地址，如图 1-49 所示。单击即可下载到本地的硬盘上，然后在本地的硬盘上安装即可使用。

图 1-48　Internet 的文件传输下载　　　　　图 1-49　下载地址

【体验实验】

（1）检索与"搜索引擎"的相关信息，并整理一篇题目为"浅谈搜索引擎"的文章，保存到本地个人文件夹中。

（2）搜索图片"百合花"，并检索与此相关的音乐，保存到本地个人文件夹中。

（3）检索包含"程序设计"关键字的 Word 文档与.pdf 格式文档，保存到本地个人文件夹中。

（4）检索下载网站"华军软件园"，并进入"下载排行"模块。

（5）下载杀毒软件"瑞星 2008 版"到本地个人文件夹中，并安装运行。

（6）下载软件"腾讯 QQ2008 版"到本地个人文件夹中，并安装运行。

【归纳】

随着信息化的深入，网络时代给人们的生活带来了信息量骤增的"信息威胁"。如何从大量的信息中寻找到自己想要的信息并加以利用，这一直是人们需要解决的问题。自从上世纪末 Google

搜索技术的发展，搜索引擎这个新事物逐渐被人们所热切关注，现在越来越多的人使用搜索引擎，甚至有些人上网就离不开搜索引擎。

1．相关知识

（1）搜索引擎。用于组织和整理网上的信息资源，建立信息分类目录的一种独特的网站。用户连接到这些站点后通过一定的索引规则，可以方便地查找到所需信息的存放位置，这类网站叫做搜索引擎。例如，百度、Yahoo、Sohu 和 Google 等是一些著名的搜索引擎，被广泛使用并都拥有庞大的数据库，存储了大量的 Internet 网址，包含艺术、商业、教育、宗教、社会、新闻等众多领域；其搜索方式一般有逐层搜索和关键词搜索两种形式。

（2）检索结果的排列。检索引擎系统会根据分类类目及网站信息与关键字串相关的程度来排列出相关的中文类目和网站，相关程度越高，排列位置越靠前。"网页搜索"的检索结果页面中，还有相关检索的一些链接，最下部是一个搜索框，可以在其中输入新的字串，单击"重新搜索"按钮进行另一次新的搜索；单击"在结果中搜索"按钮在结果中搜索，可以对搜索进行精确化。例如，第一次查找"计算机"时检索出了很多网页，可以在此搜索框中输入"家用电脑"并在第一次检索出的结果中查询，本引擎会查出更为精确的内容。

2．关键词使用技巧

用最少的词清楚表达所要查询信息的主题。例如要查询"足球"网站，只需要在搜索文本框中输入"足球"，选择"网站"类型，单击"搜索"按钮即可；并不需要输入"足球网站"，因为搜索引擎本身就提供网站分类搜索功能。如果搜索的关键词太长，可以改用逻辑组合。例如，要查找周杰伦的歌曲，可以输入"周杰伦""歌曲"，也可以中间空一格（周杰伦　歌曲），或是加上一个"+"号或者"and"（周杰伦　and　歌曲）即可，最好不要用"周杰伦的歌曲"这种形式来搜索。

3．使用分类信息搜索

各类搜索引擎可以提供网站、类目、网址、网页、新闻、软件、MP3 等类型信息的查找。

4．使用目录导航检索方式

各类搜索引擎都具备此功能。

5．高级检索

用逻辑"与"、"或"、"非"进行高级检索，Google、百度相类似。

FTP 是在 Internet 上实现文件传输的文件传输协议，为了保证在 FTP 服务器和用户计算机之间准确无误地传输文件，必须在两方分别装有 FTP 服务器软件和 FTP 客户软件。用户启动 FTP 客户软件后，给出 FTP 服务器的地址，并根据提示输入注册名和口令，与 FTP 服务器建立连接，即登录到 FTP 服务器上。登录成功后，用户可以把需要的文件复制下载到用户计算机，称为"下载文件"。用户也可以把本地的文件发送到 FTP 服务器上，称为"上传文件"。

注意： 常用搜索引擎一览，如图 1-50 所示。

常用共享软件下载的网站地址：

- 天空软件站：http://www.skycn.com/
- 华军软件园：http://www.onlinedown.net/

- 太平洋下载：http://dl.pconline.com.cn/
- 新浪下载：http://tech.sina.com.cn/down/

常用搜索引擎		
Google	Baidu百度	YAHOO!
http://www.google.com Google 搜索拥有全球最领先的搜索引擎技术，其用户数量庞大，在全球搜索引擎市场中占有最大份额。其信息量大、更新及时深受许多用户欢迎。	http://www.baidu.com 中国市场份额最大的搜索引擎。领先的中文搜索引擎。每分每秒，接受来自全球各个国家的中文搜索请求。其专业的中文搜索技术使其深受中国用户喜欢。	http://www.yahoo.com.cn 互联网最早的网页分类提供网站，随着搜索引擎技术普及，Yahoo 搜索技术也从第一代目录式搜索发展到如今第三代搜索引擎技术。
msn	Sogou搜狗	zhongsou.com 中国搜索
http://search.msn.com 微软去年新推出的 MSN 搜索，主要在英文上使用，在中文上使用还在完善阶段。	http://www.sogou.com 诞生于 04 年 8 月，由门户网站搜狐推出的全球首家第三代中文互动式搜索引擎服务。以电脑与用户在互动提示下进行搜索为主要特征。	http://www.zhongsou.com 原是慧聪搜索，是国内领先的搜索引擎公司。先后为新浪、搜狐、网易、TOM 等知名门户网站，及中国搜索联盟上千家各地区、各行业等优秀中文网站提供搜索引擎技术。

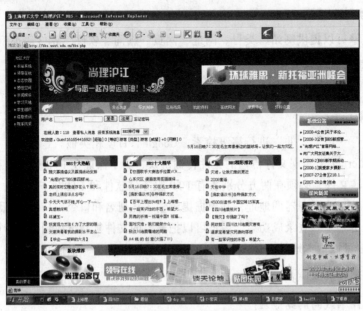

图 1-50　常用搜索引擎

【案例 1-8】BBS 的接入

【案例环境】Internet Explorer 6.0 及因特网

【任务及步骤】

1. 由主页进入 BBS

（1）启动 IE 浏览器，在地址栏中输入要访问的地址 http://www.usst.edu.cn. 连接后进入“上海理工大学”主页，单击上面的“尚理沪江 BBS”按钮后，以“游客”身份进入，出现如图 1-51 所示。

图 1-51　尚理沪江 BBS 主页

（2）分别选择菜单项进行浏览，如单击“学习天地”中的“学习交流”版块，显示如图 1-52 所示。

图1-52 学习交流版块

2. BBS 新用户注册

（1）启动 IE 浏览器，在地址栏中输入要访问的地址 http://www.usst.edu.cn。连接后进入上海理工大学主页，单击上面的"尚理沪江 BBS"按钮后进入 BBS 主页。

（2）老用户可输入账号和密码后，可进入 BBS；新用户可按下面步骤注册后进入。

（3）单击网页左下角"新用户注册"按钮，进入如图1-53所示的页面。

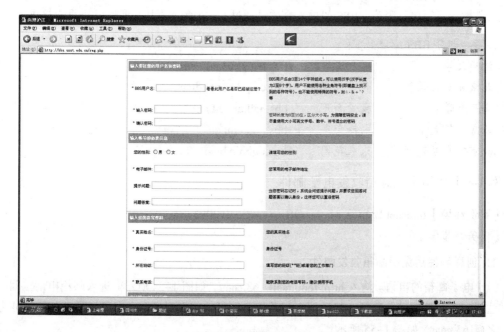

图1-53 新用户注册

（4）开始注册，输入账户名称及密码，填写个人详细资料，均由自己设定。

（5）填写完毕，单击"提交表格"按钮，然后由服务器验证。

（6）按照提示继续操作即可完成，以后可按已注册的账号和密码进入该站点。

（7）浏览 http://www.usst.edu.cn 网址中的 BBS 站点，并回复帖子或发起新的主题。

【体验实验】

（1）进入清华大学水木清华站点 http://bbs.tsinghua.edu.cn/，以匿名身份浏览精华区，并保存"近期热点"内容到本地个人文件夹中。

（2）利用搜索引擎，检索北京大学的 BBS，并以"test"注册新的用户名，进入 BBS。

（3）查找北京大学 BBS 中有关软件方面的帖子，并保存相关网页到本地个人文件夹中。

（4）以"test"为用户名回复帖子，并申请发起新的主题。

【归纳】

1. Telnet

Telnet 为 Internet 用户提供了在远程主机中完成本地主机工作的功能。通过它用户可以与全世界许多数据库、图书馆及其他信息源建立连接。Telnet 在 DOS、Windows 及 IE 浏览器下均可启动。启动方式是输入 Te1net 远程主机地址或者仅输入 telnet，待其启动后，再与主机进行连接。

2. BBS

BBS 是 bulletin board service 的缩写，即公告板服务。它与一般公告栏性质相同，但它是通过计算机发布消息的。该系统由网站管理员负责软件资源的维护、新用户的注册及一些协调工作。在 BBS 上用户可以共享数据资源，与人交流、讨论。用户的级别不同，拥有的权限也不同，如上站时间、下载文件数量、写信权限等。BBS 的进入方式是通过 telnet 命令或从某些网站主页直接进入。

注意：部分 BBS 站址如下：

清华大学	水木清华站	bbs.tsinghua.edu.cn
北京邮电大学	真情流露	bbs.crspd.bupt.edu.cn
南开大学	我爱南开	bbs.naikai.edu.cn
北京师范大学	木铎金声	bbs.bnu.edu.cn
北京航空航天大学	未来花园	bbs.pubnic.buaa.edu.cn

【案例 1–9】使用个人邮箱收发电子邮件

【案例环境】Internet Explorer 6.0、Office Outlook 2003

【任务及步骤】

1. 创建和使用免费邮箱收发邮件

（1）电子邮箱的申请。输入 http://edu.mail.163.com/，如图 1–54 所示。进入邮箱申请空间，选择"注册 3G 免费邮箱"选项，然后填入相关信息即可。并把用户名和密码记住，邮箱地址为：用户名@163.com，如图 1–55 所示。

图 1-54　163 邮箱登录界面

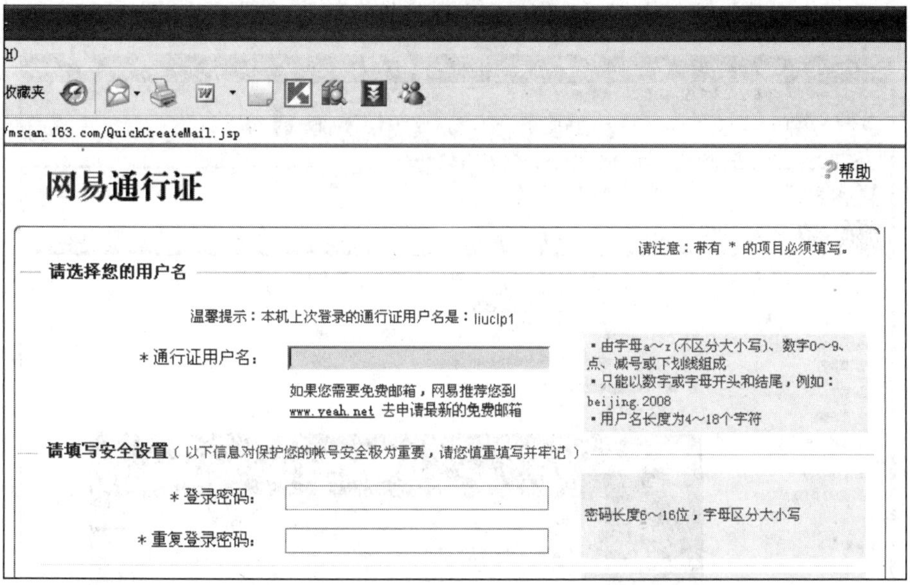

图 1-55　注册网易通行证

（2）写邮件给 webmaster@163.com。登录进入邮箱后，单击"写邮件"按钮便可进行写信工作，如图 1-56 所示。

（3）发送邮件：在收信人处写收信人的电子信箱地址，并注明信件主题"我已经成功注册"，单击"添加附件"按钮可附加图片、文件等资料，单击"发送"按钮即可；收邮件：直接单击"收信"按钮即可，如图 1-57 所示。

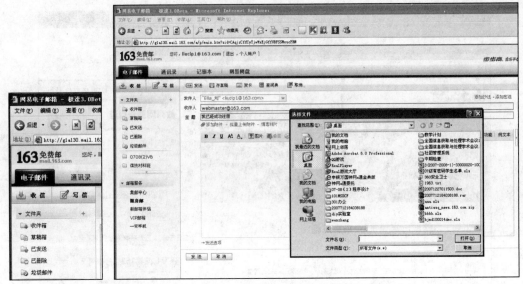

图 1-56　进入写邮件　　　　　　　　图 1-57　发送邮件及附件

（4）转发邮件：当收到某封邮件后，要转发给别人，读完后直接单击"转发"按钮就可以了；群发邮件：在"收信人"窗格中把要收信的多个人地址全部填入即可，如图 1-58 所示。

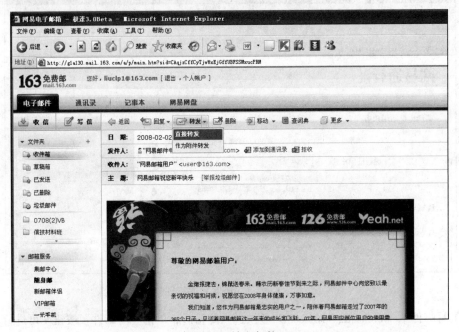

图 1-58　转发邮件

（5）修改个人资料：直接单击右上角的"选项"按钮进行修改即可。修改信箱密码：直接选择"邮件选项"里面的"修改密码"选项即可。基本设置项：包括自动转发和自动回复两项。设置自动回复内容为"您发的邮件已经收到，我会尽快给您答复！"。反垃圾设置：把某些邮箱地址添加到黑名单中，就可以过滤掉垃圾邮箱，如图 1-59 所示。

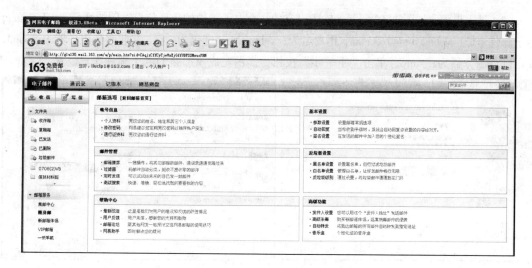

图 1-59　邮箱功能设置

2. 利用 Office Outlook 2003 来设置邮箱和收发邮件

使用专用工具收发邮件需要相应的设置，基于 POP3 和 SMTP 协议，同时要求电子信箱的 ISP 提供 POP3 服务。所以在使用专用工具收发邮件时，先要设置邮箱的 POP3 和 SMTP 协议。Office Outlook 2003 工具（常用的工具还有 Foxmail）为例讲述邮箱的设置。

Office Outlook 2003 工具软件一般是集成在 Windows 操作系统里，下面主要讲述利用 Office Outlook 2003 来设置邮箱和收发邮件的方法。

（1）利用 Office Outlook 2003 设置邮箱。选择"开始"|"程序"|Office Outlook 2003 命令，打开图 1-60 所示的 Office Outlook 2003 软件界面。

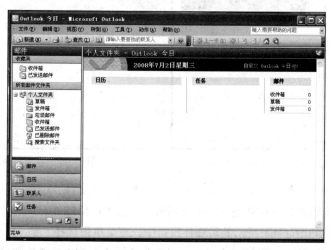

图 1-60　Office Outlook 2003 软件界面

（2）添加新的电子邮件账户。在菜单中选择"工具"|"电子邮件账号"命令，选中"添加新电子邮件账户"选项，如图 1-61 所示。然后单击"下一步"按钮，选择服务器类型。常用的服务器类型为 POP3 或 HRTTP。选择 POP3 类型为例，单击"下一步"按钮。

（3）进入界面，如图 1-62 所示。输入已有的一个电子邮件的地址信息，例如姓名：webmaster，电子邮件地址：webmaster@163.com，用户名为：webmaster，密码为：空，接收邮件服务器为：pop3，发送邮件服务器为：smtp。单击"下一步"按钮，提示完成添加新的电子邮件账户设置。

图 1-61　添加新电子邮件账户

图 1-62　设置新电子邮件账户

（4）收发邮件。在 Outlook 界面，选择菜单中"转到"|"邮件"命令，单击左侧的"收件箱"按钮，所有接收到的邮件都列在右侧的窗格里，如果要查看信件的内容，可直接单击某一个邮件，其内容就会显示在下面的文本框里，如图 1-63 所示。

（5）写邮件并发送邮件。选择菜单中选择"文件"|"新建"|"邮件"命令，弹出图 1-64 所示的新邮件编辑窗口。在新邮件窗口里，必须要在"收件人"文本框里写上收件人的邮件地址，其他文本框里如果不填写内容也可以进行发送。邮件的内容在下面的大文本框里编写。

图 1-63　收发电子邮件

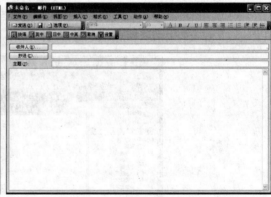

图 1-64　新邮件编辑窗口

（6）添加邮件附件。如果用其他软件已经撰写好要发送的文件，也可以发送给别人。例如，做好的作业需要提交给教师，作业是 Word 文档形式，就可以用邮件附件的形式发送给教师。添加附件的方法是：在如图 1-64 所示的写邮件窗口中，在菜单中选择"插入"|"文件"命令，然后在弹出的窗口找到要发送的附件，或者直接拖动要发送的附件到新邮件窗口，单击图 1-64 所示的窗口中"发送"按钮完成发送，即完成操作。

【体验实验】

（1）电子邮箱的申请：输入 www.126.com 进入邮箱申请空间，选择"注册 2280 兆免费空间"

选项，然后填入相关信息即可，并记住用户账号和密码。

（2）写邮件给 webmaster@126.com：登录进入邮箱后，单击"写邮件"按钮便可进行写信工作。

（3）发送邮件：在收件人处输入收件人电子邮箱地址，并注明邮件主题"我已经成功注册"，单击"发送"按钮即可。

（4）收邮件：直接单击"收信"按钮即可。

（5）转发邮件：当收到某封邮件要转发给别人时，读完后直接单击"转发"按钮即可。

（6）群发邮件：在收件人处把要收邮件的多个地址全部输入即可。

（7）修改个人资料：直接单击"邮件选项"按钮进行修改即可。

（8）修改邮箱密码：直接选择"邮件选项"|"修改密码"命令即可。

（9）基本设置项：包括自动转发和自动回复两项。设置自动回复内容为"您发的邮件已经收到，谢谢！"。

（10）反垃圾设置：把某些邮箱地址添加到黑名单中，就可以过滤掉垃圾邮箱。

【归纳】

1. 电子邮件（E-mail）地址

电子邮件地址是 Internet 上每个用户所拥有的不与其他人重复的唯一地址。对于同一台主机，可以有很多用户注册，因此电子邮件地址由用户名和主机名两部分构成，中间用@隔开，即用户名@主机名。

"用户名"是用户在注册时由接收方确定的，如果是个人用户，用户名常用姓名的英文缩写，单位用户常用单位名称的英文缩写。"主机名"是该主机的 IP 地址或域名，一般使用域名。例如：WanFan@mai1.tsinghua.edu.cn 表示一个在清华大学主机上注册用户的电子邮件地址。用户要向其他人发送邮件时，自己也必须拥有电子邮件地址。

2. 电子邮件的收发过程

接收电子邮件需要配有服务器，用于运行电子邮件服务程序的计算机。发送电子邮件的计算机运行电子邮件应用程序，发送方利用电子邮件应用程序来组织编辑并发送电子邮件；服务器收到电子邮件后，将其存放到收件人的邮箱中而不管收件人的计算机是运行着还是没有运行。

注意： 申请免费邮箱地址：

- 网易 163 免费邮箱 http://mail.163.com/　　中文邮箱第一品牌，提供形如 name@163.com 的免费电子邮箱，2G 空间，最大附件 30M。

- 126 免费电子邮箱 www.126.com/　　为 126.com 的免费电子邮箱，容量 260M，最大附件 12M。

- 雅虎邮箱 http://mail.cn.yahoo.com/　　全球邮箱第一品牌，13 年来，全球有五亿人在雅虎发出了自己的第一封电子邮件。畅通全球 192 个国家"邮件收发"畅通无阻。

- 新浪邮箱 http://mail.sina.com.cn/　　注册免费邮箱形如，*邮箱名：@sina.com

• TOM 免费邮箱 http://mail.tom.com/　　TOM 申请免费邮箱，提供 1 500M 超大存储空间，电子邮件收发更快、更稳定、更安全，专业 24 小时在线杀毒，垃圾邮件一概拒之门外，附送 50M 相册和 30M 网络硬盘，1min 免费注册，终生享受。

1.3　软件的安装及使用

【案例 1-10】 RealPlayer 安装及使用

【案例环境】 Microsoft Windows XP、RealPlayer 8.0

【任务及步骤】

1. 如何安装 Real 播放器

（1）双击"RealPlay"图标安装文件，进入安装流程，如图 1-65 所示。

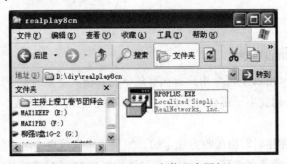

图 1-65　RealPlay 安装程序图标

（2）在图 1-66 中，单击"下一步"按钮；在图 1-67 中，单击"接受"按钮。

　　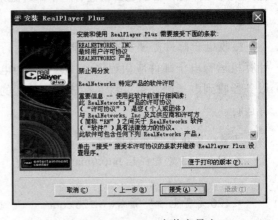

图 1-66　RealPlay 安装向导之一　　　　　图 1-67　RealPlay 安装向导之二

（3）如图 1-68 所示，选择安装路径，输入注册号，单击"下一步"按钮；如图 1-69 所示，进行选择 RealPlayer 安装选项，单击"继续"按钮，在图 1-70 所示的对话框中，单击"是"按钮，系统重新启动计算机。

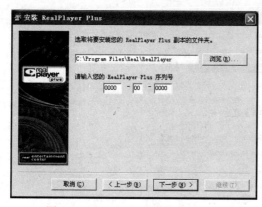

图 1-68　RealPlay 安装向导之三

图 1-69　RealPlay 安装向导之四

（4）安装完成后，RealPlayer 会自动运行，弹出一个名为"个人化您的 RealPlayer"窗口，如图 1-71 所示。在该对话框中，设置电子邮件的地址、国家、邮政编码和注册选项（电子邮件注册或者以后再提醒）等个人资料，单击"下一步"按钮。

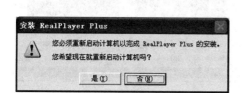

图 1-70　RealPlay 安装向导之五

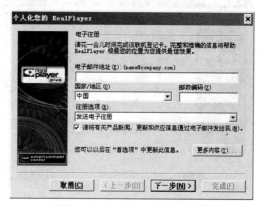

图 1-71　RealPlay 安装向导之六

（5）在图 1-72 所示的对话框中，在连接速度下拉列表中选择，单击"下一步"按钮。

（6）在图 1-73 所示的对话框中，选择 RealPlayer 的频道排列，单击"下一步"按钮。

图 1-72　RealPlay 安装向导之七

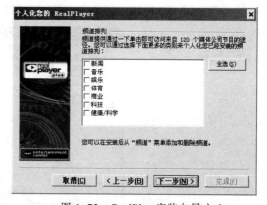

图 1 73　RealPlay 安装向导之八

（7）在图 1-74 所示的对话框中，选择"Real.com 特价产品"复选框，单击"下一步"按钮。

图 1-74　RealPlay 安装向导之九

（8）在图 1-75 所示的对话框中。单击"完成"按钮，整个安装过程结束，可以进入图 1-76 所示的 RealPlayer 工作界面。

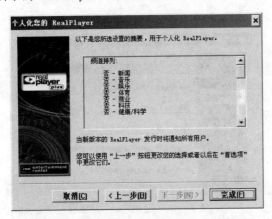

图 1-75　RealPlay 安装向导之十

图 1-76　RealPlay 工作界面

2．关于 Real 播放器的按钮功能与界面介绍

由图 1-77 可知，RealPlayer 工作界面可以分成：频道栏、Real.com 媒体栏、控制按钮工具条、状态栏和地址栏、视频播放窗口等几部分，其中：

图 1-77　RealPlay 精简的界面窗口

（1）频道栏：可以收听网上广播，如果 RealPlayer 仅用来播放本地的影音文件，此窗口可以取消。

（2）Real.com 媒体栏：位于界面的底部，通过它可以快速访问 Real.com 网站的资源。

（3）状态栏和地址栏：状态栏主要显示播放文件的一些信息，地址栏功能与 IE 地址栏相似。

（4）控制按钮工具条：一些常用的控制按钮，如：开始、停止、暂停等。

（5）视频播放窗口：如果播放视频节目，画面将显示在此窗口中。

（6）精简窗口模式：当播放节目的时候，如果不想看到其他窗口，通过精简的界面窗口模式，使屏幕仅显示播放窗口。

（7）播放：选择播放文件后单击此按钮，立即进入播放模式。

（8）暂停：与日常播放机中的此功能相同。

（9）停止：完全停止播放。

（10）文件长度：表示现在歌曲播放的长度，可以拖动滑块选择播放位置。

（11）最小化：单击可以把播放器最小化，再单击一次可以恢复大小。

（12）文件路径：歌曲的文件路径。

（13）调整音量：向左拖动可把音量调小，向右拖动可把音量调大。

【体验实验】

安装并使用网络电视软件 PPLive。

【归纳】

在平常的工作和学习中，经常会遇到安装软件的问题，通过案例 1-10 可知，安装软件的流程为：

（1）将应用软件光盘放入光驱；

（2）通过"资源管理器"打开光盘，查找文件后缀名为".exe"的文件（安装文件名一般为：setup.exe 或者 Installer.exe）；

（3）用鼠标双击安装程序；

（4）按照"安装向导"，进入每个安装环节，并按提示设置相关参数，设置完成后，单击"下一步"按钮或"Next"按钮；

（5）在安装时若有协议需要用户确认，一般应认真阅读这些协议，如果确认安全、可靠，则单击"同意"、"I Agree"或"接受"按钮；

（6）安装结束时，单击"完成"按钮。

软件安装完成后，在第一次运行时常常需要进行一些运行环境的配置。如存放目标文件的路径、临时文件的地址、操作源的选择等，还会包括诸如操作方式、存储空间、安全模式等的设置。只有在进行环境、属性、操作方式等的正确配置之后，才能高效地运行软件。

【案例 1-11】制作 PDF 文档

【案例环境】Microsoft Windows XP、PdfFactory Pro、Microsoft Office Word 2003

【任务及步骤】

1．整理原始素材

（1）利用 Windows XP 的"画图"程序打开"第 1 章\案例\案例 1-1-3"文件夹下的"海宝.jpg"

文件，在"画图"程序的主菜单中选择"文件"|"打印"命令，出现图 1-78 所示的对话框。

（2）按照图 1-78 所示，在"选择打印机"选项区域中选择虚拟打印机"PdfFactory Pro"，单击"打印"按钮即可。

（3）利用 Windows XP 的"记事本"程序打开"第 1 章\案例\案例 1-1-3"文件夹下的"程序.c"文件，在"记事本"程序的主菜单中选择"文件"|"打印"命令，出现图 1-78 所示的对话框；在"选择打印机"选项区域中选择虚拟打印机"PdfFactory Pro"，单击"打印"按钮即可。

图 1-78　打印对话框

2．编辑素材

（1）进入 Word 2003，选择"文件"|"新建"命令，通过选择"视图"|"绘图"命令，打开绘图工具栏，选择"文本框"工具；将"海宝.jpg"拖动到文本框中并选中文本框，选择绘图工具栏上的线条颜色，将文本框线条设置成蓝色。

（2）在"海宝.jpg"图片的右上角，插入标注（选择绘图工具栏的"自选图形/标注/云形标注"），在"云形标注"中输入文字："瞧，我的程序多棒呀！"。

（3）选择绘图工具栏上的文本框，在文本框中添加"程序.c"。

（4）选择 Word 2003 中的"文件"|"打印"命令，并按图 1-79 所示的对话框进行设置。

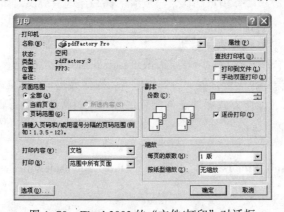

图 1-79　Word 2003 的"文件/打印"对话框

3．PDF 文档中的基本设置

（1）在 PdfFactory Pro 环境中，切换到"标记"选项卡，在"文本"选项区域选择"页眉"单选按钮，并在文本框中输入"实习作业"，如图 1-80 所示。

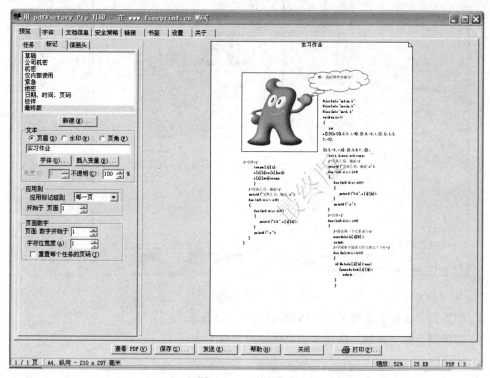

图 1-80　页眉设置

（2）单击"字体"按钮，具体设置如图 1-81 所示。

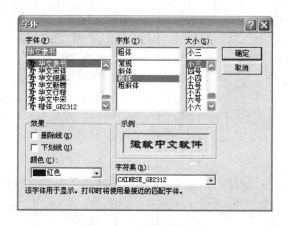

图 1-81　页眉字体设置

（3）切换到"信笺头"选项卡，效果如图 1-82 所示。

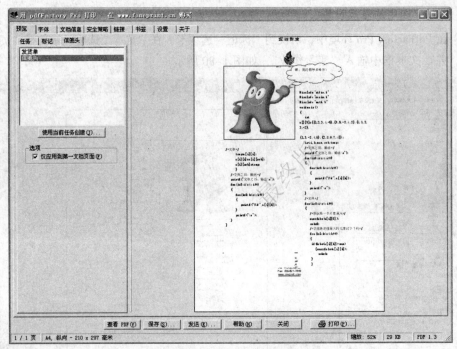

图 1-82 "信笺头"设置

（4）切换到"链接"选项卡，具体设置如图 1-83 所示。

（5）切换到"安全策略"选项卡，具体设置如图 1-84 所示。

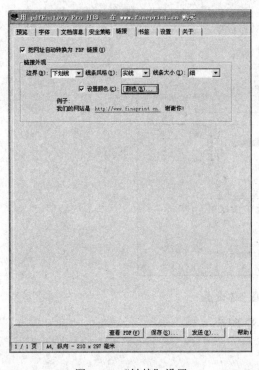

图 1-83 "链接"设置

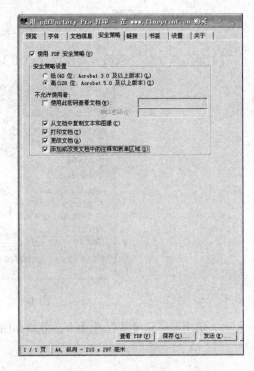

图 1-84 "安全策略"设置

（6）切换到"文档信息"选项卡，具体设置如图 1-85 所示。

（7）单击"保存"按钮，出现图 1-86 所示的对话框，输入文件名："作业 1"，自动形成"作业 1.pdf"文件，双击文件"作业 1.pdf"，效果如图 1-87 所示。

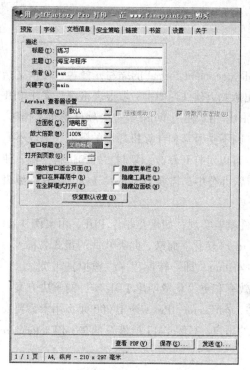

图 1-85　"文档信息"设置

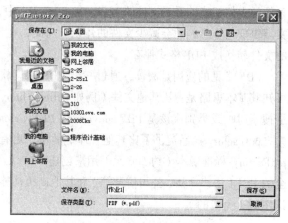

图 1-86　保存 PDF 文件的对话框

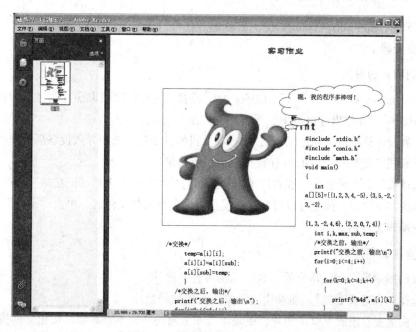

图 1-87　最终形成的 PDF 文档

【体验实验】

自选一个主题，按主题收集资料，编辑资料形成一个 PDF 文档，并将 PDF 文档制成 CHM 电子书。

【归纳】

PDF 是由 Adobe 公司发明的文件格式，是 portable document format 的缩写，译为"便携文档格式"。它已成为电子文档的标准，越来越多的电子出版物、软件说明书、填报表格都是采用 PDF 格式。其原因是：PDF 在文字办公领域起着不可替代的作用。使用 Word 等办公软件编辑文档时，有时会出现乱码，出现无法显示文本的现象。而 PDF 则不受语言和计算机环境的限制，保证不同条件的人们都能够看到文件的内容。在 PDF 文件中，可以对打开修改、复制、打印进行限制，使文档更安全。PDF 还会减少文件的体积。为此，在日常办公中，需要将 Word、Excel 等软件编辑的文件转换成 PDF 格式保存。

PDF 常见的应用是阅读，通过一个 PDF 阅读软件就能实现；如果要制作 PDF，由案例 1–11 可知其基本思路是：从其他文件（例如 Office、htm、rtf）"转化"而来，此类软件的正式名称（网上搜索时）或类别应该是 PDF converter、PDF virtual printer，即：转换程序、虚拟打印机。

pdfFactory 产品提供了比其他程序更简单、更有效率和更少花费创建 PDF 文件的解决方案。pdfFactory 标准版本（约 500 元）用来创建 PDF 文件，pdfFactory Pro（约 1 000 元）用于需要安全的 PDF（法律文档、公司信息等）和其他高级功能的用户。案例 1–11 所涉及的是 pdfFactory Pro 试用版（免费的）。

【案例 1–12】数码摄影的后期处理

【案例环境】Microsoft Windows XP、ACDSee 9.0

【任务及步骤】

1. 数码照片的导入

（1）在 Windows XP 下直接运行 ACDSee 9.0，选择"文件"|"获取照片"|"从相机或读卡器"命令，在 ACDSee 9.0 弹出的窗口中，单击"下一步"按钮。

（2）从数码相机中取出"记忆棒"，插入计算机的读卡器，选择导入设备后，单击"下一步"按钮，数码相机"记忆棒"中的所有照片显示在当前窗口。

（3）选择需要导入的照片，或直接单击"全部选择"按钮，选择"记忆棒"中的全部照片。

（4）单击"下一步"按钮可以选择使用模板重命名导入的文件名，单击"编辑"按钮可以在打开窗口中编辑文件名。

2. 浏览数码照片

（1）数码照片导入到计算机后，直接双击可打开照片。

（2）选择"快速查看器"，能够快速浏览所有的数码照片。

（3）在快速查看模式下双击照片，或是单击右上角的"完整查看器"按钮，切换到 ACDSee 完整查看模式。

（4）通过右上角的"文件夹"窗口，同时选择多个文件夹，使文件夹内的照片同时在浏览区域显示，避免频繁切换目录。

（5）可以通过浏览区域顶部的各种不同查看方式，快速定位数码照片。

（6）选择"创建"｜"创建 ACDSee 陈列室"命令，可以使选中的照片在桌面上显示。通过照片陈列室的选项窗口，可以设置陈列室中照片的播放速度、顺序及转场等，另外还可以设置照片的透明度、大小及边框。如果选择"启动时运行"与"总在最前面"复选框，那么计算机每次启动时就会自动运行照片陈列室，且出现在桌面最前端。

3．管理数码照片

（1）选择"日历事件"命令，可以按照片导入的年份、月份及日期建立"事件缩略图"。

（2）为事件添加事件描述，输入用于事件描述的文字。

（3）根据"事件缩略图"快速寻找照片。

（4）选中数码照片，选择"属性"选项，为其设置标题、日期、作者、评级、备注、关键词及类别等选项。

（5）通过浏览区域顶部的过滤方式、组合方式或是排序方式对所需照片进行准确定位。

（6）选择自己喜欢的数码照片，选择"添加到收藏夹"命令，或把照片直接拖动到收藏夹内，可以通过收藏夹对所喜欢的照片进行准确定位。

（7）为了保护数码照片的安全，选择"视图"｜"隐私文件夹"命令，打开"隐私文件夹"，右击打开快捷菜单，选择"创建隐私文件夹"选项，输入密码。选中需要保护的数码照片，右击打开快捷菜单，选择"添加到隐私文件夹"选项，该数码照片被存入隐私文件夹中。

4．数码照片的简单编辑

（1）打开"阴影/高光"的编辑窗口，然后在右侧分别拖动"调亮与调暗"滑块，就可以在左侧的预览窗口看到对应的颜色变化，也可以使用鼠标直接在照片上单击来完成操作。

（2）如果对当前编辑的效果不理想，单击"重设"按钮，可自动回复到照片没有编辑前的状态。

（3）通过简单的鼠标拖动滑块，将不满意的照片调整好，去除拍摄时的一些瑕疵，使照片看起来更加漂亮。

5．数码照片制作成幻灯片

（1）选择"创建"｜"创建幻灯放映文件"命令，在打开的窗口中，选择需要创建的文件格式，其中包括独立放映的 exe 格式文件，屏幕保护的 scr 格式文件及 Flash 格式文件。

（2）添加要制作幻灯片的数码照片。

（3）设置好幻灯片的转场、标题及音乐等。

（4）设置幻灯片文件的保存位置，单击"创建"按钮。

6．数码照片制作成 VCD 光盘

（1）选择"创建"｜"创建视频或 VCD"命令。

（2）在打开窗口中添加要创建的数码照片。

（3）设置数码照片的转场及播放的背影音乐。

（4）设置文件的保存位置，单击"创建"按钮，就可制作出一个非常精美的 VCD 视频了，把

其刻录到光盘上还可以在电视上播放。

【体验实验】

打开配套光盘中"每章案例素材\第 1 章\DIY\DIY1-3-3"文件夹，先安装常用图形图像工具 ACDSee，对图 1-88 所示的照片进行修改，修改后的效果如图 1-89 所示。

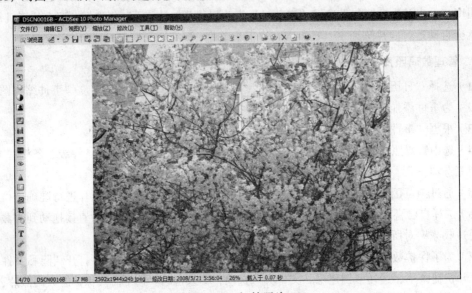

图 1-88 初始照片

图 1-89 修改后的效果图

【归纳】

ACDSee 是目前同类图片查看软件中功能最齐全、性能最优秀的看图工具之一，该软件推出的 9.0 版本，提供了图片管理、相片修正等全新功能。

（1）ACDSee 9.0 软件的安装非常简单，下载完成后单击"安装"按钮，按照安装向导的操作，单击"下一步"按钮，即可完成安装。在安装过程有"捆绑"雅虎工具条的现象，如果不希望安装这些插件，可以选择"不安装"按钮，避开此类插件的安装。

（2）ACDSee 9.0 默认的文件夹图标是 Windows XP 系统样式，要想体验到漂亮的 3D 图标，则还需进行简单的设置。设置方法如下：

① 选择 Tools ｜ Options 命令。

② 在弹出的"Options"窗口中，将 File List｜Thumbnail Style（缩略图风格）｜Folder style（文件夹风格）更改为"3D style folder"（3D 风格图标）即可。

（3）ACDSee 是一款专业的看图软件，随着版本的升级，功能也越来越多，ACDSee 9.0 增加了快速浏览（Quick View）模式（见图 1-90），可以更快速地浏览图片，无论从邮件附件中打开一个图片，还是从 Windows 资源浏览器中双击一个图片文件，都可以快速的浏览图片，加载速度也非常快，一般不超过一秒。

图 1-90　快速浏览（Quick View）模式

除了浏览速度快以外，在快速模式中，可以对图片进行"放大/缩小"等操作，如图 1-91 所示。

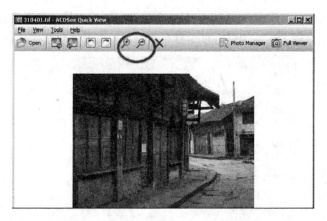

图 1-91　快速浏览（Quick View）模式中的"放大/缩小"

（4）ACDSee 9.0 中新增了相片的快速修复功能，例如一键消除红眼，甚至不用直接去单击有问题的地方，只需要在"红眼"附近单击一下，即可轻松去除红眼，如图 1-92 所示。

图 1-92　去除红眼

（5）ACDSee 9.0 还是一个很好的截屏工具，其工作流程为：选择"工具"|"屏幕截图"命令（见图 1-93），并按图 1-94 所示的对话框进行参数设置。

图 1-93　"工具/屏幕截图"功能

图形、图像处理软件有很多，ACDSee 是一个易学实用的工具，希望读者通过体验实验归纳出图形、图像处理的一般方法，为进一步学习专业图形、图像处理软件奠定基础。

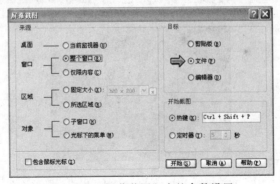

图 1-94　"屏幕截图"中的参数设置

第 **2** 章
常用软件的使用

本章通过案例介绍办公常用软件，使学生在实验中掌握办公常用软件的基本操作，同时对文字、表格、演示文稿的处理有一个基本的认识，从概念上理解文字编辑、排版、图文混排、数据排序、数据组织、数据统计、查询，为以后的学习奠定基础。

本章要求读者掌握文档的创建、编辑、查找与替换，以及对字体、段落、页面的排版，能进行表格的处理及图形处理、图文混排等操作，并了解 Word 的高级功能，提高对文档自动处理的能力，如建立目录、邮件合并、宏的建立和使用等。

本章要求读者掌握公式、函数及其应用，单元格格式设置、条件格式、自动套用格式、调整列宽、行高和格式的设置，创建图表、数据排序、筛选、分类汇总和数据透视表等，从而了解和掌握 Excel 2003 基本功能的概念和操作技能。

本章要求读者理解演示文稿制作中的基本概念，掌握 PowerPoint 2003 的基本操作，掌握在幻灯片中插入和编辑各类对象的方法，熟练掌握幻灯片的外观设计方法，设置幻灯片对象的动画效果，熟练掌握幻灯片的放映控制，幻灯片的切换效果设置和链接设置，学会演示文稿的打包和发布。

2.1 文 字 处 理

【案例 2-1】文档的基本操作与排版

【案例环境】Microsoft Office Word 2003

【任务及步骤】

建立一个 Word 文档，将第 2 章\案例\案例 2-1-1\文件夹下的 W1.txt 文件内的文字加入该文档中，删除"使用方法"行，并添加标题"PDF 转换成 Word 文档"，将最后一段文字移到"第一步"段落后面，在第 1、2 段前插入符号"☺"，将文档中的"文件"替换为"File"，并将文件保存为 Word1.doc。

1. 建立新文档并输入

（1）单击桌面上任务栏中的"开始"按钮，选择"程序" | Microsoft office | Microsoft office Word

2003 命令即可启动 Word 2003，并打开一个空白文档"文档 1"。

（2）用记事本打开 W1.txt 文件，全选并复制到空白文档。

2．文档编辑

（1）单击"使用方法"左侧空白处，选中一行，按【Del】键删除。

（2）光标插入到第一行文字前，按【Enter】键，选择一种中文输入法，输入标题文字"PDF 转换成 Word 文档"。

（3）选中最后一段，将其拖动到"第一步"段落后面。

（4）选择"插入"|"符号"命令，找到要插入的符号，将光标分别插入各段之前，单击"插入"按钮，如图 2-1 所示。不要关闭"符号"对话框，即可在每段之前插入所需符号。

（5）选中文档中的"文件"，选择"编辑"|"替换"命令，在打开的对话框中单击"高级"按钮，可打开高级选项，如图 2-2 所示。

（6）选择"文件"|"保存（另存为）"命令，并以 Word1.doc 文件名保存。

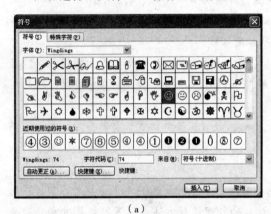
（a）

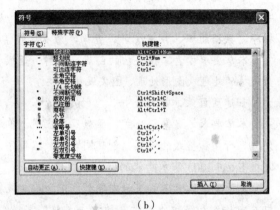
（b）

图 2-1　插入符号

图 2-2　查找和替换

（7）如果要插入其他内容，可以选择不同的途径插入。

① 插入特殊符号。

a. 通过"插入"|"符号"命令切换到"特殊符号"选项卡，如图 2-1（a）和（b）所示，可以插入商标、小节等特殊符号。

b. 选择"插入"|"特殊符号"命令，如图 2-3 所示，可以插入单位符号、数字序号、标点符号等。

② 利用输入法工具指示器插入特殊符号。

打开"智能 ABC"输入法，利用输入法工具指示器，如图 2-4 所示，可以输入中/西文标点符号，还可以利用软键盘输入各种特殊符号。在软键盘上右击，即可选择各类特殊符号。

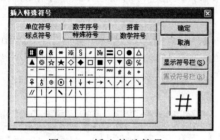

图 2-3　插入特殊符号

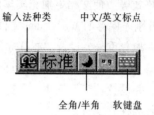

图 2-4　输入法工具指示器

③ 插入公式。

a. 选择"插入"|"对象"命令，在弹出的"对象"对话框中双击"Microsoft 公式 3.0"选项，即可打开"公式"工具栏，如图 2-5 所示。选择"公式"工具栏上的各个数学公式模板，可以输入数学公式。

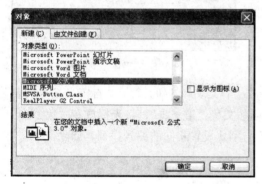

图 2-5　公式编辑器

b. 如果选择"文件"|"新建"命令，系统显示"新建文档"任务窗格如图 2-6 所示，选择各种模板建立各种新文档，如图 2-7 所示。

图 2-6　"新建"任务窗格

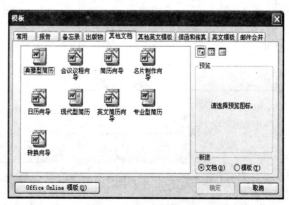

图 2-7　新文档模板

利用模板提供的向导，可以制作简历、名片、报告、目录、手册，甚至网页以及各类英文文档，即使没有任何经验的人，也可以方便地制作自己所需的各类文档，大大地简化并减轻了文档处理工作。

3．文档格式化

文字只是文档的骨架，一篇好的文档需要更多的修饰，设置字体的颜色样式、段落的格式、页面的格式等，使文档更加充实丰润。

打开刚才保存的 Word1.doc 文件，按下列要求操作：设置标题样式为标题 3，蓝色、三号楷体、居中，并加着重号，设置"亦真亦幻"的动态效果；将文档中的"第一步"、"第二步"改为编号 I、II，第 1、2 段设置首行缩进两个字符，将第四段分为栏宽不等的两栏，第一栏宽 12 字符，加分隔线，并设置首字下沉两个字符，首字为楷体。以原文件名保存文件。

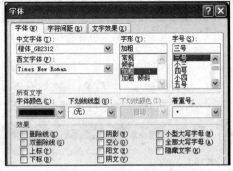

图 2-8 "字体"对话框

（1）选中标题，在"格式"|"样式"|"标题 3"样式，右击并选择"字体"命令，打开"字体"对话框进行设置，如图 2-8 所示，选中全部标题文本，在"文字效果"选项卡选择"亦真亦幻"动态效果。在"字符间距"选项卡还可以设置文本间距、升降格式等效果。单击工具栏上的"居中"按钮，设置居中显示。

（2）光标放在"第一步"所在的段落，选择"格式"|"项目符号和编号"命令，任选一个编号，单击"自定义"按钮，打开"自定义编号列表"对话框，选择所要的编号样式，如图 2-9 所示。删除文字"第一步"，将光标放在"第二步"所在的段落，单击工具栏上的"编号"按钮，设置与刚才设置相同的编号序列，删除文字"第二步"。

图 2-9 自定义项目编号

图 2-10 "格式"工具栏

（3）分别选中第 1、2 段，选择"格式"|"段落"命令，在打开的"段落"对话框中设置首

行缩进两个字符。

（4）选择文档中的第四段，选择"格式"|"分栏"命令，在图 2-11 所示的"分栏"对话框中按要求设置分栏。

（5）将插入点置于第四段任何位置（可以不选文本），选择"格式"|"首字下沉"命令，在对话框选中下沉，如图 2-12 所示进行设置。

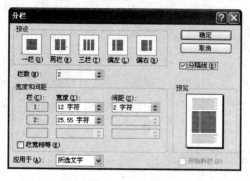

图 2-11　分栏

图 2-12　首字下沉

可以利用"格式"工具栏或"格式"命令设置首字符的字符格式，如楷体+加粗、深蓝色等。

（6）选择"文件"|"保存"命令或单击工具栏上的"保存"按钮，将文件以原文件名保存。

4．文档美化

打开 Word1.doc 文件，将文档中的"2003"全部设置为粉红色、加粗、加双下画线；给第 1、2 段添加天蓝色带阴影边框，12.5%底纹。将文件以原文件名保存。

（1）选中文档中的"2003"，选择"编辑"|"查找（替换）"命令，进行统一格式设置，如图 2-13 所示。

请把光标放在这里，再选择下面的"格式"|"字体"命令，不要输入任何内容

单击"格式"按钮，选择"字体"选项，设置要替换的字体格式。设置错了没关系，单击"不限定格式"按钮即可取消

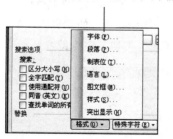

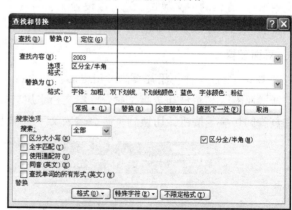

图 2-13　替换字体格式

可见，"查找和替换"对话框不仅可以对内容进行查找和替换，还可以查找某种格式的文字或对多个相同文字替换格式。在查找和替换中还可以使用通配符"*"和"？"，如查找某个以"文"开头的两个字的词，在"查找内容"文本框内输入"文?"，在"搜索选项"区域中选择"使用通

配符"单选按钮，则可以找到以"文"开头的两个字的词汇，然后可以进行替换文字或替换格式等操作。但要注意，这里的"？"是半角符号而非中文下的"？"。

（2）选中第1、2段，然后选择"格式"|"边框和底纹"命令，系统显示如图2-14所示的对话框。设置段落边框，然后切换到该对话框的"底纹"选项卡，在"样式"下拉列表框中选择12.5%，最后单击"确定"按钮。

在边框和底纹对话框中，切换到"页面边框"选项卡，可以设置整个页面的边框，还可以设置具有特殊效果的艺术边框，但需要本地计算机上安装了此功能。

5. 中文版式

打开Word1.doc文件，在文末输入文字"同"表示同意，并画圈。将文件以原文件名保存。

选中"同"，设置三号字体、加粗、蓝色，选择"格式"|"中文版式"|"带圈字符"命令，按图2-15所示进行设置。

边框和底纹应该是应用于"段落"而非"文字"

图2-14 边框和底纹

图2-15 带圈字符

利用Word提供的中文版式，还可以设置文字的纵横混排、合并字符等。可见中文版的Word文字处理软件也具有了中国特色。

6. 页面设置

打开Word1.doc文件，添加页脚"PDF转换为Word文档"。将文件以原文件名保存。

选择"视图"|"页眉和页脚"命令，给文档添加页脚。在图2-16所示的工具栏上单击"在页眉和页脚间切换"按钮，切换到页脚，输入文字。单击"关闭"按钮，完成设置。

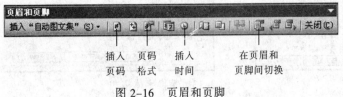

插入　　页码　　插入　　　在页眉和
页码　　格式　　时间　　　页脚间切换

图2-16 页眉和页脚

还可以利用"页眉和页脚"工具栏在页眉和页脚插入页码、时间等。若是长篇幅文档，要设置页眉和页脚奇偶数页不同，则要选择"文件"|"页面设置"命令，切换到"版式"选项卡，可以设置页眉页脚选项区域中奇偶数页不同、首页不同。要打印输出，可切换到"页边距"选项卡

设置页面的边距。切换到"纸张"选项卡设置纸张的大小及打印选项等。

7. 文档属性设置

在文档属性中，将文档打上自己的标记。

打开刚才编辑的 Word1.doc 文件，将作者改为自己的姓名，"单位"改为班级和学号，并设置成"只读"属性。将文件以原文件名保存。

（1）选择"文件"|"属性"命令，打开文件的"属性"对话框。

（2）切换到"摘要"选项卡上，修改作者和单位。

（3）切换到"常规"选项卡上，修改文件属性为"只读"；单击"确定"按钮退出。

经过上述操作后，文档效果如图 2-17 所示。

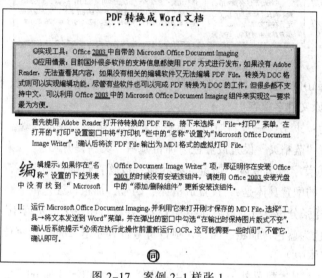

图 2-17　案例 2-1 样张 1

【体验实验】

（1）参照素材提供资料，完成个人自荐书的编辑与排版。

（2）根据素材提供资料，为自己的专业设计一个有特色的介绍。

（3）打开第 2 章\DIY\DIY 2-1-1 实验素材文件夹下的 DWord1.doc 文件，按下列要求及参照样张操作，将结果以原文件名保存。

① 将标题改成艺术字，其中艺术字式样选自"艺术字"库第 2 行第 5 列，字体格式设置为楷体、36 磅、加粗、山形、居中。

② 首段"Word"首字下沉 2 行，距正文 0.5cm，字体为 Times New Roman、加粗。其他段落首行缩进 2.2 个字符。

a. 将"Word 主要功能及特点"设置成楷体、蓝色、三号、加粗、双波浪线下画线，下画线颜色为红色。将"Word 主要功能及特点"后的文字设置成如样张所示的项目符号，且设置成小三号、加粗、蓝色，项目符号位置缩进 2 cm，文字位置缩进 3 cm（项目符号在 Windings 字体中）。

b. 将最后一段分成偏左两栏，栏间距为两个字符，加分隔线，如图 2-18 所示。

好用的文字处理软件

Word是美国 Microsoft 公司开发的文字处理软件，是目前在世界范围内使用者最多的文字处理软件。像其他各种软件一样，Word 诞生后，就随着用户需求、计算机硬件和软件水平的不断提高而持续改进，目前的最高版本是Word2007。

Word 主要功能及特点：

- 多种显示方式；
- 拖放式编辑；
- 查找与替换；
- 字体和字符、文档格式。

Word 不仅有强大的功能，而且不难使用，由于它运行在中文 Windows 上，用户界面生动直观，许多操作简化到了只要点一下按钮即可完成的程序。除了常见的下拉式菜单外，Word 还提供了多种专用工具栏、快捷键及快捷菜单。许多操作可用多种方法实现，以适应用的不同习惯。

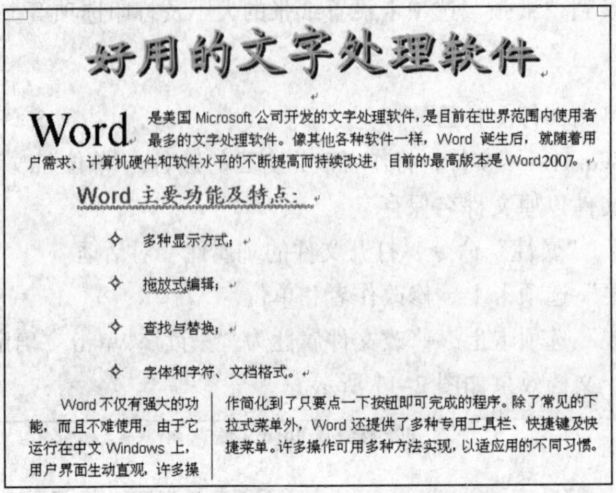

图 2-18　案例 2-1 样张 2

（4）打开第 2 章\DIY\DIY 2-1-1 实验素材文件夹下的 DWord2.doc 文件，按下列要求及参照样张操作，将结果以原文件名保存。

① 设置标题为：隶书、一号、加粗、蓝色、阴影、居中，并加玫瑰红色底纹。

② 将文中所有“蓝精灵”设置成蓝色、加粗倾斜、文字提升 5 磅。第一段首字下沉两行，距正文 0.5cm，并将首字改为楷体、加粗。将其他各段落首行缩进两个字符。

③ 将文中“它的配置具体是：”设置成楷体、四号、加粗、红色粗下画线；并将其后的文字设置成小四号，如样张分段，段前段后间距 0.5 行，并将行距设为固定值 16 磅。再设置如样张所示的项目符号，颜色为蓝色、加粗、四号，项目符号位置缩进 2cm，文字位置缩进 3.5cm（项目符号在 Windings 字体中）。

④ 将文中“除了上述配置外……”段分为两栏，栏宽相等并加分隔线；并设置最后一段加阴影、玫瑰红色、3 磅边框线。

⑤ 插入图片 sy4-12.jpg，设置图文混排效果如图 2-19 所示，并给图片加黄色的 3 磅双线边框。

新蓝“蓝精灵电脑”

新蓝科技于新年之际推出“**蓝精灵**”多媒体电脑，2998 元价格令人惊叹。一想到价格，大家不免担心它的配置低，那么“**蓝精灵**”电脑的配置如何呢？

它的配置具体是：

- 进口 CeleronⅡ、800MHz CPU
- 进口原装 Inter 主板、128MB 内存
- 进口 20GB 硬盘、15 英寸显示器

除了上述配置外，光驱、软驱、Modem 一样不少，还可以选取配 USB 网卡。这些配置表明“**蓝精灵**”多媒体电脑完全可以满足一般家庭用户的需求，文档处理、上网冲浪、玩游戏、看 VCD、听 MP3 和 CD，样样皆行。

“**蓝精灵**”多媒体电脑的外观也比较漂亮，主机小巧玲珑又具流线外形，点缀的蓝色和“**蓝精灵**”的名称相得益彰，更显其亮丽可爱。

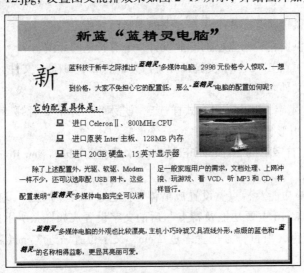

图 2-19　案例 2-1 样张 3

【归纳】

在 Word 2003 中提供了多种显示方式，包括普通视图、页面视图、Web 视图、大纲视图和阅读版式。普通视图是输入文本、图形的最佳选择；页面视图中能显示页面的大多数内容，所显示的与打印出来的效果一致，称为"所见即所得"；Web 视图可以方便用户浏览联机文档和制作 Web 页；大纲视图下可看到文档的结构，需要对文档的组织结构进行修改时可切换到该视图下；阅读版式专门用于用户阅读文档内容，在该视图中基本上除了文本内容以外的其他信息都不显示出来，如页眉、页脚、页面边框等信息，而且显示的文字比较大，很方便阅读。

在 Word 2003 中，增加了文字处理的一些新功能。

1．新增任务窗格

Microsoft Office 中最常用的任务现在被组织在与 Office 文档一起显示的任务窗格中，便于用户使用。最常用的任务窗格有：

（1）"新建文档"任务窗格，方便不同用户对文档的操作。

（2）"搜索"任务窗格，使得不用离开 Office 应用程序以及正在编辑的文档就可搜索文件。

2．增强了剪贴板功能

提供了最多可以存放 24 次复制或剪切的内容。在"剪贴板"任务窗格中，这些内容按先后次序排列显示，也可有选择地粘贴或删除其中的某些内容。

3．新增智能标记

智能标记是指一组在 Office 应用程序中共享的按钮，以方便用户的操作。当用户执行了某些特定的操作后，智能标记按钮出现在文档的特定位置中，并显示一系列的选项，供用户选择。常用的智能标记按钮有"粘贴选项"按钮 ⬛、"自动更正选项"按钮 ⧦、"人名选项"按钮 ◉ 等。

4．多项选择功能

通常 Word 只能选中文档中的一个连续内容，在 Word 2003 中按【Ctrl】键可同时选中文档中的多块内容，进行统一编辑、格式化操作，以提高操作效率。

5．更好地体现了"以用户为中心"的特点

提供的语音操作方式可直接通过声音输入文档的内容，也可实现发出操作命令对文档进行相关的操作；提供的三种手写输入方式可直接利用手写体输入设备或鼠标将文字"写"入文档中。

6．增强了网络功能

可将所编辑的文档直接保存为 HTML 格式文件，以便通过浏览器显示；在"常用"工具栏中增加"电子邮件"按钮，可将正在编辑的文档以正文的形式发送。

7．文本恢复

当编辑文档时，如果应用程序中有错误发生，系统就会给出一些保存恢复文档的选项，尽量减少数据损失。在编辑文档过程中出现错误时，会显示"文档恢复"任务窗格，让用户进行相应的选择。

8．智能化帮助

Word 带有多种形式的帮助，当遇到各种疑难问题时，可以求助于 Word 的帮助功能。其智能

帮助功能可通过以下途径获得：

（1）探寻图标和按钮的秘密。Word 的屏幕中有许多图标和按钮，将鼠标指向不清楚的图标或按钮，片刻后，该图标或按钮的名称就会显示在屏幕上。

（2）使用帮助选项。在菜单中选择"帮助"命令，弹出"帮助"下拉菜单。

（3）利用"Office 助手"请求帮助。在"帮助"菜单中选择"Microsoft Word 帮助"命令，出现"Office 助手"。单击它就会出现标注框。在标注框中直接输入需要帮助的关键词，单击"搜索"按钮，帮助框中立即显示帮助信息。

【案例 2-2】表格的应用

【案例环境】Microsoft Office Word 2003

【任务及步骤】

打开第 2 章\案例\案例 2-1-2 下 Word2.doc 文件，比较每个数据项，将结果以原文件名保存。

1. 将文本转换成表格

（1）先复制需要的分隔符"："，选中第一本书的相关文字，选择"表格"|"转换"|"文字转换成表格"命令，选择文字分隔位置为"其他字符"的单选按钮、将复制好的字符粘贴到"其他字符"文本框内，选择"'自动调整'操作"为"根据内容调整表格"单选按钮，观察列数和行数，如图 2-20 所示，单击"确定"按钮，将上述文本转换为如表 2-1 所示的表格。

表 2-1　案例 2-2 样文

1、《现代商业自动化管理指南 》	
定价	￥25 元
网上销售价	￥23.75 元
著译者	蔡笠
出版社	华东理工大学出版社
ISBN	7562810915
出版日期	2000-12-1
上架时间	2002-01-03
印数	1-5000
装帧	平装
开本	16 开
页数	171 页

（2）将表格第一个单元格的文字移到第一行第二列，字体四号、居中、分两行显示，选择"表格"|"绘制斜线表头"命令，如图 2-21 所示。

在"表头样式"下拉列表框中选择表头样式（有五种样式），在"字体大小"下拉列表框中设置表头文字的字号，表头文字内容分别输入到"行标题"、"列标题"文本框中。

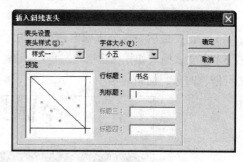

图 2-20　"将文本转换成表格"对话框　　　　图 2-21　插入斜线表头

（3）同样将第二本书转换成表格，但不设置斜线表头，选中表格的第二列，右击并选择"剪切"命令，将光标放在第一个表格的第一行的右侧，右击并选择"粘贴"命令，则将第二本书的数据插入到第一个表格中，删除第二个表格。同样加入第三个表格数据。

2．设置表格格式

将表格中的数据居中对齐，整个表格在页面居中。将结果以原文件名保存。

（1）选中整个表格，右击并选择"单元格对齐方式"命令，选第二行第二列，设置表格数据在单元格内居中对齐（垂直居中、水平居中）。

（2）选中整个表格，选择"表格"｜"表格属性"命令，在打开的对话框中切换到"表格"选项卡，设置表格的"对齐方式"为居中。

在"表格属性"对话框中还可以设置表格与文字的环绕方式、表格的行高、列宽及单元格的对齐格式。"表格"菜单中还提供了单元格的拆分、合并，插入公式进行简单计算等功能。

【体验实验】

（1）利用 Word 2003 提供的模版，设计"现代型"的个人简历表。

（2）制作一个收支表，记录个人一个学期的收支情况。

【归纳】

实际上表格在文字处理中经常使用。表格可以将若干数据组织起来，使人一目了然，便于数据的提取，并能加深印象，在出版物、各类报告中都被大量的应用。虽然在 Word 中数据处理的能力弱于 Excel 等数据处理软件，但在文字处理中发挥着不可替代的重要作用。

【案例 2-3】图文混排

【案例环境】 Microsoft Office Word 2003

【任务及步骤】

制作一个奥运宣传文档。打开第 2 章\案例\案例 2-1-3 文件夹下的 Word3.doc 文件，按下列要求及参照样张（见图 2-22）操作，将结果以原文件名保存。

（1）将标题改为艺术字，该艺术字式样在"艺术字"库第 3 行第 1 列，设置为宋体、36 磅、加粗，艺术字形状为"细上弯弧"、蓝色、居中对齐，并与正文第一段空一行。

（2）将正文第一段加上竖排文本框，并采用"三维样式1"橙色的三维效果。

（3）插入图片文件 T2.jpg，图片缩小50%，加红色、3磅边框，混排。

（4）将正文最后一段分成偏右两栏，第一栏宽20个字符。

（5）在文末插入如样张图 2-22 所示的自选图形，并编辑为淡蓝色，加文字"成功"，设置为华文行楷、四号、加粗、居中。

图 2-22　案例 2-3 样张 1

1．插入艺术字

（1）选中标题文字，选择"插入"|"图片"|"艺术字"命令，选"艺术字"库第3行第1列，单击"确定"按钮；在打开的对话框中，看到所选文字已出现，设置艺术字字体，如图 2-23 所示。

图 2-23　艺术字库

（2）选中艺术字，在"艺术字"工具栏中，单击"艺术字形状"按钮，选择"细上弯弧"如图 2-24 所示；单击"设置艺术字格式"按钮，在"线条与颜色"中设置"填充"为蓝色，居中对齐，在艺术字后面按【Enter】键，与正文空一行。

图 2-24　艺术字形状

2. 绘图工具栏与三维样式

（1）选中第一段文字，在工具栏上右击，选择"绘图"工具栏，如图 2-25 所示，（可观察 Word 窗口下方，若绘图工具栏没有显示则打开）单击"竖排文本框"按钮，则选中的文字自动加入竖排文本框中，参照样张进行调整，设置文本框无边框。

（2）选中整个文本框，单击"三维效果样式"按钮选择"三维设置"命令，在打开的工具栏上单击最右边的下三角按钮，设置三维颜色为橙色，再单击"三维效果样式"按钮选择"三维样式 1"选项；然后选中文本框，设置文本框的填充颜色为橙色。

竖排文本框　　　　　　　　三维效果样式

图 2-25　"绘图"工具栏

3. 插入图片

（1）将光标放在文档中，选择"插入"|"图片"|"来自文件"命令，在素材文件夹中选择需要的图片文件 T2.jpg。

（2）选中图片，右击并选择"设置图片格式"命令，在弹出的对话框中切换到"版式"选项卡，设置文字环绕方式为"四周型"，如图 2-26 所示。切换到"大小"选项卡，设置图片大小为 50%，保持纵横比，参照图 2-22 所示，将图片插入适当位置。

（3）选中图片，打开"设置图片格式"对话框并切换到"颜色与线条"选项卡，设置图片线条色为红色、粗细为 3 磅的边框线。

（4）选中文档最后一段，选择"格式"|"分栏"命令，选择"两栏"样式，取消选择"栏宽相等"复选框，分成偏右两栏，第一栏宽 20 字符。

4. 插入自选图形

（1）单击"绘图"工具栏上的"自选图形"按钮，选择"星与旗帜"|"前凸带形"命令，在文末拖动画出自选图形。

（2）选中该图形，单击"绘图"工具栏上的"填充颜色"按钮，选淡蓝色填充自选图形；右击图形并选择"添加文字"命令，输入"成功"并设置字体。

（3）选中自选图形时，可以看到图形上有两个黄色的菱形块和一个绿色的圆点，如图 2-27 所示。拖动黄色的菱形块可调整自选图形的形状，拖动绿色圆点可对图形自由旋转。

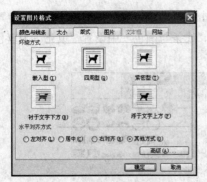

图 2-26　设置图文混排

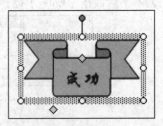

图 2-27　自选图形

单击"绘图"工具栏上的"自选图形"按钮，可以插入各种自选图形，如线条、连接符、星与旗帜、标注等。

（4）参照样张，复制自选图形，完成后保存文件。

【体验实验】

（1）利用第 2 章\DIY\DIY2-1-3 文件夹下的实验素材 shibo 文件夹提供的资料，制作一个世博宣传文稿。

（2）利用素材提供的图片或自选图片，自选主题，设计制作一张贺卡。

（3）打开第 2 章\DIY\DIY2-1-3 文件夹下的 DWord1.doc 文件，按下列要求及参照如图 2-28 所示操作，将结果以原文件名保存。

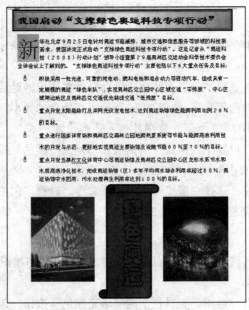

图 2-28　案例 2-3 样张 2

① 设置标题为：蓝色、加粗、2 号、隶书、阴影效果，加蓝色外粗内细双线边框及 50%橙色底纹。

② 将正文第一段首字下沉，下沉字加粉红色 30%填充底纹。

③ 将正文最后四段加项目符号红色 "δ"，项目符号缩进位置 0.37cm，制表符和文字位置均为 1.5cm（项目符号在 Windings 字体中）。

④ 插入图片 22.jpg 和 21.jpg，按样张混排。

⑤ 在文末插入如样张所示的自选图形，并设置为绿色底纹，蓝色 3 磅边框，加文字 "绿色奥运"，设置为华文彩云、初号。

（4）打开第 2 章\DIY\DIY2-1-3 文件夹下的实验素材文件夹下的 DWord2.doc 文件，按下列要求及参照样张（见图 2-29）操作，将结果以原文件名保存。

① 为文章加标题 "文件"，标题为艺术字，在艺术字库的第 2 行第 5 列，字体为隶书、字号 44、加粗，文字的填充色为红色、边线为绿色、阴影为蓝色，混排效果见样张，并加绿色背景。

② 将正文中所有段落首行缩进两个字符，段后间距为 6 磅，将第一段首字下沉三行，下沉的首字加样式为 20% 的底纹。

③ 将第二段分成三栏（参照样张），加分隔线；并删除正文中的字间空格。

④ 插入图片 light.wmf，并将此图片复制副本，位置见样张。

⑤ 在文末添加自选图形，自选图形的背景为 "漫漫黄沙"。

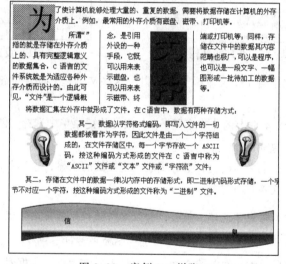

图 2-29　案例 2-3 样张 3

【归纳】

图文混排能增加文档的视觉效果，给读者以较强烈的视觉冲击。Word 中插入的图片可以是计算机能够处理的各种类型图形和图片。在处理 Windows 的图元文件时，可以在快捷菜单中选择 "组合" | "取消组合" 命令，将图元文件打散，编辑其中的某个图元，得到特殊的效果；也可以选中几个图形或图片对象，进行组合，则形成一个组合对象。

Word 可以对图片进行简单的处理，如加边框、裁剪、缩放、增加对比度、增加亮度，还可以改变颜色模式，如自动、黑白、灰度、冲蚀。若要将一张图片设置为文档背景，可以将图片颜色调整为冲蚀，再设置图片的版式为衬于文字下方。

在 Word 中选择 "插入" | "图片" 命令，还可以插入 Office 提供的 "剪贴画" 库中的图片，

里面有 Windows 的图元文件，也可以将自己的图片加入到剪辑库里，在 Office 各个组件中使用。

在图文混排中，经常用到"绘图"工具栏，如插入艺术字，插入自选图形，设置三维效果，设置阴影样式、线条、颜色等，还可以直接设置版式、旋转、翻转等效果如图 2-30 所示，如将图片复制后翻转，则可以得到两个对称的图片。

在图文混排中，还经常用到文本框。例如，案例 2-3 中给第一段设置三维样式，直接选择第一段进行设置是不能实现的，但将文本放入文本框中就可以了。在本书中的大量图片加上图片的编号，可以放置在文档的任意位置，就是应用了文本框。文本框有横排（即"绘图"工具栏上的"文本框"）和竖排文本框。如果右击并选择"文字方向"命令，如图 2-31 所示。可以设置整篇文档或光标插入点之后的文字方向，共有五种方向，但要设置某段的文字方向，则要用文本框将要设置文字方向的文字放在文本框中，再设置文本框内文本的文字方向，或直接用竖排文本框。

图 2-30　绘图工具栏——旋转或翻转

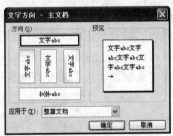

图 2-31　设置文字方向

如果在文档中建立了若干个文本框，还可以在这些文本框之间建立链接，其操作步骤如下所示：

（1）右击其中一个文本框上的非文字区，在弹出的快捷菜单中选择"创建文本框链接"命令，这时鼠标指针变成一个直立的水壶。

（2）将鼠标移到另一个文本框上，指针变成一个倾倒的水壶，这时单击后链接便完成，依此类推，可以进行若干个文本框的链接。

注意：只有在空文本框中才能建立链接，并且这种链接只能单向串连，也就是说横排的文本框只能与横排的文本框进行链接，竖排的与竖排的文本框进行链接。

当文本框建立链接后，如果在前一个文本框中输入文字占满文本框时，光标会自动跳到与其链接的文本框继续接受录入；且当前一个文本框的大小调整时，其中的文本会自动调整。其操作方便，主要应用于手册、报刊的排版中。

【案例 2-4】长文档处理

【案例环境】Microsoft Office Word 2003

【任务及步骤】

长文档指篇幅长且结构复杂的文档，如一本手册或书籍，此功能可轻松编排一本书，也可用来编排学生手册，如各种学习笔记、复习资料、毕业论文等。

长文档的处理过程

（1）新建一个空白文档。

（2）利用大纲视图，输入或编辑文档的框架结构。

① 输入：按【Tab】键可使所选内容降级；按【Shift+Tab】组合键可使所选内容升级；按【Ctrl+Shift+N】组合键可使所选内容降级为正文。

② 编辑：使用大纲工具栏。

（3）切换到页面视图排版，页面视图用于排版、Web 版式用于查看或制作网页、普通视图主要用于阅读和处理文字，三种视图要区别使用。

（4）样式与格式：

① 样式是一种格式集合，任何文字都具有对应样式；

② 应用样式可快速设置格式；

③ 修改样式会影响所有使用该样式的文字格式。

④ 通过应用样式也可设置大纲级别。

（5）生成目录：自动生成文档目录。

① 创建：光标定位于文档开头，选择"插入"∣"引用"∣"索引和目录"命令，在弹出的对话框中切换到"目录"选项卡进行设置，单击"确定"按钮。

② 使用：单击可以在文档内切换。

③ 更新：定位光标于目录中并按【F9】键。

（6）制作封面：利用图文混排制作简单封面。

（7）插入文档：将封面文档与正文两个文档合并。

（8）分隔文档：插入分隔符实现文档结构的调整。

① 分页符：自动分页则被认为是软分页，人工分页为硬分页，可按【Alt+Enter】组合键。

② 分节符：a. 大动作调整文档结构；

　　　　　　　　b. 以节为单位设置不同的页眉和页脚。

（9）奇偶不同、首页不同的页眉和页脚：选择"文件"∣"页面设置"命令，在弹出的对话框中切换到"版式"选项卡并选择以上两项。

（10）添加其他内容：如批注、脚注、插图、题注等。

【体验实验】

（1）利用长文档处理功能，对"第 2 章\案例\案例 2-1-4"文件夹后的实验素材文件夹中的长文档 1 进行排版。

（2）利用长文档处理功能，对"第 2 章\案例\案例 2-1-4"文件夹后的实验素材文件夹中的长文档 2 进行排版。

【归纳】

1．Word 工具栏功能

（1）Word 工具栏可分三排，菜单栏、常用工具和常用格式；文档操作区域下面是水平滚动条和状态栏。如果把鼠标放到每一个按钮上，便可知道其各自的功能。

（2）"文件"菜单里的"页面设置"命令十分有效，通过它可以设置文档的边距、纸张大小。不过 Word 默认的设置是比较美观的，建议不要轻易更改。

（3）"编辑"菜单里的"选择性粘贴"命令也是十分有效。从网页中复制信息时直接粘贴会出现原始格式；而这些格式在 Word 中无效，故不能直接粘贴，应在粘贴时选择"选择性粘贴"中的"无格式文本"选项。

① "查找和替换"命令是非常重要而又复杂的功能。例如，需要将文档中所有的数字改成红色，或是把所有两个回车符改成一个回车符等，都可以利用"查找和替换"功能实现。

② 还可以把文字替换成图片：首先把图片复制到剪贴板中，然后打开"查找和替换"对话框，"替换"选项卡，切换到，在"查找内容"文本框中输入待替换的文字，在"替换为"文本框中输入"^c"（注意：输入的一定要是半角字符，c 要小写），单击"替换"按钮即可。

注意："^c"的意思就是命令 Word 以剪贴板中的内容替换"查找内容"文本框中的内容；按此原理，"^c"还可替换包括回车符在内的任何可以复制到剪贴板的可视内容，甚至 Excel 表格。

（4）"视图"菜单中的"文档结构图"命令是很好的文档导航。在文档中设置了各级标题，打开文档通过"视图"|"文档结构图"命令就可以一目了然地看到文章的结构。"页眉和页脚"功能与出版要求相吻合。

（5）"插入"菜单是最常用的，其中："分隔符"中的分栏、分页、分节是文档中必不可少的。"脚注和尾注"功能是常用的，也是很微妙的，关键在于尽量不要手动添加注释，这会为以后的处理带来麻烦。Word 的强大功能可以很容易地做到各种标注的相互转换，例如页下注和章后注、篇末注互转等。建议给脚注设置一个方便的快捷键。"图示"则包括丰富的内容，例如各种图例。

（6）"工具"菜单中的"宏"命令是很有用的。例如，要重复一个很烦琐的操作，可以把这个操作录制下来，定义一个快捷键，使其可简单地重复使用。

（7）工具栏中"格式刷"的功能是：把某段文字的格式应用到其他文字中。具体操作方法为：选中需要复制格式的文字，然后单击"格式刷"按钮，出现格式刷图标之后，拖动选择需要应用格式的文字；如果需要重复使用，请双击格式刷，再一次应用，应用完毕按【Esc】键。

2．双面打印技巧

有时要用 Word 打印许多页的文档，出于格式要求或为了节省纸张，会进行双面打印。

（1）一般常用的操作方法是：在"打印"对话框底部"打印"下拉列表框中的"打印奇数页"或"打印偶数页"可用来实现双面打印，先设置为打印奇数页打印。结束后，将原先已打印好的纸张反过来重新放到打印机上，选择"打印偶数页"设置，单击"确定"按钮。这样通过两次打印命令就可以实现双面打印。

（2）也可以利用另一种更灵活的双面打印方式：打开"打印"对话框，选中"人工双面打印"（或"手动双面打印"）选项，确定后就会出现一个"请将出纸器中已打印好的一面的纸取出并将其放回到送纸器中，然后单击'确定'按钮，继续打印"的对话框并开始打印奇数页，打完后将原先已打印好的纸张反过来重新放到打印机上，然后单击该对话框的"确定"按钮，Word 就会自动再打印偶数页，这样只用一次打印命令就可以了。

3．快速输入大写中文数字

年终财务总结中的一些数字，按中文的习惯，通常要用大写的格式来表示。可以先输入阿拉伯数字，然后将其转换成大写格式：

选中输入的阿拉伯数字（如 987688），选择"插入"丨"数字"命令，打开"数字"对话框，如图 2-32 所示。选中单击"数字类型"下拉列表框中的"壹、贰…"（或"一、二 三[简]…"）选项，单击"确定"按钮返回，则相应的阿拉伯数字转换成大写数字（如"玖拾捌万柒仟陆佰捌拾捌"或者"九十八万七千六百八十八"）。但这种转换不支持带小数的数值（带小数的数字仅转换整数部分）。

图 2-32　输入大写中文数字

4．快捷键

建议经常使用常用的快捷键。一般是左手键盘、右手鼠标，而最常用的快捷键为左手操作。常用快捷键，如表 2-2 所示。

表 2-2　常用快捷键

Ctrl+A：全选	Ctrl+B：使字符变为粗体
Ctrl+C：复制	Ctrl+I：使字符变为斜体
Ctrl+X：剪切	Ctrl+U：为字符添加下画线
Ctrl+V：粘贴	Ctrl+Shift+<：缩小字号
Ctrl+S：保存	Ctrl+Shift+>：增大字号
Ctrl+W：关闭	Ctrl+Q：删除段落格式
Ctrl+E：居中	Ctrl+Space：删除字符格式
Ctrl+Enter：换页	Ctrl+Z：撤销上一操作
Shift+Enter：换行	Ctrl+Y：重复上一操作
Ctrl+F：查找	

当然还可以自定义快捷键。如果系统安装了金山词霸，按【Ctrl + Alt + Z】组合键就可以打开。

5．防止 Word 文档在编辑时丢失

（1）使用自动恢复功能：Word 能够自动恢复尚未保存的数据。

选择"工具"丨"选项"命令，然后切换到"保存"选项卡，并选中"自动保存时间间隔"复选框，在"分钟"文本框中，输入时间间隔，以确定保存文档的时间。时间越短，保存文档越频繁，在 Word 中打开文档后出现断电或类似问题时，能够恢复的信息也就越多，一般设置为 5～10min。如果所处理的文档比较重要时，可以将时间设为 1min。但是时间太短，系统会频繁保存，可能降低系统的运行速度。

经过上面的设置后，所有在发生断电或类似问题时，处于打开状态的文档在下次启动 Word 时都会显示出来，可以对它们进行保存。

（2）让文档自动备份：如果文档在保存的时候能够再保留一个备份文档，那就会使文档更加保险。而在 Word 中完全可以进行设置，让它保存文档的备份。

选择"工具"丨"选项"命令，切换到"保存"选项卡，选中"保留备份"复选框，单击"确定"按钮。经过这样设置后，Word 就会自动保存文档的备份了。

（3）恢复受损文档中的文本：有时在试图打开一个文档时，计算机长时间无响应，则表示该文档可能已损坏。这时同样不需担心，因为下次启动时，Word 会自动使用专门的文件恢复转换器来恢复损坏文档中的文本。也可随时利用此文件转换器打开已损坏的文档并恢复其中的文本，而且操作起来也很简单。

选择"工具"|"选项"命令，然后切换到"常规"选项卡，并确认选中了"打开时确认转换"复选框，然后单击"确定"按钮。接着单击"打开"按钮，选择"文件类型"下拉列表框中的"从任意文件中恢复文本"选项，成功打开损坏文档，可将它保存为 Word 格式或其他格式（如文本格式或 HTML 格式）。段落、页眉、页脚、脚注、尾注和域中的文字将被恢复为普通文字。

6. 让 Word 自动编号功能失效

Microsoft 的 Word 有"自动编号"功能，能够在作者每次换行的时候，自动为新段落添加编号。而且即使对这些段落随意进行添、删操作，自动编号也能保证编号的准确。

但由于文档的格式要求不同，有时并不需要 Word 这个功能。下面介绍如何取消该功能。

（1）暂时取消自动编号。

如果需要暂时取消自动编号功能，可以在换行的时候按【Shift+Enter】组合键，此时，Word 暂时不会输出编号，而等对该段落录入完毕再按【Enter】键时，Word 仍会按照原来的编号次序继续为新段落编号。

（2）完全取消自动编号。

如果在后续的段落中不再需要编号时，只需要直接按两次【Enter】键即可完全取消 Word 的本次自动编号。当然，如果再次启动编号功能时，Word 会重新从 1 开始编号。

7. 把多页 Word 文档缩小打印到同一张纸上

选择"文件"|"打印"命令，打开"打印"对话框，单击"每页的版数"（图 2-33 画圈处）下三角按钮，即可出现"1 版"、"2 版"、"4 版"、"6 版"、"8 版"、"16 版"六个选项。

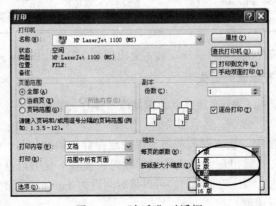

图 2-33 "打印"对话框

一页纸中所显示的版数越多，字就会越小，可以根据实际效果来调整打印的版数。

2.2 Excel 2003 电子表格操作

【案例 2-5】电子表格基本操作

【案例环境】Microsoft Office Excel 2003

【任务及步骤】

（1）建立一个名为"ba5.xls"的工作簿文件，保存到相关文件夹下，退出 Excel 2003，再重新打开"ba5.xls"工作簿文件。

① 启动 Excel 2003，工作界面及相关各部分的名称和说明，如图 2-34 所示。

② 选项"文件"｜"另存为"命令或单击"常用"工具栏（见图 2-35）的"保存"按钮，打开"另存为"对话框，选择"保存位置"到指定文件夹，在"文件名"文本框中输入"ba5"，选择"保存类型"为"Microsoft Excel 工作簿"，单击"保存"按钮。

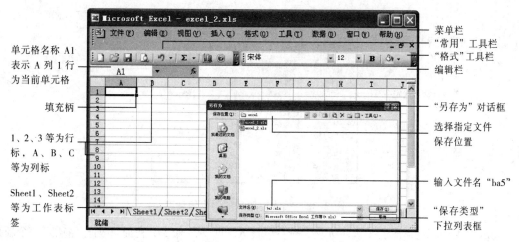

图 2-34　Excel 界面

③ 单击 Microsoft Excel 窗口的"关闭"按钮，退出 Excel 2003。

④ 再次启动 Excel 2003，选择"文件"｜"打开"命令或单击"常用"工具栏的"打开"按钮，弹出"打开"对话框，从"查找范围"下拉列表框选择盘符，找到指定文件夹，双击"ba5.xls"文件，重新打开"ba5.xls"文件。

图 2-35　常用工具栏中部分工具名称

（2）在 ba5.xls 文件的 Sheet1 工作表中输入数据，如图 2-36 所示，再修改数据如图 2-37 所示，操作完成后按原文件名"ba5.xls"保存操作结果。

	A	B	C
1	姓名	系别	总分
2	马晴玉	经济系	488
3	张婵婵	经济系	510
4	肖颖	计算机系	460
5	张刚	计算机系	500
6	张美鑫	计算机系	489
7	叶峰林	计算机系	495
8	张哲鑫	管理系	490
9	施婷婷	管理系	501
10	杨翔	管理系	502
11	王吉良	外语系	496
12	孙书烨	外语系	498
13	赵嘉妮	外语系	499

图 2-36　学生信息表

	A	B	C	D	E	F
1	上海理工大学学生信息表					
2	学号	姓名	性别	系别	总分	奖学金
3	03001	马晴玉	女	经济系	488	
4	03002	张婵婵	女	经济系	510	
5	03003	肖颖	女	计算机系	460	
6	03004	张刚	男	计算机系	500	
7	03005	张美鑫	女	计算机系	489	
8	03006	叶峰林	男	计算机系	495	
9	03007	张哲鑫	男	管理系	490	
10	03008	施婷婷	女	管理系	501	
11	03009	杨翔	男	管理系	502	
12	03010	王吉良	男	外语系	496	
13	03011	孙书烨	男	外语系	498	
14	03012	赵嘉妮	女	外语系	499	
15						
16						
17	年度系数		0.8			

图 2-37　修改后学生信息表

① 启动 Excel 程序，打开“ba5.xls”文件。

② 按图 2–36 所示输入学生信息表。

③ 单击“常用”工具栏的“保存”按钮，保存操作结果。

④ 单击行标 1，选定第 1 行单元格，选择“插入”|“行”命令，在原第一行上方插入新行，单击“A1”单元格，输入标题“上海理工大学学生信息表”，如见图 2–38 所示。

单击单元格可选定一个单元格
单击行标可选定一行
编辑栏显示当前单元格的数据
单击列标可选定一列
A1
上海理工大学学生信息表
A B C D E
1 上海理工大学学生信息表
2 姓名 系别 总分
3 马睛玉 经济系 488
4 张娣娣 经济系 510
5 肖颖 计算机系 460
6 张刚 计算机系 500
7 张美鑫 计算机系 489
8 叶峰林 计算机系 495
9 张哲鑫 管理系 490
10 施婷婷 管理系 501
11 杨翔 管理系 502
12 王吉良 外语系 496
13 孙书烨 外语系 498
14 赵嘉妮 外语系 499

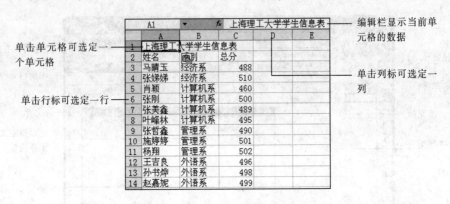

图 2–38　插入标题后的学生信息表

⑤ 单击列标 A，选定 A 列单元格，选择“插入”|“列”命令，在原 A 列左侧插入一个新列，单击 A2 单元格，输入“学号”；单击 A3 单元格，输入“'03001”，然后将鼠标指向该单元格右下角的黑色小方块（即填充柄，见图 2–39），当鼠标指针变为十字形状“**+**”时，向下拖动，完成其余学生学号数据的输入。注意：“'03001”表示“03001”为字符型数据；如果没有单引号，表示“03001”为数值型数据。数值型数据可以进行算术运算，而字符型数据一般不能进行算术运算，而且数值型数据的前导数 0 也不会被显示。）

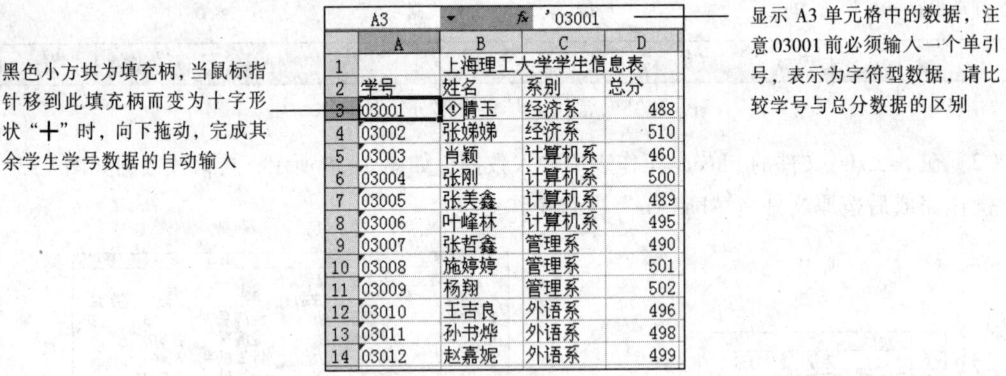

黑色小方块为填充柄，当鼠标指针移到此填充柄而变为十字形状“+”时，向下拖动，完成其余学生学号数据的自动输入
显示 A3 单元格中的数据，注意 03001 前必须输入一个单引号，表示为字符型数据，请比较学号与总分数据的区别
A3
'03001
A B C D
1 上海理工大学学生信息表
2 学号 姓名 系别 总分
3 03001 马睛玉 经济系 488
4 03002 张娣娣 经济系 510
5 03003 肖颖 计算机系 460
6 03004 张刚 计算机系 500
7 03005 张美鑫 计算机系 489
8 03006 叶峰林 计算机系 495
9 03007 张哲鑫 管理系 490
10 03008 施婷婷 管理系 501
11 03009 杨翔 管理系 502
12 03010 王吉良 外语系 496
13 03011 孙书烨 外语系 498
14 03012 赵嘉妮 外语系 499

图 2–39　填充柄操作说明

⑥ 类似第（5）步插入 C 列，在 C2 单元格中输入“性别”，并从 C3 到 C14 依次输入性别数据。在 F2 单元格输入“奖学金”，在 A17 单元格中输入“年度系数”，在 C17 单元格中输入“0.8”。

⑦ 单击 B1 单元格，选择“编辑”|“剪切”命令，单击 A1 单元格选择“编辑”|“粘贴”命令，完成将 B1 单元格中的数据“上海理工大学学生信息表”移到 A1 单元格。

⑧ 单击“常用”工具栏中的“保存”按钮，保存操作结果。

（3）打开配套光盘中"第 2 章\案例 2-2"文件夹下的"案例 2-2-1.xls"文件，做如下操作，然后将操作结果保存在"公式.xls"文件中。

- 按公式：奖学金 = 年度系数 × 总分，计算"奖学金"列的值。
- 分别在 A15 和 A16 单元格中输入"平均值"和"最高值"，在相应的单元格中计算总分和奖学金的平均值和最高值。

① 单击 F3 单元格，在编辑栏中输入公式"= C17*E3"，单击"输入"按钮✔，如图 2-40 所示。

在 F3 单元格输入公式后单击"输入"按钮，编辑栏中显示的是公式本身，而 F3 单元格显示的是经公式计算后的数据。公式中的 C17 表示绝对引用，即在列号 C 和行号 17 前分别加"$"符号，表示所有学生奖学金的年度系数都使用 C17 单元格中的数据，E3 单元格为相对引用，即计算其他学生奖学金时，使用各自不同的"总分"成绩

图 2-40　公式和函数的引用

② 拖动 F3 单元格填充柄到 F14，填入其余学生的奖学金。

③ 在 A15 单元格中输入"平均值"，选中 E15 单元格，单击"常用"工具栏"自动求和"按钮Σ·的下三角按钮，选择"平均值"命令，单击"输入"按钮✔，求出总分的平均值，再拖动填充柄至 F15 单元格求出奖学金的平均值。

④ 在 A16 单元格中输入"最高值"，选中 E16 单元格，单击"常用"工具栏"自动求和"按钮Σ·的下三角按钮，选择"最大值"命令，单击 E3 拖动至 E14，选定求最大值的范围（或直接在编辑栏中修改范围或命令为 MAX(E3:E14)，单击"输入"按钮✔，完成对总分最大值的计算，拖动填充柄至 F16 单元格。

⑤ 将上述操作结果保存在公式.xls 文件。

【体验实验】

建立一个名为"diy2-2-1.xls"的工作簿文件，输入如图 2-41 所示的数据，保存到指定文件夹下。

图 2-41　样张

【归纳】

工作表也称电子表格，用来存储和处理数据。工作簿由若干个工作表组成，一个工作簿就是一个 Excel 文件，其扩展名为.xls。工作簿内可以含有 255 个工作表，一张工作表可以包含 65 536 行、256 列。Excel 2003 提供了几种有效的手段来提高输入效率，包括记忆式输入、选择列表法输入和自动填充输入系列数据等。

【案例 2-6】单元格的格式化

【案例环境】Microsoft Office Excel2003

【任务及步骤】

（1）打开配套光盘中"第2章\案例2-2"文件夹下的"案例2-2-2.xls"文件，做如下操作后，将操作结果保存在"格式化.xls"文件中。采用自动套用格式的"彩色2"格式化表格，然后再删除自动套用格式。

① 打开实验配套盘文件夹下的"ba6.xls"文件。

② 单击表格的任一单元格，选择"格式"|"自动套用格式"命令，选择"彩色2"选项，单击"确定"按钮如图2-42所示。

③ 单击表格的任一单元格，选择"格式"|"自动套用格式"命令，选择"无"选项，单击"确定"按钮。

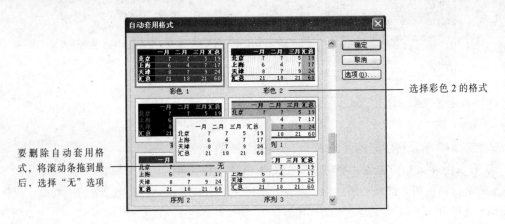

图2-42　自动套用格式

（2）自定义格式的具体要求如下：

① 设置表格标题为华文行楷、16磅、加粗、蓝色、合并居中对齐、分两行、行高45。

② 设置表格第2行为华文楷体、16磅、加粗、灰色-25％底纹、行高35，隐藏第17行。

③ 设置整个表格，加粗字体，最适合列宽，单元格内容水平、垂直居中。

④ 为整个表格添加最粗实线外框、最细实线内框、第2行的下框线为双实线。

⑤ 为"姓名"列和"奖学金"列（不含"姓名"和"奖学金"单元格）添加浅黄色底纹。操作结果如图2-43所示，常用格式栏的名称如图2-44所示。

	A	B	C	D	E	F
1		上海理工大学				
		学生信息库				
2	学号	姓名	性别	系别	总分	奖学金
3	03001	马晴玉	女	经济系	488	390.4
4	03002	张婵娟	女	经济系	510	408
5	03003	肖颖	女	计算机	460	368
6	03004	张刚	男	计算机	500	400
7	03005	张美鑫	女	计算机	489	391.2
8	03006	叶峰林	男	计算机	495	396
9	03007	张哲鑫	男	管理系	490	392
10	03008	施婷婷	女	管理系	501	400.8
11	03009	杨翔	男	管理系	502	401.6
12	03010	王吉良	男	外语	496	396.8
13	03011	孙书烨	男	外语	498	398.4
14	03012	赵嘉熙	女	外语	499	399.2
15	平均值				494	395.2
16	最高值				510	408
18						

行号16后显示的行号18，说明第17行被隐藏

图2-43　操作结果

① 单击 A1 单元格，使用"格式"工具栏设置标题字体为华文行楷、16 磅、加粗和蓝色。

② 选定 A1:F1 数据区域，单击"格式"工具栏的"合并及居中"按钮⬚。选中 A1 单元格，在编辑栏中将插入点定位于"上海理工大学"后，按【Alt+Enter】组合键，使标题分为两行。单击"输入"按钮✓。选择"格式"｜"行"｜"行高"命令，输入"45"，单击"确定"按钮，设置行高。

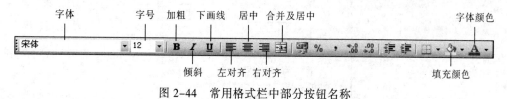

图 2-44　常用格式栏中部分按钮名称

③ 选定 A2:F2 数据区域，使用"格式"工具栏设置字体为华文楷体、16 磅、加粗；单击"格式"工具栏的"填充颜色"按钮的下三角按钮⬚，选择"灰色–25%"的底纹如图 2-45 所示；选择"格式"｜"行"｜"行高"命令，输入"35"，单击"确定"按钮；单击第 17 行的行标，选择"格式"｜"行"｜"隐藏"命令。

④ 选定 A3:F16 数据区域，单击"格式"工具栏的"加粗"按钮。

⑤ 选定整个表格区域 A2:F16，选择"格式"｜"列"｜"最适合列宽"命令。选择"格式"｜"单元格"命令。在"单元格格式"对话框的"对齐"选项卡中，选择"水平对齐"下拉列表框中的"居中"选项，选择"垂直对齐"下拉列表框中的"居中"选项，单击"确定"按钮。

图 2-45　填充颜色

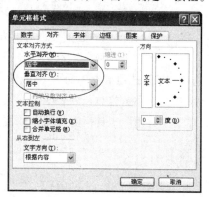

图 2-46　"对齐"选项卡

⑥ 选定整个表格区域 A2:F16，选择"格式"｜"单元格"命令，如图 2-47 所示。在"单元格格式"对话框的"边框"选项卡中，在"线条"列表框中选中最粗的实线样式，单击"外框线"按钮⬚，选中最细的实线样式，单击"内部"⬚按钮，最后单击"确定"按钮，如图 2-47 所示。选定 A2:E2 数据区域，选择"格式"｜"单元格"命令，在"单元格格式"对话框的"边框"选项卡中，选中双线样式、最后单击"下框线"按钮⬚，单击"确定"按钮。

⑦ 选定数据区域 B3:B14，按【Ctrl】键的同时选定数据区域 F3:F14，使这两部分数据同时被选择，单击"格式"工具栏的"填充颜色"按钮的下三角按钮⬚，选择"浅黄"，完成对区域的填充。

（3）将总分在 500 分以上（含 500 分）的总分设置成红色加粗字体。

① 选定"总分"的数据区域 E3:F14，选择"格式"｜"条件格式"命令，在"条件格式"对话框中，单击"介于"旁的下三角按钮，选择"大于或等于"选项，后面文本框中输入 500，如

图 2-48 所示，单击"确定"按钮。

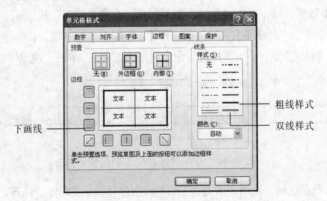

下画线

粗线样式
双线样式

图 2-47 "边框"选项卡

② 将实验结果保存在"格式化.xls"文件中。

1. 条件下拉列表框选择条件"大于或等于"选项

2. 打开"格式按钮"对话框，设置格式"红色、加粗"

图 2-48 "条件格式"设置对话框

（4）将"奖学金"列的数据设置为加人民币符号"￥"、不保留小数位的格式。

① 选定"奖学金"列数据区域 F3:F16，选择"格式"｜"单元格"命令，在"单元格格式"对话框的"数字"选项卡中，如图 2-46 所示。选择"货币"分类，在"货币符号"下拉列表中，选择"￥"；在"小数位数"列表中，输入"0"，单击"确定"按钮。

② 单击"常用"工具栏的"保存"按钮 🖫，保存实验结果，退出 Excel。

【体验实验】

打开配套光盘中"第 2 章\DIY2-2"文件夹下的"diy2-2-2.xls"文件，按下列要求操作，结果以同名文件保存，操作结果如图 2-49 所示。

（1）将 Sheetl 中的标题"世界知名 IT 公司 1999 年营收情况（百万美元）"的格式设置为：楷体、蓝色、12 磅、粗斜体，并在 A1:G1 区域跨列居中。

（2）将 Sheet2 重命名为"商场销售表"，将 Sheetl 中"飞利浦"增加批注"世界著名电子公司"，并将该批注复制给"三星"，并显示所有批注的内容。

（3）以公司名称递增的方式对 Sheetl 中的数据进行排序，取消"利润"列的隐藏，再计算预计利润、预计营收及营收、利润、预计利润、预计营收的平均值（预计营收=营收＋营收×增长率，预计利润＝利润＋营收×世界平均利润率）。

（4）将 Sheetl 中的所有与货币有关的数据格式设置为"$#,##0.00_)"、"($#,##0.00)"，并设置区域"SKL"中所有单元格的格式：红色粗体字、黄色背景。最后适当调整列宽，使各货币数据能正确显示。

	A	B	C	D	E	F	G
1			世界知名IT公司1999年营收情况（百万美元）				
2	公司	所属国家	营收	增长率	利润	预计利润	预计营收
3	英特尔	美国	$13,828.00	0.37	$7,414.00	$10,229.95	$18,944.36
4	NEC	日本	$11,360.00	0.43	$5,130.00	$8,772.19	$16,244.80
5	东芝	日本	$10,185.00	0.35	$5,092.00	$7,424.87	$13,749.75
6	日立	日本	$9,422.00	0.42	$4,511.00	$7,224.79	$13,379.24
7	摩托罗拉	美国	$9,173.00	0.27	$4,031.00	$6,290.84	$11,649.71
8	三星	韩国	$8,344.00	0.73	$4,122.00	$7,794.96	$14,435.12
10	富士通	日本	$5,511.00	0.42	$2,670.00	$4,225.83	$7,825.62
11	三菱	日本	$5,154.00	0.37	$2,480.00	$3,812.93	$7,060.98
12	飞利浦	荷兰	$4,040.00	0.38	$2,020.00	$3,010.61	$5,575.20
13	微软	美国	$25,683.00	1.05	$16,300.00	$28,431.08	$52,650.15
14	大宇	韩国	$6,542.00	0.33	$3,270.00	$4,698.46	$8,700.86
15	LG	韩国	$9,567.00	0.63	$5,230.00	$8,420.87	$15,594.21
16	联想	中国	$1,532.00	0.89	$711.00	$1,563.56	$2,895.48
17	方正	中国	$846.00	0.85	$423.00	$845.15	$1,565.10
18	金山	中国	$64.00	1.25	$32.00	$77.76	$144.00
19	平均值：		$8,078.19		$4,214.75	$6,815.29	$12,620.91
20	世界平均利润率：		0.54				

图 2-49　样张

【归纳】

对工作表的数据进行格式化，可以利用"格式"│"单元格"、"行"和"列"命令或格式工具栏上的按钮，对数据的表示方式、字体、对齐方式、边界、色彩、图案、列宽、行高等方式进行选择；也可以利用"格式"│"自动套用格式"命令快速进行格式化。通过对工作表的格式化，可使工作表的外形更美观，还可以突出部分重点数据，也使工作表更具有可读性。

【案例 2-7】图表的创建、编辑和修改

【案例环境】Microsoft Office Excel2003

【任务及步骤】

（1）打开配套光盘中"第 2 章\案例 2-2"文件夹下的"案例 2-2-3.xls"文件，做如下操作，然后将操作结果保存在"图表 1.xls"文件中。在 Sheet1 工作表的 A19:F30 区域，创建计算机系 4 位学生的总分和奖学金的簇状柱形图，如图 2-50 所示。

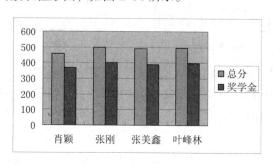

图 2-50　图簇状柱形图

① 单击 B2 单元格，按【Ctrl】键，单击 E2 单元格并拖动鼠标至 F2 单元格；选定 B2、E2:F2 标题行，按【Ctrl】键，单击 B5 单元格，按【Ctrl】键，单击 E5 单元格并拖动鼠标至 F5 单元格，依此类推设置其余数据。

② 单击"常用"工具栏的"图表向导"按钮，在"图表向导"对话框的"标准类型"选项卡中，选择"图表类型"为"柱形图"、"子图表类型"为"簇状柱形图"，如图 2-51 所示。单击"完成"按钮（完整的作图过程分为四个步骤，此处仅需步骤之 1 即可，其他三个步骤分别见

图 2-52～图 2-54）。

③ 鼠标指向图表空白处，拖动鼠标，移动图表，使图表的左上角与 A19 单元格对齐；鼠标指向图表右下角的控制点，拖动并使右下角与 F30 单元格对齐。

④ 选择"文件"|"另存为"命令，将操作保存到图表 1.xls 文件中。

图 2-51　图表向导　步骤 4 之 1

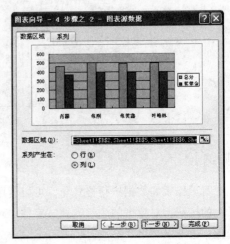

图 2-52　图表向导　步骤 4 之 2

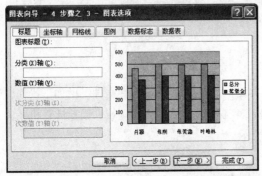

图 2-53　图表向导　步骤 4 之 3

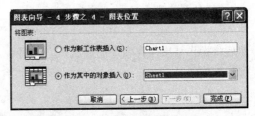

图 2-54　图表向导　步骤 4 之 4

（2）打开配套光盘中"第 2 章\案例 2-2"文件夹下的"图表 1.xls"文件，参考如图 2-55 所示，对 Sheet1 工作表中的图表，做如下编辑和修改操作，显示在 A19:F35 区域，然后将操作结果保存在"图表 2.xls"文件中。

说明如下：

① 将学生"杨翔"的系列由"管理系"改为"计算机系"并将杨翔的数据添加到图表中。

② 将图表类型改为两轴线－柱图。

③ 添加图表标题"计算机学生信息表"和数值轴标题"总分和奖学金"，添加图表的数值轴主要网格线，在图表中显示数据表。

④ 将图表标题设置为华文楷体加粗 18 磅、数值轴标题设置为华文楷体加粗 12 磅、数值轴标题竖向，次数值轴采用货币样式不保留小数。

⑤ 设置图表区圆角阴影边框线、信纸纹理，设置绘图区底纹样式由红、白双色斜下。

⑥ 取消图例的边框线，设置图例底纹为"白色大理石"，位置在底部。

⑦ 设置数据表字体加粗，总分分数依数据点分色。

⑧ 设置杨翔的总分分数作为数据标志。

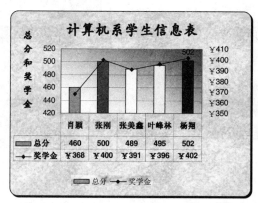

图 2-55　Sheet1 工作表中的图表样张

具体操作如下：

① 选定 D11 单元格，输入"计算机"，调整图表区域大小，选定 B11 单元格，按【Ctrl】键同时选定 E11 单元格并拖动到 F11 单元格；即选定 B11 单元格和 E11:F11 数据区域，单击"常用"工具栏中的"复制"按钮；选中图表，单击"常用"工具栏中的"粘贴"按钮，添加杨翔的数据到图表上。

② 右击图表，选择"图表类型"命令，在"图表类型"对话框的"自定义类型"选项卡中，选择"图表类型"下拉列表框中的"两轴线－柱图"选项，如图 2-56 所示，单击"确定"按钮。

③ 选中图表右击，选择快捷菜单的"图表选项"命令，打开"图表选项"对话框，做如下设置，注意观察对话框中图表的变化：

a. 在"标题"选项卡中，在"图表标题"文本框中输入"计算机系学生信息图表"；在"分类（X）轴（C）文本框中"输入"姓名"；在"数据轴"文本框中输入"总分和奖学金"，如图 2-57 所示，单击"确定"按钮。

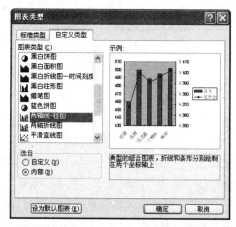

图 2-56　"图表类型"对话框"自定义类型"选项卡

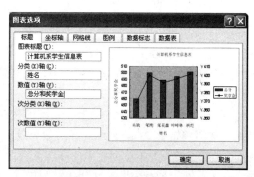

图 2-57　"图表选项"对话框

b. 在"网格线"选项卡，输入选中"数值（Y）轴"选项区域中的"主要网格线"复选框，如图 2-58 所示，单击"确定"按钮。

c. 在"数据表"选项卡，选中"显示数据表"复选框，显示数据表，如图 2-59 所示，单击"确定"按钮。

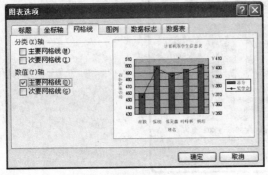 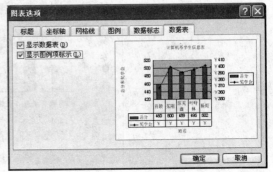

图 2-58 "网格线"选项卡　　　　图 2-59 "数据表"选项卡

④ 右击图表标题"计算机系学生信息表"，选择"图表标题格式"命令，在"图表标题格式"对话框的"字体"选项卡中，设置字体格式如图 2-60 所示，单击"确定"按钮。右击数据轴标题"总分和奖学金"选项，选择"坐标轴标题格式"命令，在"坐标轴标题格式"对话框的"对齐"选项卡中，设置坐标轴格式如图 2-61 所示，单击"确定"按钮。

 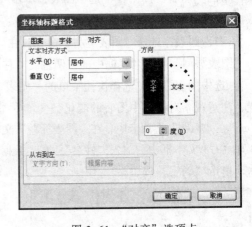

图 2-60 "字体"选项卡　　　　图 2-61 "对齐"选项卡

⑤ 右击图表的空白区域，选择"图表区格式"命令，在"图表区格式"对话框的"图案"选项卡中，选中"阴影"和"圆角"复选框，如图 2-62 所示；单击"填充效果"按钮，在"填充效果"对话框的"纹理"选项卡中，选择"信纸"选项，如图 2-63 所示，单击"确定"按钮，再单击"确定"按钮。

⑥ 右击图表灰色绘图区，选择"绘图区格式"命令，在"绘图区格式"对话框中，单击"填充效果"按钮，如图 2-64 所示，在"填充效果"对话框的"渐变"选项卡中，选中"双色"单选按钮，在"颜色 1"下拉列表中选择红色、在"颜色 2"下拉列表中选择白色，在"底纹样式"选项区域中，单击"斜下"单选按钮，如图 2-65 所示，单击"确定"按钮。

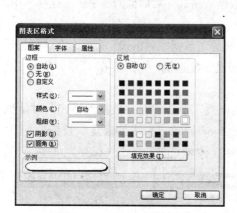

图 2-62　"图案"选项卡

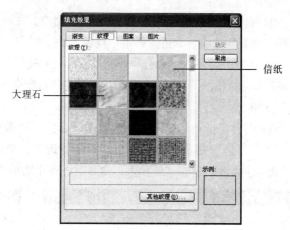

图 2-63　"纹理"选项卡

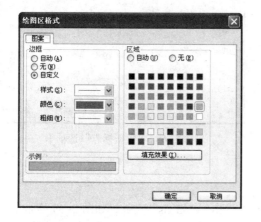

图 2-64　"绘图区格式"对话框

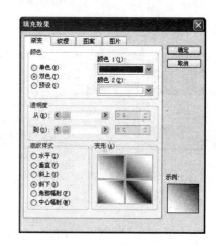

图 2-65　"渐变"选项卡

⑦ 右击图表的图例，选择"图例格式"命令，在"图例格式"对话框的"图案"选项卡中，选中"边框"选项区域中的"无"单选按钮，如图 2-66 所示，单击"填充效果"按钮，在"填充效果"对话框的"纹理"选项卡中，选择"白色大理石"选项，如图 2-63 所示，单击"确定"按钮；在"图例格式"对话框的"位置"选项卡中，选中"底部"单选按钮，单击"确定"按钮。

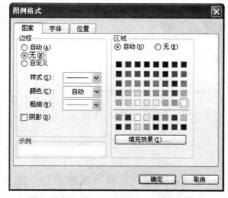

图 2-66　"图案"选项卡

⑧ 右击数据表，选择"数据表格式"命令，在"数据表格式"对话框的"字体"选项卡中，选择"加粗"选项，单击"确定"按钮。

⑨ 右击任意一个"总分"数据（深红色的柱形），选择"数据系列格式"命令，在"数据系列格式"对话框的"选项"选项卡中，选中"依数据点分色"复选框，如图 2-67 所示，单击"确定"按钮。

⑩ 右击"杨翔"的"总分"数据，选择"数据点格式"命令，在"数据点格式"对话框的"数据标志"选项卡中，选中"值"复选框，如图 2-68 所示，单击"确定"按钮。

⑪ 选择"文件" | "另存为"命令，将操作结果以新文件名"图表 2.xls"保存。

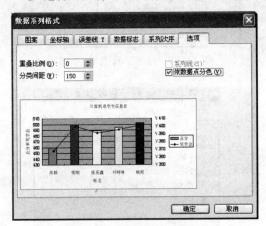

图 2-67 "选项"选项卡

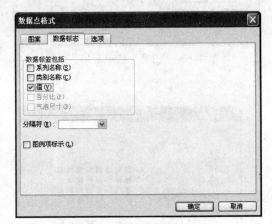

图 2-68 "数据标志"选项卡

【体验实验】

打开配套光盘中"第 2 章\DIY2-2"文件夹下的"diy2-2-3.xls"文件，如图 2-69 样张所示，在 A22:H36 区域创建并编辑图表，字体均为宋体 12 磅，数据点标志再加粗、颜色为红色，将操作结果以原文件名保存。

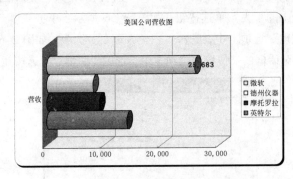

图 2-69 样张

【归纳】

图表具有较好的视觉效果，可以方便用户查看数据的差异、图案和预测趋势。在 Excel 中创建的图既可以放在新工作表中，也可以作为对象插入在原工作表中。因为图表反映的是工作表中的某些数据，所以在创建图表前必须首先从工作表中规则地选择好数据，然后才能根据图表创建向导来创建图表。

创建一个图表一般可分为四个步骤，每一个步骤的对话框又可根据需要填入适当内容。图表创建完成后，一般还必须根据需要，对图表进行编辑和修改，使图表更完整、更美观从而更清晰。

【案例 2-8】数据管理

【案例环境】Microsoft Office Excel 2003

【任务及步骤】

（1）打开配套光盘中"第 2 章\案例 2-2"文件夹下的"案例 2-2-4.xls"文件，以姓名为关键字按笔画升序排序（注意第 15 至第 17 行不参加排序），然后将操作结果保存在"排序 1.xls"文件中。

① 单击数据清单的 A2 单元格，按【Shift】键，再单击 F14 单元格，选中 A1:F14 数据区域，选择"数据"|"排序"命令。在"排序"对话框中，选择"姓名"为主要关键字，选中"升序"单选按钮，如图 2-70 所示，单击"选项"按钮 选项(O)... ，在"排序选项"对话框中，选中"笔划排序"单选按钮，如图 2-71 所示，单击"确定"按钮。

图 2-70 "排序"对话框

图 2-71 "排序选项"对话框

② 选择"文件"|"另存为"命令，将实验结果保存在"排序 1.xls"文件中。

（2）打开配套光盘中"第 2 章\案例 2-2"文件夹下的"案例 2-2-4.xls"文件，以系别为主要关键字，按"经济系、管理系、外语系、计算机"次序，以总分为次要关键字降序排序，保存在"排序 2.xls"文件中。

① 选择"工具"|"选项"命令，弹出"选项"对话框在"自定义序列"选项卡的"输入序列"列表框中，输入"经济系"、"管理系"、"外语系"和"计算机系"，如图 2-72 所示，单击"添加"按钮，最后单击"确定"按钮。

② 选中 A2:F14 数据区域，选择"数据"|"排序"命令，在"排序"对话框中，选择"系别"为主要关键字，单击"选项"按钮，如图 2-70 所示。在"排序选项"对话框的"自定义排序次序"下拉列表中，选择"经济系，管理系，外语系，计算机系"选项，单击"确定"按钮；在"排序"对话框中，选择"总分"为次要关键字，选中"降序"单选按钮，单击"确定"按钮。

③ 选择"文件"|"另存为"命令，将实验结果保存在"排序 2.xls"文件中。

图2-72 "自定义序列"选项卡

（3）打开配套光盘中"第2章\案例2-2"文件夹下的"案例2-2-4.xls"文件，做如下筛选操作，然后将实验结果保存在"筛选.xls"文件中。

● 筛选出奖学金最高的三个记录再恢复被筛选的记录。

● 筛选出经济系或管理系且总分在500分（含500分）以上的记录。

① 选中第15行，选择"插入"|"行"命令，使平均值一行和筛选的数据区域之间有一个空行，如图2-73所示，单击数据清单的任意一个单元格，选择"数据"|"筛选"|"自动筛选"命令，单击"奖学金"字段的筛选箭头，在下拉菜单中，选择"（前10个）"命令，在"自动筛选前10个"对话框中，设置"最大"、"3"、和"项"选项，如图2-74所示，单击"确定"按钮，筛选出奖学金最高的三个记录。

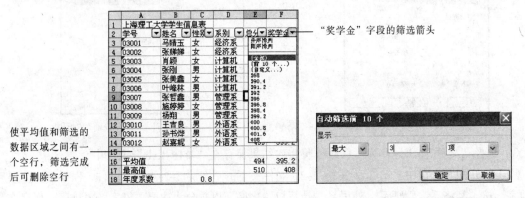

图2-73 自动筛选操作　　　图2-74 筛选"奖学金"最高值的前三项

② 单击"奖学金"字段的筛选箭头，选择"（全部）"命令，恢复显示全部记录。

③ 单击"总分"字段的筛选箭头，选择"（自定义）"命令，在"自定义自动筛选方式"对话框中，如图2-75所示，设置显示行条件总分"大于或等于"、"500"选项，单击"确定"按钮。单击"系别"字段的筛选箭头，选择"（自定义）"命令，在"自定义自动筛选方式"对话框中，设置显示行条件系别"等于"、"经济系"选项，选中"或"单选按钮，同样地设置显示行条件系别"等于"、"管理系"选项，单击"确定"按钮，如图2-76所示。

④ 选择"文件"|"另存为"命令，将实验结果保存在"筛选.xls"文件中。

（4）打开配套光盘中"第2章\案例2-2"文件夹下的"案例2-2-4.xls"文件，做以下分类汇总操作，然后将实验结果保存在"分类汇总.xls"文件中。

- 对 Sheet1 工作表，隐藏第 15～17 行，然后对数据进行分类汇总，计算出各系奖学金的总和及平均值。
- 修改分级显示，除经济系外，隐藏明细数据，只显示汇总数据。

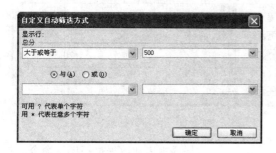
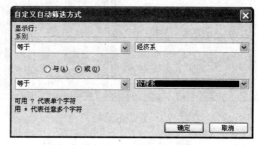

图 2-75　自定义筛选条件一　　　　　　图 2-76　自定义筛选条件二

① 单击第 15 行的行标并拖动至第 17 行，选项"格式"|"行"|"隐藏"命令，选中"系别"列的任意一个单元格，单击"常用"工具栏上的"升序排序"按钮，按"系别"排序。注意分类汇总前，必须先做一次排序的操作。

② 单击数据清单的任意一个单元格，选择"数据"|"分类汇总"命令，如图 2-77 所示。在"分类汇总"对话框中，在"分类字段"下拉列表中选择"系别"选项、在"汇总方式"下拉列表中选择"求和"选项、在"选定汇总项"下拉列表中选择"奖学金"选项，单击"确定"按钮；再次选择"数据"|"分类汇总"命令，在"分类汇总"对话框中，在"汇总方式"下拉列表中选择"平均值"选项，选中"替换当前分类汇总"复选框，单击"确定"按钮。如图 2-78 所示为操作结果。

③ 单击分级显示按钮"2"，隐藏明细数据，单击第 16 行左侧的"+"按钮，将显示明细数据。操作结果如图 2-79 所示。

图 2-77　"分类汇总"对话框

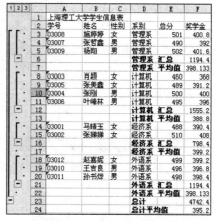

图 2-78　分类汇总数据

④ 选择"文件"|"另存为"命令，将实验结果保存在"分类汇总.xls"文件中。

（5）打开配套光盘中"第 2 章\案例 2-2"文件夹下的"案例 2-2-4.xls"文件，做如下操作，然后将实验结果保存在"数据透视表.xls"文件中。

在原有工作表上建立数据透视表，以"系别"为行字段、"性别"为列字段，计算总分的平均值和奖学金的最大值，如图 2-80 所示。

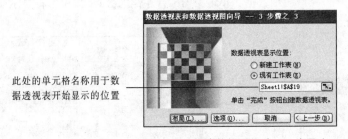

图 2-79　分类汇总结果　　　　　　　　　图 2-80　创建数据透视表

① 单击数据清单的任意一个单元格，选择"数据"|"数据透视表和数据透视图"命令，打开"数据透视表和数据透视图向导——3 步骤之 1"对话框，单击"下一步"按钮。

② 打开"数据透视表和数据透视图向导——3 步骤之 2"对话框，单击"下一步"按钮。

③ 打开"数据透视表和数据透视图向导——3 步骤之 3"对话框，单击"现有工作表"单选钮并在数据表中选中 A19 单元格，如图 2-81 所示，单击"布局"按钮 布局(L)... ，打开"数据透视表和数据透视图向导——布局"对话框，将"系别"按钮拖动到"行"区域中、"性别"按钮拖动到"列"区域中、"总分"和"奖学金"按钮分别拖动到"数据"区域中，此时可看到对"总分"和"奖学金"的汇总方式都是求和，如图 2-82 所示。再双击"总分"按钮，在"数据透视表字段"对话框中，在"汇总方式"下拉列表中选择平均值选项，如图 2-83 所示，同理将奖学金的汇总方式改为最大值，单击"确定"按钮，最后单击"完成"按钮。

此处的单元格名称用于数据透视表开始显示的位置

图 2-81　创建数据透视表——步骤之 3

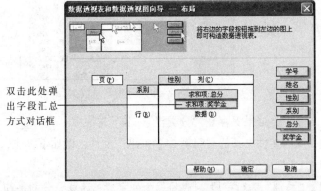

双击此处弹出字段汇总方式对话框

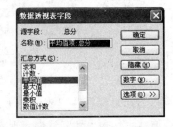

图 2-82　"数据透视表和数据透视图向导——布局"对话框　图 2-83　"数据透视表字段"对话框汇总方式

【体验实验】

打开配套光盘中"第 2 章\DIY\DIY2-2"文件夹下的"diy2-2-4.xls"文件，如图 2-84 样张所示，完成操作并以原文件名保存。

（1）按照"所属国家"列，以"中国"、"美国"、"日本"、"韩国"、"荷兰"次序为主关键字，"营收"字段为次关键字升序，对表格排序，"平均值行"和"世界平均利润率"行不参加排序。

（2）创建、编辑数据透视表并显示在 G3 开始的位置。

	A	B	C	D	E	F	G	H	I
1	世界知名IT公司1999年营收情况(百万美元)								
2	公司	所属国家	营收	增长率			所属国▼	数据 ▼	汇总
3	金山	中国	64	1.99			中国	平均值项:营收	814
4	方正	中国	846	0.85				最大值项:增长率	1.99
5	联想	中国	1,532	0.89			美国	平均值项:营收	14171
6	摩托罗拉	美国	9,173	0.27				最大值项:增长率	1.05
7	英特尔	美国	13,828	0.37			日本	平均值项:营收	8326.4
8	微软	美国	25,683	1.05			韩国	平均值项:营收	8151
10	三菱	日本	5,154	0.37				最大值项:增长率	0.73
11	富士通	日本	5,511	0.42					
12	日立	日本	9,422	0.42					
13	东芝	日本	10,185	0.35					
14	NEC	日本	11,360	0.43					
15	大宇	韩国	6,542	0.33					
16	三星	韩国	8,344	0.73					
17	LG	韩国	9,567	0.63					
18	飞利浦	荷兰	4,040	0.38					
19	平均值:								
20	世界平均利润率:		0.54						

图 2-84　样张 1

【归纳】

Excel 中"数据"主菜单下的"排序"、"筛选"、"分类汇总"和"数据透视表和数据透视图"四个命令是 Excel 中统计、分析、研究数据的非常有效的工具命令。"排序"不仅可以依据系统本身定义的次序来对数据列表排序，而且可以结合"工具"菜单下的"选项"命令自定义排序序列，完成特殊需要的排序。"筛选"则是根据某种需求，有选择地显示满足某种条件的数据，隐藏不符合条件的数据，但又不等同于删除这些数据，所以只要需要，随时可以恢复被隐藏的数据。"分类汇总"的操作一般分为两步，首先必须根据汇总字段的要求按汇总字段对数据列表进行一次排序（或分类）操作，然后才能完成汇总操作。"数据透视表和数据透视图"又是不同于"分类汇总"的一种统计工具，这种统计可以选择行和列等更多字段，统计结果可以插在原有工作表中，也可以放在新工作表中。无论是"分类汇总"还是"数据透视表和数据透视图"，统计方式都可以从默认的求和改变为其他统计方式。

【案例 2-9】 Excel 在企业管理中的应用

　　【案例环境】 Microsft Office Excel 2003

　　【任务及步骤】

打开配套光盘中"第 2 章\案例 2-2"文件夹下的"案例 2-2-5.xls"文件，做以下操作，然后将实验结果以原文件名保存。

（1）在计划金额和实际金额列后分别插入"比重%"栏，重新按样张设计表格的表头和表格的各列。除主标题格式黑体、14 磅、加粗外，其余格式均为宋体、10 磅。

（2）计算：计划毛利额，实际毛利率，合计和比重。（计划毛利额=商品销售额（计划）×毛利率（计划），实际毛利率=毛利额（实际）÷商品销售额（实际）），按样张设置数字格式和表格边框（表格上下为粗线，内部细线）。

（3）在 A13:I27 区域制作如图 2-85 样张所示的嵌入式图表。

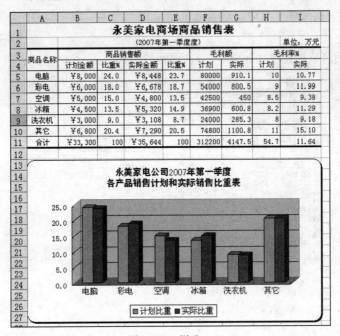

图 2-85　样张 2

具体操作如下：

（1）打开"案例 2-2-5.xls"文件，选中列标 C 并右击，选择"插入"命令，插入新的一列 C，同理插入新的一列 E。在插入列时，单击行标 2 并右击，选择"插入"命令，单击 A1 单元格，在编辑区域选中相关文字并剪切到 B2 和 I2 单元格，在 C4 和 E4 单元格中分别输入"比重%"，对表格主标题在 A1:I1 单元格合并居中，副标题在 B2:H2 单元格合并居中，按要求设置字体和字号。

（2）在 F5 单元格输入"=B5×H5"，单击"确定"按钮并拖动到 F10 单元格，同理在 I5 单元格输入"=G5/D5×100"，单击"确定"按钮并拖动到 I10 单元格，选中 B11 单元格，单击 ∑ ▾ 自动求和下三角按钮，选择"求和"命令，拖动填充柄到 I11 单元格，这样求出了各栏的合计。单击 C5 单元格，输入"= B5/b11×100"，单击"确定"按钮并拖动到 C10 单元格，按相同方法计算 E5:E10 区域的比重数据，按样张设置表格部分的数据格式。

（3）单击 A5 并拖动到 A10，按【Ctrl】键，单击 C5 并拖动到 C10，按【Ctrl】键不放，单击 E5 并拖动到 E10，分别选取区域 A5:A10、C5:C10、E5:E10，按照案例 7 操作方法，建立和编辑图形，最后如图 2-86 所示，分别将"系列 1"和"系列 2"名称修改为"计划比重"和"实际比重"。

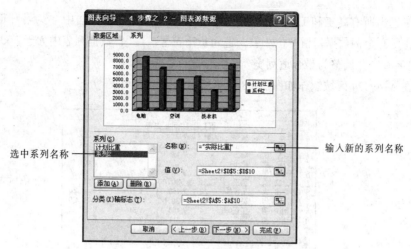

图 2-86 样张 3

【体验实验】

（1）打开配套光盘中"第 2 章\DIY\DIY2-2"文件夹下的"diy2-2-5.xls"文件，按下列要求操作，将结果以原文件名保存。操作样张如图 2-86 所示。

① 计算所有职工的实发工资（条件为：工龄≥15 年者，其实发工资为：基本工资×1.3+奖金，工龄<15 年者，其实发工资为：基本工资×1.1+奖金）；计算基本工资和奖金的平均值（不含隐藏项），计算后隐藏该行。

② 将标题"职工工资统计汇总表"占据工作表的 A1、A2 两行，并使该标题在 A1：G2 区域中垂直居中，所有金额数据采用"货币样式"。

③ 对 Sheet1 工作表中的数据列表，建立如样张所示的分类汇总，在 A1：G16 区域设置边框线，外框为最粗实线，内框为细线。

（2）打开配套光盘中"第 2 章\DIY\DIY2-2"文件夹下的"diy2-2-6.xls"文件，按下列要求操作，将结果以原文件名保存。操作样张如图 2-87 所示。

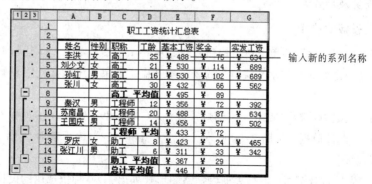

图 2-87 样张 4

① 显示第 5 行数据，计算出所有职工的实发工资（基本工资 + 奖金 – Sheet2 工作表中的公积金）；并计算基本工资和奖金的平均值。

② 筛选出所有高工和工程师的记录，标题在 A1:G1 区域合并居中，隐藏 H 例。

③ 将所有金额数据保留两位小数，选用货币符号"￥"；数据列表中大于 500 的数据采用蓝色、加粗字形，并调整为最合适列宽。

④ 在 A14:G24 区域制作如图 2-88 样张所示的嵌入式图表。

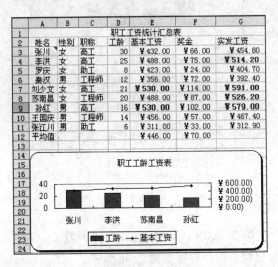

图 2-88　样张 5

2.3　演示文稿制作

【案例 2-10】演示文稿的制作

利用 PowerPoint 2003，在用户盘中创建一个文件名为演示文稿 1.ppt 的演示文稿，演示文稿的具体内容按照以下要求处理，最后效果参见"演示文稿文件.ppt"。

【案例环境】 PowerPoint 2003

【任务及步骤】

1. 模板的选择

（1）在"开始"菜单上单击快捷方式 Microsoft Office PowerPoint 2003 运行 PowerPoint 2003，系统就自动建立一个名为"演示文稿 1"的新演示文稿，如果系统默认就用"默认设计模板（空白设计模板）"。

（2）在菜单选择"格式"|"幻灯片设计"（图 2-89）命令，在演示文稿右边打开本机所带的"应用程序设计模板"如图 2-90 所示。单击"Maple.pot"模板选项，则演示文稿 1 改变成所选择的模板式样。

在"应用设计模板"下列表框以缩略图形式列出了 60 种供选用的设计模板。还可单击其任务窗格下方"浏览"按钮打开文件浏览器直接查找模板来建立演示文稿。演示文稿模板是幻灯片的背景图形、配色方案、文稿标题格式等都已预先设置好的母版，用特殊格式保存为模板文件。套用模板建立新演示文稿是十分轻松的。

（3）选择"文件"｜"保存（另存为）"命令，以演示文稿 1.ppt 文件名保存在用户盘。

图 2-89　幻灯片设计命令菜单　　　　　　图 2-90　应用设计模板

2．母版的设计

首先了解一下"母版"的功能，"母版"是一种特殊的幻灯片格式，幻灯片母版控制字体、字号和颜色，称之为"母版文本"。另外，它还控制了背景色、阴影和项目符号样式等。

幻灯片母版包含文本占位符和页脚（如日期、时间和幻灯片编号）占位符。如果要修改多张幻灯片的外观，不需对每张幻灯片进行修改，而只需在幻灯片母版上做一次修改即可。在 PowerPoint 2003 中将自动更新已有的幻灯片，并对之后新添加的幻灯片同样有效。修改占位符文本可实现更改标题格式。

PowerPoint 2003 提供了"幻灯片母版"，"讲义母版""备注母版"三种幻灯片母版。这些母版保存了幻灯片的格式方案，如：背景、配色方案、图案、文本格式等。母版的外观改变将会影响到演示文稿中的每张幻灯片，可以通过设计母版来改变所有的幻灯片的外观，也可以通过制作母版使所有的幻灯片具有相同的图案、样式、文本格式等。

（1）在菜单中选择"视图"｜"母版"命令，可以看到"母版"菜单中中还包括有三个子菜单"幻灯片母版"、"讲义母版"、"备注母版"如图 2-91 所示，前两种母版是针对幻灯片放映时调整的，而"备注母版"则是针对打印设置的。选择"幻灯片母版"命令，出现"幻灯片母版视图"及视图工具栏，如图 2-92 所示。在母版视图中可自行设置标题样式、文本样式、背景、图案等。

（2）单击左下方"<日期/时间>"的幻灯片区域，然后选择"插入"｜"日期和时间"命令，在弹出的"日期和时

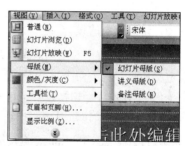

图 2-91　"母版"命令菜单

间"对话框中选择一种合适的日期和时间，然后单击"确定"按钮，就可以看到在母版区域已被替换为当前的系统时间，如图 2-93 所示。同样方法，可以通过选择"插入" |"幻灯片编号"命令，在幻灯片右下角增加编号。

图 2-92　幻灯片母版视图

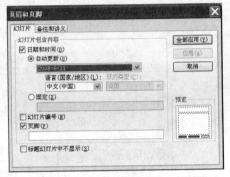

图 2-93　"页眉和页脚"对话框

（3）还可以使用插入命令插入一幅图片，具体操作如下：在菜单中选择"插入" |"图片" |"剪贴画"命令，再单击右下角的"管理剪辑"按钮，在弹出的窗口中选择一张图片如图 2-94 所示，然后单击在弹出的快捷菜单中选择"复制"命令。回到幻灯片母版中，选择合适的位置右击，选择"粘贴"命令，单击"关闭"按钮，则所有 PowerPoint 幻灯片页面都同时显示这张图片和修改的日期，如图 2-95 所示。

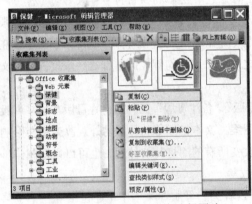

图 2-94　在剪辑管理器中选择图片

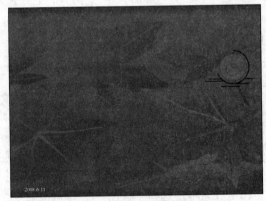

图 2-95　设计的动画效果

3．动画效果的设计

幻灯片切换效果和动画效果也被统称为播放效果，分别通过"幻灯片切换"、"动画方案"和"自定义动画"三个命令进行设置，如图 2-96 所示。

（1）设置幻灯片切换效果。切换效果是指一张幻灯片切换到另一张幻灯片时屏幕变化的特殊效果，其内容包括切换方式、切换速度和是否带有声音。

① 打开演示文稿 1.ppt，选中第 1 张幻灯片。

② 在菜单中选择"幻灯片放映" |"幻灯片切换"命令，在"幻灯片切换"任务窗格中如

图 2-97 所示，可以设置：切换方式、速度、声音和换片方式等。

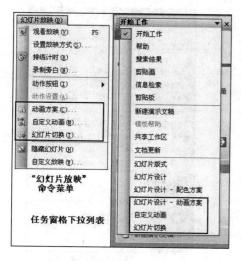

图 2-96　设置播放效果命令

图 2-97　幻灯片切换窗格

③ 单击"播放"按钮可在幻灯片视图上演示效果（选择"自动预览"单选按钮，可在设置中随时可以看到演示效果）；单击"幻灯片放映"按钮可以放映的方式演示效果。

幻灯片切换的设置过程就是应用的确认过程。如果单击"应用于母版"按钮则作用到使用本母版的全部幻灯片；如果单击"应用到所有幻灯片"按钮，则本文档的所有幻灯片应用本切换效果。

如果要修改某幻灯片的切换效果，只要选中该幻灯片后，在"幻灯片切换"任务窗格重新设置切换效果；要撤销幻灯片切换效果，只要选中该幻灯片后，选择"应用于所选幻灯片"下拉列表框中最上方的"无切换"选项即可。

（2）设置动画效果。动画效果是指幻灯片在放映时，标题文字、图形图像等对象元素以同时或先后以各种运动动态方式进入屏幕。给演示文稿添加动画效果，一是为提高观众的兴趣，吸引观众的注意力；二是为加强演示文稿的讲演效果，例如在放映演示文稿时，逐个显示讲演要点。

动画效果的设置方法比较简单，可以从"动画方案"和"自定义动画"两种途径进行设置。

① 动画方案。选中演示文稿 1.ppt 的第 2 张幻灯片，选择"幻灯片放映"|"动画方案"命令，切换到"动画方案"任务窗格；从预设方案中选择，一个预设动画方案含有幻灯片切换、标题动画效果和文本动画效果三部分内容，当鼠标移向某一方案上稍停留，系统即显示该动画方案的方案信息，如图 2-98 所示。

"动画方案"命令是针对整张幻灯片设置的，如果要针对个别对象设置动画效果需要选择"自定义动画"命令。

② 自定义动画。自定义动画是针对幻灯片内容对象设计的，因此须在幻灯片视图下操作。先选中要设置动画效果的对象，然后选择"自定义动画"命令，显示"自定义动画"任务窗格进行设置，如图 2-99 所示。

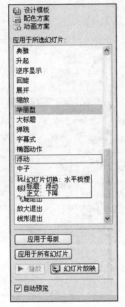

图 2-98 "动画方案"窗格

图 2-99 "自定义动画"窗格

（3）创建交互放映的方法有两种：动作按钮和超链接。

① 超链接：超链接本身可能是文本或对象、图形、形状或艺术字。在放映演示文稿时如果需要在幻灯片播放过程中跳转到其他的幻灯片或另一个演示文稿内，或者跳转到 Word 文档、应用程序等，可以通过为对象设置超链接来实现。

创建超链接的方法是：插入选中某一幻灯片，再从中选中需要建立超链接的文本和图形。选择"插入"|"超链接"命令，打开"插入超链接"对话框，如图 2-100 所示。在"链接到"选项区域中根据需要选择"原有文件或网页"、"本文档中的位置"、"新建文档"、"电子邮件地址"选项。

② 动作按钮：在幻灯片视图下，选中某一张幻灯片，选择"幻灯片放映"|"动作按钮"命令。

在弹出的"动作按钮"菜单中选择子菜单中的"动作按钮"命令（鼠标指针移到按钮上时，便会出现相应按钮的说明文字），例如单击"上一张"动作按钮，如图 2-101 所示。

图 2-100

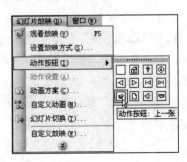

图 2-101

③ 在幻灯片的右下角拖动动作按钮，并在弹出的"动作设置"对话框中，确认默认的设置超链接到"最近观看的幻灯片"中（达到返回的目的）。

可以用"复制"|"粘贴"操作，将 1 张幻灯片上的动作按钮复制到另外 1 张幻灯片上。

通过上述"超链接"到幻灯片结合应用"动作按钮"操作就可以实施演示文稿顺序的改变。

在"动作设置"对话框的"超链接到"下拉列表中，除了可以选择其他幻灯片以外，还可以选择"其他文件"选项来运行其他的文件进行演示，选择"其他 PowerPoint 演示文稿"选项来启动其他演示文稿的演示，选择"URL"选项来打开 Internet 网络上的其他站点。

4．对象的插入

在幻灯片中插入对象的方法有两种：用"幻灯片版式"插入对象或在菜单中选择"插入"命令插入对象。

（1）使用菜单中的"插入"命令插入对象。

① 选择"演示文稿 1.ppt"中的 1 张幻灯片。

② 选择"插入"|"图片"|"来自文件"命令，弹出"插入图片"对话框，选择所需要的图片文件后，单击"插入"按钮，即可将图片文件插入到幻灯片中，如图 2-102 所示。

在 PowerPoint 中，可以插入的图片还有：艺术字、剪贴画、组织结构图、自选图形等。

（2）用"幻灯片版式"插入对象。

① 选择"演示文稿 1"的一张幻灯片，选择"格式"|"幻灯片版式"命令，在"幻灯片版式"窗格中选择版式并添加到演示文稿的编辑区域，如图 2-103 所示。

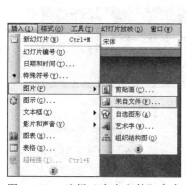
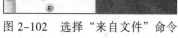

图 2-102　选择"来自文件"命令

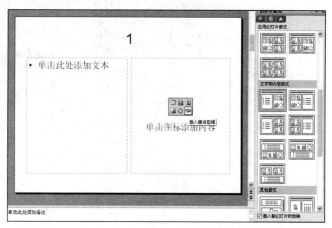

图 2-103　添加幻灯片版式

② 在添加内容区域单击"插入媒体剪辑"按钮，弹出"媒体剪辑"对话框，选择一个剪辑图片，如图 2-104 所示。单击"确定"按钮，即可将其插入到幻灯片中，如图 2-105 所示。

（3）插入声音。

① 选择"演示文稿 1.ppt"的第 1 张幻灯片并选择"插入"|"影片和声音"|"文件中的声音"命令，如图 2-106 所示。

② 在打开的"插入声音"对话框中，选择所需要的声音文件后，单击"确定"按钮。此时，系统会弹出提示框，如图 2-107 所示。根据需要单击其中相应的按钮，即可将声音文件插入到幻灯片中（幻灯片中显示出一个小喇叭图标）。

图 2-104 "媒体剪辑"对话框

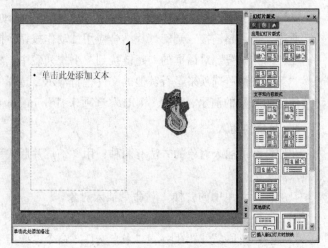

图 2-105 插入剪辑图片

③ 设置声音。右击幻灯片中的小喇叭符号，在弹出的快捷菜单中选择"自定义动画"命令，如图 2-108 所示。在"自定义动画"窗格中单击声音文件名下三角按钮，并在下拉菜单中选择"效果选项"命令，打开"播放声音"对话框，如图 2-109 所示。

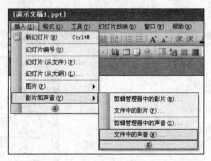

图 2-106 文件中的声音命令

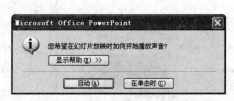

图 2-107 提示对话框

图 2-108 "自定义动画"命令

图 2-109 "效果选项"命令

④ 切换到"效果"选项卡，选择"开始播放"选项区域中"从头开始"单选按钮，选择"停止播放"选项区域中为"在第 9 张幻灯片之后"选项，如图 2-110 所示。切换到"计时"选项卡设置"重复"下拉列表框中"直到幻灯片末尾"选项，这样可使声音在幻灯片播放过程中不间断直到播放结束，如图 2-111 所示。切换到"声音设置"选项卡设置"声音音量"和"幻灯片播放

时隐藏声音图标"选项，可以根据需要进行选择。

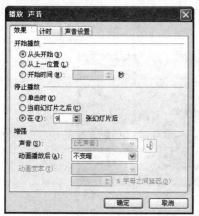

图 2-110　"播放声音"对话框"效果"选项卡　　　图 2-111　"播放声音"对话框"计时"选项卡

（4）添加 Flash 动画。

① 选择"演示文稿 1.ppt"中的 1 张幻灯片。

② 选择"视图"|"工具栏"|"控件工具箱"命令，打开"控件工具箱"工具栏，如图 2-112 所示。

③ 单击工具栏上的"其他控件"按钮，在弹出的下拉列表中选择"Shockwave Flash Object"选项，这时鼠标变成了细十字线状，在工作区中拖动鼠标拉出一个矩形框（用来作为播放窗口）。将鼠标移至该矩形框右下角成双向拖拉箭头时，拖动将矩形调整至合适大小。右击该矩形框，在弹出的快捷菜单中选择"属性"选项，打开"属性"对话框，如图 2-113 所示。在名称为"Movie"选项后面的方框中输入需要插入的动画文件："素材\案例\lx.swf"及完整路径，然后关闭"属性"对话框，播放幻灯片便可以观看动画效果。

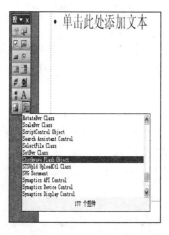

图 2-112　控件工具箱的设置　　　　　　　图 2-113　"属性"对话框

5. 与 Word、Excel 之间的数据传递

（1）将幻灯片发送到 Word 文档中的操作步骤为：在 PowerPoint 中打开演示文稿，然后在菜单中选择"文件"|"发送"| Microsoft Office Word 命令，如图 2-114 所示。

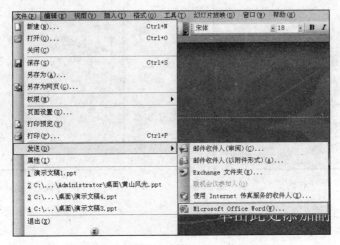

图 2-114 以 Word 方式进行数据传递

（2）打开"发送到 Microsoft Office Word"对话框，在"将幻灯片添加到 Microsoft Word 文档"选项区域中，如果要将幻灯片嵌入 Word 文档，单击"粘贴"单选按钮；如果要将幻灯片链接到 Word 文档，单击"粘贴链接"单选按钮。如果链接文件，那么在 PowerPoint 中编辑这些文件时，也会在 Word 文档中更新。单击"确定"按钮，此时系统将新建一个 Word 文档，并将演示文稿复制到该文档中。如果 Word 未启动，则系统会自动启动 Word。

【体验实验】

利用 PowerPoint 2003 中模板和素材文件夹下的相应内容，在用户盘中新建一个"风景欣赏"的演示文稿。对其中的内容按如下操作提示修改后保存。

（1）将第 1 张幻灯片移到最后，调整后的第 1 张幻灯片改成"标题幻灯片"版式，并设标题文字为 72 磅、蓝色、加粗、宋体，副标题文字为湖蓝色，字体为 Arial Black。

（2）将第一张幻灯片背景设为图片 sy1.jpg。

（3）第 3～6 张幻灯片套用"剪纸艺术"模板，第 7～10 张幻灯片套用"Maple.ppt"模板。

（4）将第 3 张幻灯片文本的第 1、2 条目录内容，分别与第 4、5 张幻灯片建立超链接；给第 3 张幻灯片加上"再生纸"的纹理背景。

（5）将第 4 张幻灯片中的文本，设置为自动按第二级段落分组，选择"自顶部飞入"动画效果。

（6）在第 5 张幻灯片下方，插入有填充色的六边形自选图形，在其中输入"黄山好风光"文字，字体为带阴影的隶书，设置该自选图形的动画效果为"自动整批左侧切入"。

打开"实验素材"文件夹下的 fl.ppt 文件，按下列要求操作：

（1）为每一张幻灯片添加旁白；

（2）为所有幻灯片添加一个 LOGO（LOGO 由读者自行设计）；

（3）生成 fl.ppt 的打包文件。

【归纳】

幻灯片母版是模板的一部分，它存储的信息包括：文本和对象在幻灯片上的放置位置、文本和对象占位符（占位符：一种带有虚线边缘的框线，绝大部分幻灯片版式中都有这种框线。在这些框线内可以放置标题及正文，或者是图表、表格和图片等对象。）的大小、文本样式、背景、颜色主题、效果和动画。

如果将一个或多个幻灯片母版另存为单个模板文件，将生成一个可用于创建新演示文稿的模板。每个幻灯片母版都包含一个或者多个标准或自定义的版式集。

PowerPoint 中创建演示文稿有几种方式，如创建空白演示文稿、根据设计模板新建演示文稿、根据内容提示向导新建演示文稿等。

1．幻灯片的占位符组成

演示文稿的内容实际上是由一系列大纲文本组成，是讲演者的讲演提纲，当然还辅助有说明问题的图、表、声音、图像等资料。一张幻灯片基本有标题、文本（层次小标题和其他图表内容）、日期、页脚和数字 5 个占位符区组成（此外还有背景色和图案），在文本区可设置多达五级的层次小标题。日期、页脚和数字占位符的显示与否，可以通过选择"视图"|"页眉和页脚"命令打开对话框进行设置。

文本小标题的层次升降和上下位置移动，可以在幻灯片或大纲视图中直接用鼠标左右或上下拖动标题的项目符号（此时鼠标光标呈四向箭头状），也可以单击大纲工具栏"升级" ◆、"降级" ➡ 按钮或"上移" ⬆、"下移" ⬇ 按钮进行。

2．在 PPT 演示文稿内复制幻灯片

要复制演示文稿中的幻灯片，请先在普通视图的"大纲"或"幻灯片"选项中，选择要复制的幻灯片。如果希望按顺序选取多张幻灯片，可在单击时按【Shift】键；若不按顺序选取幻灯片，可在单击时按【Ctrl】键。然后选择"插入"|"幻灯片副本"命令，或者直接按【Ctrl+Shift+D】组合键，则选中的幻灯片将直接以插入方式复制到选定的幻灯片后。

3．将 PPT 演示文稿保存为图片

大家知道保存幻灯片时通过将保存类型选择为"Web 页"形式，可以将幻灯片中的所有图片保存下来，如果想把所有的幻灯片以图片的形式保存下来，则可按如下操作：

打开要保存为图片的演示文稿，选择"文件"|"另存为"命令，将保存的文件类型选择为"JPEG文件交换格式"，单击"保存"按钮，此时系统会询问用户"想导出演示文稿中的所有幻灯片还是只导出当前的幻灯片？"，根据需要单击其中的相应的按钮就可以了。

4．打印清晰可读的 PPT 文档

通常 PPT 文稿被大家编辑的图文声色并茂，但若把这样的演示文稿用黑白打印机打印出来，可读性就较差。使用以下的方法，可以让黑白打印机打印出清晰可读的演示文稿。

（1）首先选择"工具"|"选项"命令，切换到"打印"选项卡，在"此文档的默认打印设置"选项区域下，选择"使用下列打印设置"单选按钮，然后在"颜色:灰度"下拉列表中，选择"纯黑白"选项。

（2）确定后在"颜色/灰度"下拉列表中，选择"灰度"模式是在黑白打印机上打印彩色幻灯片的最佳模式，此时将以不同灰度显示不同彩色格式；选择"纯黑白"模式则将大部分灰色阴影更改为黑色或白色，可用于打印草稿或清晰可读的备注和讲义；选择"颜色"模式则可以打印彩色演示文稿，或打印到文件并将颜色信息存储在*.prn文件中。当选择"颜色"模式时，如果打印机为黑白打印机，则打印时使用"灰度"模式。

5. 演示文稿的打包与解包

演示文稿制作完成后，往往要移植到另一台计算机上播放。如果播放演示文稿的计算机未安装 PowerPoint，或者演示文稿中链接的文件或使用的字体不存在，就不能保证演示文稿的正常播放。因此，有时需要在制作演示文稿的计算机上将演示文稿打包。在 PowerPoint 2003 中，打开准备打包的演示文稿，然后选择"文件"|"打包到 CD"命令，出现"打包到 CD"对话框，然后进行相应的选择即可。

6. 在演示文稿中添加语音旁白

在某些情况下，幻灯片放映中需添加旁白。如果要录制旁白，需配置声卡和麦克风。方法是：选择"幻灯片放映"|"录制旁白"命令，在打开的"录制旁白"对话框中，设置话筒级别和声音质量后，即可开始录制旁白。

第 3 章

多媒体应用技术

多媒体计算机中产生声音的方式主要有三种：由外部声音源进行录制和重放，MIDI 音乐和 CD-Audio。在 Windows 中，分别称为 Wave 波形音频、MIDI 音频和 CD 音频。不同的音频数字信息存储在计算机时，所使用的格式是不同的，常见的声音文件格式有：WAV 文件、MID 文件和 MP3 文件等。其中 WAV 是波形文件，MP3 是压缩格式的音频文件。

本章介绍如何使用 Windows 中的工具录制和编辑波形声音、声音压缩的基本原理、各种声音文件格式以及声音合成与识别技术的含义。

图形、图像是多媒体中携带信息极其重要的媒体，据统计人们获取信息的 70% 来自视觉系统，而其中的大量就是来自图形、图像。本节主要介绍图形、图像文件的常用格式、数字图像数据有损压缩和无损压缩的基本原理。并通过对 Photoshop 的学习，实践和探索图像处理编辑的基本方法。

图形可以用一组指令来描述，是一种不会因放大缩小而失真的矢量图；图形的编辑处理应选用具有矢量图形处理功能的软件如 AutoCAD、CoreDRAW 等。

图像是由像素组成的位图，是由纵横点（像素）构成的数字信息（如照片）。因为图像由像素构成，随着图像的放大缩小会出现失真，所以图像的编辑处理应选用基于图像处理的软件如 Photoshop、画图等。

为了适应不同应用的需要，图形或图像可以以多种格式进行储存。例如，Windows 中画图所制作的图像可以以 BMP 的格式储存，从网上下载的图像多为 GIF 和 JPG 格式，另外还有如 PCX、TIF、WMF、PNG 等许多格式。不同的图像格式文件具有不同的存储特性，不同格式图像之间也可以通过一些工具软件来互相转换。

数字图像的处理操作主要包括有：图像颜色模式变换；部分图像对象的选择；图像大小的缩放、剪切、翻转、旋转和扭曲等；图像的合成；为图像增加如马赛克、模糊、玻璃化、波纹、水印等各种特殊效果。在这方面，Photoshop 被称为"超级图像处理大师"是当之无愧的。

当打开计算机中的浏览器，进入互联网浏览时，映入眼帘的又是铺天盖地的动画，那么计算机多媒体技术的发展，是否能提高动画的制作效率，为动画的制作注入新的含义呢？本章将讨论利用计算机动画的基本工作原理、计算机动画的分类、以及使用 Flash 二维动画工具制作简单的逐帧动画和渐变动画的方法。

多媒体作品中的动画虽然占用的存储空间不会很多，却使得作品生动了许多，掌握动画制作的基本方法，可以为建立生动活泼的多媒体作品打下基础。

3.1 声音的处理

【案例 3-1】声音的播放和编辑

【案例环境】MicroSoft Windows XP

【任务及步骤】

利用 Windows 中的"录音机"工具录制一段声音，播放后，以"11.025kHz、8 位、立体声"的 PCM 格式保存。

提示：在开始声音的录制之前，请先检查话筒、耳机等外设是否已经与计算机声卡上的插口接好。

（1）选择"开始"|"所有程序"|"附件"|"娱乐"|"录音机"命令，单击"录音"按钮●，录一段语音或歌曲，在右边的"长度"列表框中可以看到这段录音的长度是多少秒，完成后单击"停止"按钮■结束录音。

（2）单击"播放"按钮▶，观察该声音的长度为多少秒。利用"效果"菜单中的"加速"命令处理后，再次播放，比较声音的变化和长度的变化。利用"效果"菜单中的"减速"命令处理后，再次播放。

（3）选择"文件"|"保存"或"另存为"命令，打开"另存为"对话框，按题目要求更改声音格式后，把这段声音保存为"EX3-1-1.wav"，具体声音格式的更改方法参考如图 3-1 所示。

提示：如果发现录音机可以播放声音而无法录制声音，可以通过双击任务栏右边的"音量"图标，打开"主音量"窗口后，再选择"选项"|"属性"命令打开"属性"对话框，如图 3-2 所示的对话框后，选中对应于"麦克风"音量控制的复选框，并调整音量大小到合适完成后单击"确定"按钮。

图 3-1 更改声音格式参考图

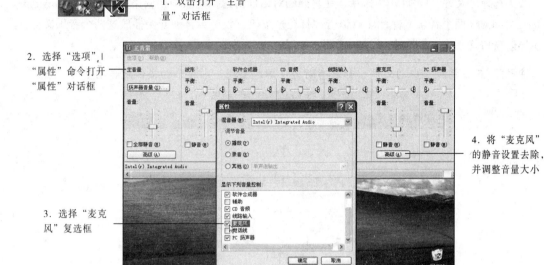

1. 双击打开"主音量"对话框

2. 选择"选项"|"属性"命令打开"属性"对话框

3. 选择"麦克风"复选框

4. 将"麦克风"的静音设置去除，并调整音量大小

图 3-2　"主音量"窗口的"属性"对话框

【案例 3-2】播放工具的综合应用

【案例环境】Windows Media Player

【任务及步骤】

1. 音乐的播放

（1）打开 Windows Media Player11，选择"媒体库"|"音乐"菜单命令，Windows Media Player11 会自动将系统盘中的"Documents and Settings\ Administrator\ My Documents\ my music"文件夹下的音乐文件自动链接至媒体库下的音乐类别中。如果其中没有音乐文件，则显示如图 3-3 所示（图中的界面为 11.0 版本，所以其他版本的界面可能与此图有所不同）。

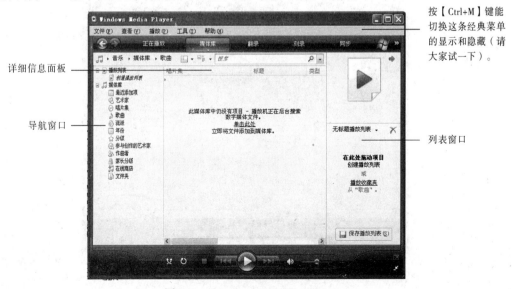

详细信息面板

导航窗口

按【Ctrl+M】键能切换这条经典菜单的显示和隐藏（请大家试一下）。

列表窗口

图 3-3　Windows Media Player11

（2）选择"文件"|"打开"命令，在打开的对话框内选择光盘中相应路径下的 lovestory.mp3 和 test3-1-4.wav 两个音乐文件，然后单击"打开"按钮，软件会自动开始播放这两个音乐文件，并在导航窗口增加一个"正在播放"选项，如图 3-4 所示。

注意："正在播放"中的文件，如果有新文件调入播放，则原来的文件就自动丢弃。

图 3-4　打开音乐文件

（3）将 lovestory.mp3 和 test3-1-4.wav 两个音乐文件拖入右边的"列表窗口"；在下面单击"保存播放列表"按钮；将列表名改为"音乐"，这样在播放列表中就创建一个"音乐"列表，列表中包含上面的两个音乐文件，这样即使关机，下一次启动 Windows Media Player11 时，这个"音乐"列表还会出现，如图 3-5 所示。

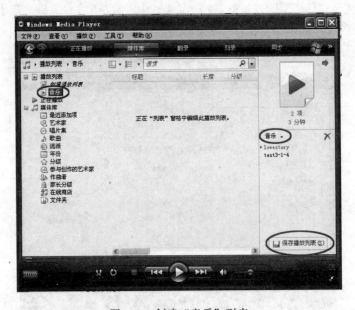

图 3-5　创建"音乐"列表

2．视频的播放

（1）选择"文件"｜"打开"命令，在打开的对话框内选择光盘中相应路径下的"天坛介绍（1）.wmv"视频文件，然后单击"打开"按钮，软件会自动开始播放这个文件，窗口自动切换至"正在播放"，如图 3-6 所示。

图 3-6　打开视频文件

（2）将"天坛介绍（1）.wmv"文件拖入右边的"列表窗口"，单击下面的"保存播放列表"按钮，将列表名改为"视频"，这样在播放列表中又创建了一个"视频"列表。

【案例 3-3】声音文件格式转换

【案例环境】Windows Media Player

【任务及步骤】

1．将配套盘中的"lovestory.mp3"，转换成 WAV 格式的文件

（1）启动录音机工具，并选择"编辑"｜"音频属性"命令，打开"声音属性"对话框如图 3-7 所示。该对话框可用于声音播放、录音及 MIDI 音乐播放的环境设置。

图 3-7　"声音属性"对话框

（2）在"声音属性"对话框中，单击"录音"设置方面的"音量"按钮，打开"录音控制"窗口，并按图进行相应的设置，如图3-8所示。在"属性"对话框中选择"立体声混音"复选框并调节音量。

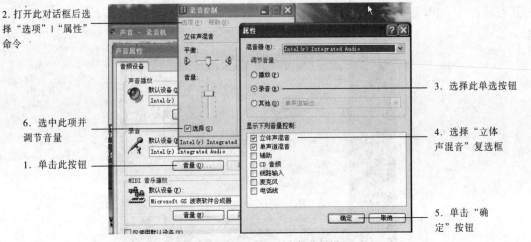

图 3-8　在"属性"对话中进行设置

（3）关闭"录音控制"窗口，然后在 Windows Media Player 中双击右边列表中的"lovestory.mp3"，开始播放该文件。

（4）调节 Windows Media Player 的音量，然后切换到"录音机"窗口，单击"录音"按钮，观察"录音机"窗口中的波形，如图3-9所示。

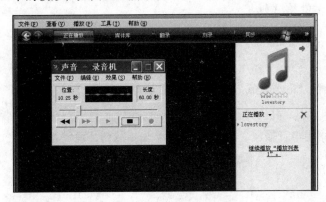

图 3-9　"声音—录音机"窗口

（5）录制约20 s后，单击"录音机"窗口中的"停止"按钮，并将所录制的声音以相同的文件名进行保存，声音文件格式采用默认。

【案例3-4】声音的综合处理

【案例环境】GoldWave 声音处理软件

【任务及步骤】

（1）在 Internet 上下载一个 GoldWave 声音处理软件，并安装到计算机中。然后启动该工具软件，单击其工具栏上的"Open"按钮，打开配套盘中的 test3-1-5.wav 文件和 lovestory.mp3 文件，其中 MP3 格式的文件在打开时，会出现解压缩过程的提示。两个音乐文件分别在不同的窗口中显示波形，其中后者的音乐是立体声，窗口效果如图 3-10 所示。

单击此按钮可打开声音文件

立体声的声音文件可看到双轨波形

声音编辑窗口

播放控制窗口

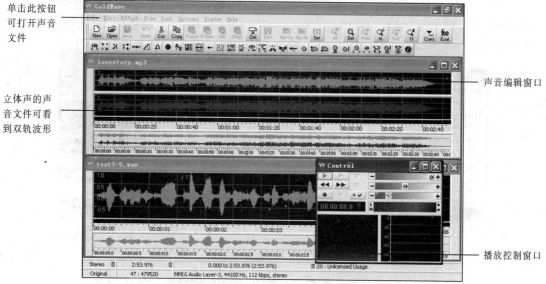

图 3-10　GoldWave 声音处理软件窗口

（2）双击单声道的语音编辑窗口，使其在 GoldWave 窗口中最大化，如图 3-11 所示。默认时，整个音轨都被选定，从状态栏中可看到其长度为 6.4 s，播放时指针从左端自动移动到右端。

（3）选择"Window"菜单中的目标文件名命令，将当前窗口切换到音乐文件，如图 3-12 所示。

播放指针

单击播放

状态栏上看到当前选定的声音长度

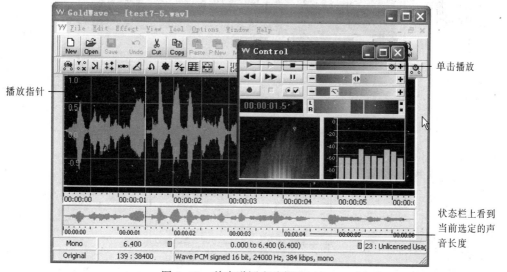

图 3-11　单声道语音编辑窗口

（4）先选择 Edit | Channel | Right 命令，如图 3-13 所示。使只有右声道的波形能够编辑，然后拖动波形首端和尾端的选定指示线，使选定部分的长度大约在 6.4s，如图 3-14 所示。单击"控制"窗口中的"播放"按钮，试听这段声音是否符合需要。

（5）单击工具栏上的"New"按钮，打开如图 3-15 所示的"New Sound"对话框，设置为双声道后，单击"OK"按钮，新建一个双声道的声音。该声音默认的长度为 1 min，采样率为 44.1kHz。

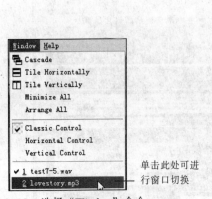

单击此处可进行窗口切换

图 3-12　选择"Window"命令

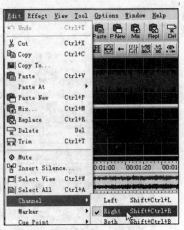

图 3-13　选择"Edit"命令

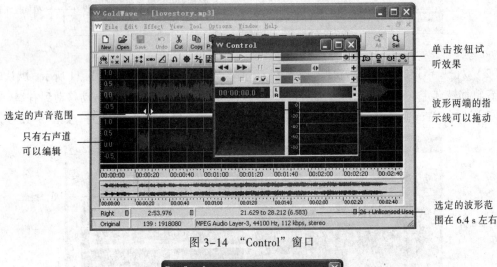

单击按钮试听效果

波形两端的指示线可以拖动

选定的声音范围

只有右声道可以编辑

选定的波形范围在 6.4 s 左右

图 3-14　"Control"窗口

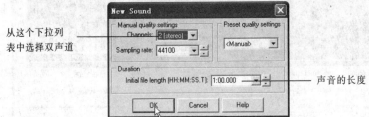

从这个下拉列表中选择双声道

声音的长度

图 3-15　"New Sound"对话框

（6）将窗口切换到 lovestory.mp3，单击工具栏中的"Copy"按钮，将刚才选定右声道的音乐复制下来。

（7）切换到新文档窗口中，选择 Edit | Channel | Right 命令使右声道可编辑，再选择工具栏上的"Paste"命令，将音乐粘贴到右声道。用类似的方法，将 test7-5.wav 中的声音粘贴到新文档的左声道中，完成后该新文档的窗口如图 3-16 所示。

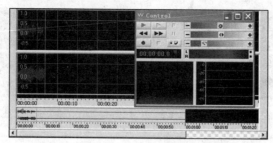

图 3-16　左声道波形

（8）选择 Edit | Channel | Both 命令，将双声道都设置为可编辑状态，然后选定从第 6.4s 到最后的区域，按【Delete】键，将没有声音的部分删除，结果如图 3-17 所示。

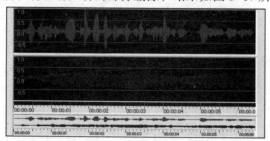

图 3-17　删除声音部分

（9）使右声道可以编辑，并选定最前面的 1 s，如图 3-18 所示。单击工具栏上的"Fade In"按钮，打开"Fade In"对话框如图 3-19 所示，设置音乐前 1s 线性淡入的效果。类似地单击工具栏上的"Fade Out"按钮，设置该段音乐的最后 1s 具有淡出的效果。完成后波形如图 3-20 所示，可通过控制窗口试听效果。

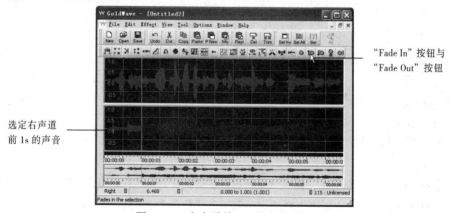

图 3-18　右声道前 1 s 的声音波形

图 3-19　"Fade In"对话框

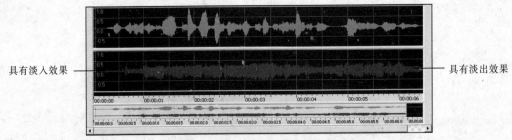

具有淡入效果

具有淡出效果

图 3-20　完成设置后的波形图

（10）将文档保存起来，保存时在打开"Save Sound As"对话框后，可以将该编辑好的声音文件以不同的格式保存。如果保存为 WAV 格式，则从图 3-21 所示的下拉列表中，可以看到有许多格式选项。

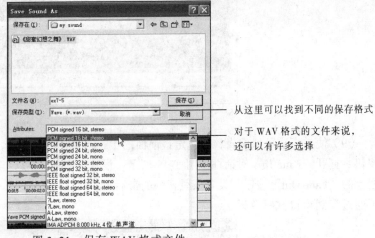

从这里可以找到不同的保存格式

对于 WAV 格式的文件来说，还可以有许多选择

图 3-21　保存 WAV 格式文件

【体验实验】

（1）在案例 3-3 中所录制的声音文件的格式是什么？将录制得到的声音与原始声音进行比较，其声音效果有什么差异，文件大小有什么差异？

（2）尝试将光盘中的"第 3 章\DIY\DIY3-1-1\lovestory.mp3"格式的音乐转换成 WAV 格式，比较它们的差异。

（3）录制一段 1min 长的语音，加大音量到可以接受为止，为这段语音加上回音效果，并以"IMA ADPCM 的 22.050kHz 4 位 立体声"格式保存在"..\DIY3-1-1\EX3-1-2. wav"中。在这段语音后插入光盘中的"第 3 章\DIY\DIY3-1-1\test11-5.wav"，然后以"Microsoft ADPCM 的 44.100kHz 4 位 立体声"格式保存在"..\DIY3-1-1\EX3-1-3. wav"中。

（4）将 LX3-1-3.wav 转换为 LX3-1-3.mp3，比较 LX3-1-3.wav 文件和 LX3-1-3.mp3 文件的大小。

【归纳】

MP3 是 MPEG 1 Layer 3 的缩写，是 MPEG 音频压缩算法中压缩与解压缩计算方式的一种，用来处理高压缩率的声音信息。它所生成的声音文件音质接近 CD，而文件大小却只有其十二分之一。因此原本一张光盘上只能储存约 12～20 首的 CD 格式音轨；若以 MP3 格式进行存储，则约可储存将近 100 首。

声音的处理包括录音、剪辑、去除杂音、混音、合成等。

常见的声音格式包括 WAV、MIDI、MP3、RA、CD、Rm、WMA、 RAW 等。应该说，目前最常见的音频格式是 WAV 和 MP3 两种格式，所以人们的目标是要做到各种格式与 WAV 或 MP3 格式之间的转换。

Winamp 是目前在音频处理方面使用较多的软件，只要 Winamp 能播放某种格式的音乐，那就可以通过它的 Output Plugin 中的 Disk Writer Plugin 来输出为 WAV 文件。目前 Winamp 支持的格式包括（2.5 版）：VOC、WAV、MID、MP3、MP2、MP1、CD、IT、XM、S3M、STM、MOD、DSM、FAR、ULT、MTM、669、AS、WMA、MJF。

另外是使用音频编辑软件，比如 CoolEdit、SoundForge、SOX（SOund eXchange）之类。一般这些软件都支持读取多种音频格式。

除了以上几个"万金油"式的通用软件外，针对具体文件格式间转换的特定软件非常多，可以到网上去搜索。

3.2　图像处理

【案例 3-5】图像的获取

【案例环境】Ulead Photo Express、Photoshop、ACDsee

【任务及步骤】

1. 通过扫描仪获得数字图像

扫描仪是将照片、书籍上的文字或图片扫描下来，并以图片文件的形式保存在计算机里的一种设备。

（1）使用常见的平板扫描仪扫描时，如图 3-22 所示。将要扫描的图片正面朝下放入扫描仪中，启动 Ulead Photo Express（大多数扫描仪在购买时都会赠送这款软件）。当激活扫描设置程序后，便出现如图 3-23 所示的扫描程序窗口。

（2）单击"Preview"（预览）按钮，扫描仪对页面内容快速预扫描一遍后将内容显示在预览窗口中，拖动预览窗口中虚线框可以改变扫描范围。

（3）在扫描模式对话框中，可以设置扫描分辨率、输出比例、色彩模式等参数。还可以根据不同的扫描对象设置是否要"去网花"，设置亮度、对比度等。

图 3-22　即可扫描反射稿又可扫描透视片的扫描仪

（4）设置扫描参数后，单击"Scan"（扫描）按钮，便开始正式扫描，扫描后得到的图像可以通过"手动"或"自动"的方法进行"后处理"操作，最后将扫描结果保存在磁盘中形成数字图像文件。

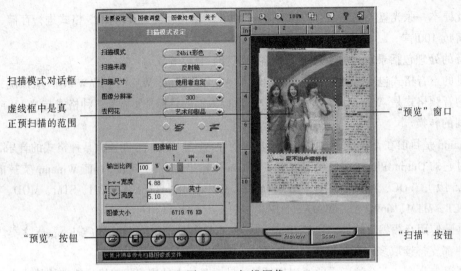

扫描模式对话框————

虚线框中是真
正预扫描的范围

"预览"窗口

"预览"按钮————

"扫描"按钮

图 3-23 扫描图像

说明：分辨率是扫描仪的很重要的特征，市面上看到的扫描仪的分辨率可以达到 300×600、600×1200 等，这一般指的是光学分辨率。也有些扫描仪号称分辨率很高，但其实是通过软件插值获得的。从用户角度而言，应该关注的是其实际的光学分辨率。一般来说，300dpi（（dpi, dot per inch, 表示每英寸包含的像素数量）的分辨率已经是足够了，分辨率越高，扫描出的图像也越清晰。

专业用的扫描仪还可扫描透视稿（如：照相底片等）。

2. 通过数码相机获得数字图像

（1）用数码相机拍摄的照片通过相机用数据线和计算机 USB 接口相连，将拍摄好的照片复制到计算机中。一般这些照片文件都以此相机拍摄的张数为文件名的主要部分。

注意：这些照片文件可以用一些看图软件直接浏览，如 ACDSee 等。

（2）用 photoshop 打开光盘子的"第 3 章\案例\案例 3-2-1\DSC00487.jpg"，如图 3-24 所示。

图 3-24 用 photoshop 打开文件后的界面

（3）选择"图像"|"图像大小"命令，如图 3-25 所示。

说明：一般情况下，数码相机拍摄的照片分辨率都是"72 像素/英寸"，而如果拍摄的总像素越高，则尺寸就越大。例如：这张照片用的总像素是 500 万，文档大小就是宽度 91.44 cm，高度 68.58 cm。

根据对照片的不同用处，可以修改它的大小和分辨率。如用于相册的印刷，则分辨率一般要在 300 像素/英寸；尺寸可按实际要求修改。用于网上贴图，则分辨率 72 像素/英寸即可，而尺寸一般只要几厘米就够了。

注意：如果原来图片文件的精度不高，即使利用软件将它的精度改高，也不会使图像更清晰。

（4）先选择"图像大小"对话框中的"约束比例"和"重定图像像素"复选框，然后将文档大小选择区域中的宽度改为 7 cm，这时高度自动改为 5.25 cm，再将分辨率改为 300 像素/英寸，此时发现这时对话框中像素大小已从 14.4M 自动改为 1.47M，其宽度已自动改为 827 像素，高度改为 620 像素，如图 3-26 所示。

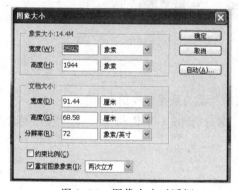

图 3-25　图像大小对话框

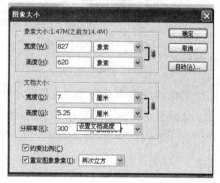

图 3-26　参数修改后的图像大小对话框

（5）选择"文件"|"另存为"命令，将文件存为".. \yinshua.jpg"（其中 .. 由操作者自己决定的文件夹路径），在跳出的"JPEG 选项"对话框中选品质为 12 最佳。

（6）再选择"图像"|"图像大小"命令，然后将分辨率改为 72 像素/英寸，观察一下另几个参数的变化情况，并将文件保存为"..\案例 3-2-1\wangtie.jpg"（其中 .. 由操作者自己决定的文件夹路径）。

3．通过视频捕捉卡获得数字图像

通过视频图像捕捉卡采集视频图像帧或静止画面也可以产生数字图像，这种方法简单灵活，有时可以获得那些无法身临其境亲自去拍摄而得到的画面。当然，通常用这种方法获得的图像质量一般，很难与通过扫描图像或通过数码拍摄获得的图像质量相比。

4．通过 Internet 获取图片

（1）打开 IE 浏览器，安装一个常用的搜索引擎（百度、Google 等，这里以百度为例），在搜索引擎的搜索地址栏中输入中文"08 奥运标志"，在上面的类型选项中选择"图片"类型，然后单击"百度一下"按钮。

（2）在搜索出来的结果中找到需要的图片，找到后在此图片上右击，在弹出的快捷菜单中选择"目标另存为"菜单，可以将此图片保存至指定位置，如图 3-27 所示。

有的计算机 IE 中已安装了搜索引擎，则可直接在此输入搜索内容。

图 3-27　图片保存至指定位置

【体验实验】

（1）图像的分辨率、尺寸、文件大小三者之间的互动关系是怎样的？

（2）从网上下载的图片尺寸是 5 cm×3 cm，分辨率是 72dpi（像素/英寸），如果尺寸不改，而分辨率改为 300dpi，会怎样？

【归纳】

图形和图像的区别。

1. 图形的特征

（1）图形是由图元（包括直线、圆、圆弧、矩形、任意曲线等）组成的矢量图（如 Word 剪贴画中的 WMF 文件）。

（2）图形可以用一组指令来描述，是一种不会因放大缩小而失真的矢量图。

（3）图形的编辑处理应选用具有矢量图形处理功能的软件如 AutoCAD、CoreDraw 等。

2. 图像的特征

（1）图像是由像素组成的位图。

（2）图像是纵横点（像素）构成的数字信息（如照片）。

（3）因为图像由像素构成，随着图像的放大缩小会出现失真。

（4）图像的编辑处理应选用基于图像处理的软件如 Photoshop、画图等。

为了适应不同应用的需要，图形或图像可以以多种格式进行储存。例如，Windows 中画图所制作的图像可以以 BMP 的格式储存，从网上下载的图像多为 GIF 和 JPG 格式，另外还有诸如 PCX、TIF、WMF、PNG 等许多格式。不同的图像格式文件具有不同的存储特性，不同格式图像之间也可以通过一些工具软件来互相转换。

① JPEG（Joint Photographic Experts Group 联合图像专家组），文件后辍名为".jpg"或".jpeg"，是最常用的一种有损压缩的图像文件格式，它用有损压缩方式去除冗余的图像数据，在获得极高的压缩率的同时能展现十分丰富生动的图像。

② PSD（photoshop document）是 Photoshop 图像处理软件的专用文件格式，文件扩展名是.psd，可以支持图层、通道、蒙板和不同色彩模式的各种图像特征，是一种非压缩的原始文件保存格式。PSD 文件有时容量会很大，但由于可以保留所有原始的图像编辑信息，在图像处理中对于尚未制作完成或想进一步修改编辑的图像，用 PSD 格式保存是最佳的选择。

【案例 3-6】 Photoshop 的简单应用

【案例环境】 Adobe Photoshop

【任务及步骤】

1. 使用"选择"工具和"渐变"工具制作"纽扣"

（1）运行 Photoshop 新建文档，在图 3-28 所示的"新建"对话框中设置 300 像素×300 像素的图像大小、分辨率为 72 像素/英寸、RGB 模式的图片文件，单击"好"按钮后出现新文档窗口。

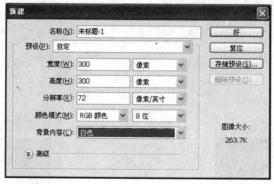

图 3-28　"新建"对话框

（2）用"油漆桶工具" 把图片背景填充为黑色。

提示：如果工具箱中找不到油漆桶工具，可以在"渐变工具" 上单击一会儿，可在出现的菜单中选择。

（3）选中椭圆选框工具 ，并按【Shift】键不放，同时在图片中央拖动，绘制一个圆形选区，如图 3-29 所示。

提示：如果工具箱中找不到"椭圆选框工具"，可以在其他选择工具上单击一会儿，可在出现的菜单中选择。

（4）单击工具箱下面的"设置前景色"按钮，在随后弹出的"拾色器"对话框中把 R、G、B 值分别设为 0、30、255，如图 3-30 所示；单击"好"按钮关闭对话框，即可把前景色设置为蓝色。按【Alt】键，单击工具箱下面的背景色设置按钮，用同样的方法把背景色设为白色，R、G、B 值为 255、255、255。

 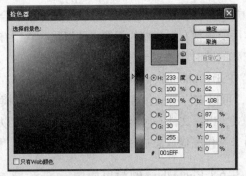

图 3-29　绘制圆形区域　　　　　　　　　图 3-30　"拾色器"对话框

（5）选择渐变工具，在图 3-31 所示的选项栏中单击"渐变类型选择"组中的第一个按钮"线性渐变"，单击"渐变色编辑与选择工具"按钮，在打开的"渐变编辑器"对话框中，选择"前景色到背景色渐变"选项，即把渐变方式设置为从前景色到背景色。然后把鼠标从圆形选区的左上角拖动到圆形选区的右下角，松开鼠标键，产生渐变效果，如图 3-32 所示。

（6）使用"选择"|"取消选择"命令，取消原来的选区，再次用椭圆选择工具绘制一个小一点的圆形选区，调整位置使其与原来的圆形同心，如图 3-33 所示。

图 3-31　选项工具框

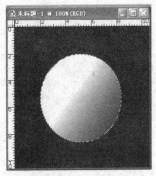 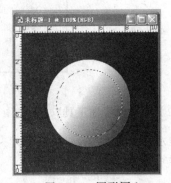

图 3-32　渐变效果　　　　　　　　　　图 3-33　圆形同心

（7）选择渐变工具，渐变方式保持不变，然后把鼠标指针从圆形选区的右下角拖动到圆形选区的左上角，如图 3-34 所示。

（8）使用"选择"|"取消选择"命令取消选区。

（9）把前景色设为黑色，用画笔工具 ，在纽扣的中心位置采用单击的办法绘制四个黑色圆点（画笔大小根据所绘制圆的大小自己设置），如图 3-35 所示。

（10）将文件保存为 "..\niukou.jpg"（其中 .. 由操作者自己决定的文件夹路径）。

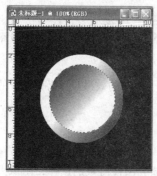

图 3-34　拖动选区

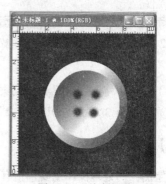

图 3-35　绘制圆点

2. 使用"仿制图章"工具复制"蝴蝶"

（1）打开图片"第 3 章\案例\案例 3-2-2\lanhua.jpg"和"hudie.jpg"。

（2）使"hudie.jpg"为活动窗口。

（3）鼠标单击选中工具箱中的仿制图章工具🖳 。

（4）按【Alt】键（这时鼠标形状显示为橡皮图章的形状），鼠标在图片窗口中的蝴蝶上单击，然后松开鼠标键，如图 3-36 所示。

（5）使"lanhua.jpg"窗口成为活动窗口。用鼠标在该图片窗口中拖动，逐渐把另一图片中的蝴蝶"涂抹"出来，如图 3-37 所示。

图 3-36　设置蝴蝶

图 3-37　涂抹操作结果

（6）选择"文件"|"另存为"命令，将文件保存为　"..\newhudie.jpg"　（其中 .. 由操作者自己决定的文件夹路径）。

提示：为了保证图片最终效果的美观程度，在第 5 步中拖动鼠标时，应控制拖动的范围，尽量不要拖到"花朵"上去。

【体验实验】

（1）BMP、JPG、GIF、PSD、TIF 等类型的文件都是图片文件，区分它们分别在哪些情况下使用。

（2）在 Photoshop 中选择"编辑"|"变换"|"旋转"命令与选择"图像"|"旋转画布"|"任意角度"命令在使用上有哪些不同？

提示：（1）对图片中的选区分别执行上述两个命令，看结果有何不同。

（2）在一个含有多个图层（至少两个）的图片中，对某个图层分别执行上述两个命令，看结果有何不同。

（3）主要用"魔棒工具"做出同案例 3-2-2 中的第二个例子一样的效果（兰花和蝴蝶的合成）。素材在光盘"第 3 章\DIY\DIY3-2-2"中。

【归纳】

数字图像的处理操作主要包括有：图像颜色模式变换，部分图像对象的选择，图像大小的缩放、剪切、翻转、旋转和扭曲，图像的合成，为图像增加诸如马赛克、模糊、玻璃化、波纹、水印等各种特殊效果。在这方面，Photoshop 被称为"超级图像处理大师"则是当之无愧的。

Photoshop 是一个专业化的图形图像处理软件，其功能强大、界面友好且提供了许多实用的工具。要掌握这个图像编辑软件，首先要做到的是熟悉 Photoshop 的界面、窗口、菜单及一些常用命令，为进一步的深入学习打下一个良好的基础。

图 3-38　Photoshop CS 基本工作界面

启动 Photoshop 应用程序，可以观察到如图 3-38 所示程序窗口界面及各种面板、工具箱和菜单栏。

各区域的基本功能简介如下：

1．工具箱

工具箱面板中包含了 22 组基本工具，前景/背景颜色设置工具以及切换到 ImageReady（简单动画制作工具）的按钮。当鼠标指针在工具按钮上停留时，会出现相应按钮名称的提示。

其中有些工具按钮右下方带有一个小三角形，表示这是一组工具，只要用鼠标单击此按钮，即会显示其他隐藏的工具，然后可以根据需要选择组中相应的其他工具。

2．各种面板

Photoshop 含有许多浮动面板，这些浮动面板可查看或修改图像，了解图像的各种参数设置以及进行修改。浮动面板包括"图层面板"、"通道面板"、"路径面板"、"历史记录"、"颜色面板"、"动作面板"、"样式面板"……如图 3-39 所示。面板可以根据需要设置打开或者关闭。

3．图像编辑窗口

图像编辑窗口显示的是被编辑的图像，可以通过缩放工具或视图菜单改变其显示比例，也可以通过选择"视图"｜"标尺"命令和"视图"｜"显示"｜"网格"命令使图像编辑窗口显示标尺和网格，便于更精确的选取或对齐图像，如图 3-40 所示。当有多个图像被打开时，该区域会出现多个图像文件显示窗口。此时，各种面板中显示当前图像文件的各种参数。

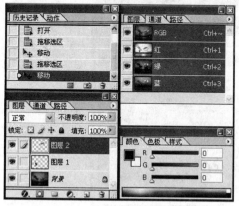

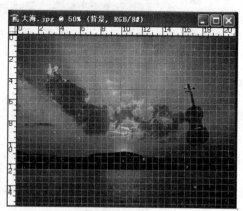

图 3-39　Photoshop 各种常用面板　　　　图 3-40　显示标尺和网格的图像编辑窗口

【案例 3-7】利用 Photoshop 进行图像编辑

【案例环境】Adobe Photoshop

【任务及步骤】

1．用"矩形选区"、"多边形套索"、"去色"、"色阶"等工具对图像进行编辑

（1）在 Photoshop 中打开"第 3 章\案例\案例 3-2-3\caixia.jpg"文件，如图 3-41 所示。

图 3-41　caixia.jpg 图片界面　　　　　　　　图 3-42

（2）选择工具箱中的"矩形选区"工具，在图像中拖动出一个矩形选区，选择"选择"｜"反选"命令，使矩形外围区域被选中。

提示：Photoshop 中的"反选"操作是一种很基本但又是经常被使用的操作技能。它往往能起到事半功倍的作用。

（3）选择"图像"｜"调整"｜"去色"命令，使矩形外围区域图像去色。

（4）选择"编辑"｜"描边"命令，在"描边"对话框中设置宽度为 6 像素的"居外描边"，结果如图 3-42 所示。

（5）选择"选择"｜"取消选择"命令，撤销选区。

（6）选择工具箱中的"多边形套索工具"，在图像中央画出一个三角形状的选区。

（7）选择"图像"｜"调整"｜"色阶"命令，在"色阶"对话框中，选择"预览"复选框。分别移动中间的三个小三角，可以看到所选区域中的图像色彩会即时发生变化，上面输入色阶的三个文本框中的数值也会即时发生变化，如图 3-43 所示。

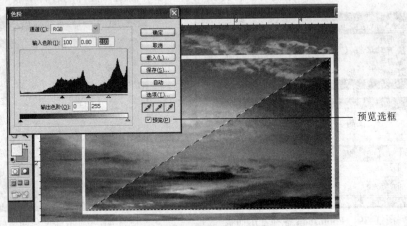

图 3-43　色阶对话框和做出的效果

（8）再次选择"选择"｜"取消选择"命令，撤销选区。

（9）将图像保存为"..\血色黄昏.jpg"（其中 .. 由操作者自己决定的文件夹路径），最后编辑结果如图 3-44 所示。

提示：当一个图像编辑处理完成，存储图像的时候，一般默认的格式是 PSD 格式。如果被编辑的图像处理尚未完成，或者希望保留图像处理过程中的所有对象及图层信息以备今后进一步地修改编辑，则应存储为这种格式；不过有一些简单的图片软件都不支持 PSD 格式，而且这种格式相对占用的空间比较大。当希望将编辑的结果作为作品发布时，通常选择 JPG 或其他需要的格式保存。

图 3-44　编辑结果

【案例 3-8】Photoshop 中图层及相关工具的运用

【案例环境】Adobe Photoshop

【任务及步骤】

1. 利用"图层"、"图层样式"、"滤镜"等工具将两幅图片合成并制作投影效果

（1）在 Photoshop 中打开"第 3 章\案例\案例 3-2-3\guilin.jpg 和 dayan.jpg"。

（2）激活 dayan.jpg，选择工具箱中的魔棒工具，将容差改为 50，选取图片中的蓝色天空，然后选择"选择"｜"反选"命令，结果如图 3-45 所示。

图 3-45　图片结果

（3）选择"编辑"|"复制"命令，再激活 guilin.jpg，按两次【Ctrl+V】组合键粘贴两个"天鹅"。在 guilin.jpg 中会出现两个"天鹅"新图层（图层 1、2），分别在这两个图层中选择"编辑"|"自由变换"命令；调整"天鹅"的大小、角度和位置，然后选中两个图层中的上一层，选择"图层"|"向下合并"命令，合并这两个图层，结果如图 3-46 所示。

（4）在"天鹅"图层上（图层 1），选择"图层"|"图层样式"|"投影"命令，在图层样式对话框中修改投影选项的相应参数，如图 3-47 所示。

图 3-46　合并图层

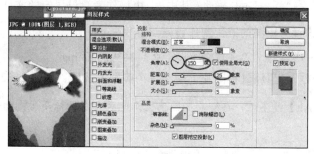

图 3-47　设置参数

（5）鼠标放在图层 1 下面刚建立的"效果投影"区域右击，在弹出的菜单中选择"创建图层"命令（见图 3-48），弹出如图 3-49 所示的对话框，单击"确定"按钮即可。最后建立一个投影图层，如图 3-50 所示。

（6）选中投影图层，选择"滤镜"|"风格化"|"风"命令，在弹出的对话框中选择相应的选项，如图 3-51 所示。

图 3-48　选择"创建图层"命令

图 3-49　警告提示

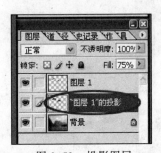

图 3-50　投影图层

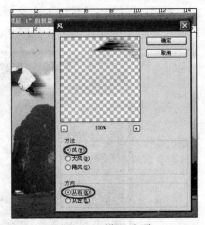

图 3-51　设置选项

（7）将图像保存为"..\yannanfi.jpg"（其中 .. 由操作者自己决定的文件夹路径）。

2．使用图层、滤镜为熊猫的照片制作镜框

（1）在 Photoshop 中打开"第 3 章\案例\案例 3-2-3\panda.jpg"。

（2）用"椭圆选框"工具 在图片上绘制一个椭圆形选区，如图 3-52 所示。

提示：若先按【Alt】键不放，再绘制椭圆选区，选区会以鼠标开始拖动的点为中心向外对称扩展。

（3）选择"选择"｜"反选"命令，反选选区。

（4）单击"图层"调板，如图 3-53 所示。在下面的"创建新的图层"按钮 中，创建"图层 1"。

提示：

（1）如果在 PhotoShop 窗口中找不到"图层"调板，可以选择"窗口"｜"显示图层"命令来显示。

（2）图层可以比做电子画布。它可以是完全透明的，完全不透明的，也可以是半透明的。新建的图层是完全透明的，当图层上填充了颜色或存在图像时，可以用"图层"调板右上角的"不透明度"文本框来调节图层的透明度。图片文件窗口中的图像效果实际上是各层叠加之后的总体效果。如果某一图层上有颜色存在，它会遮盖其下面的图层，遮盖的程度由该图层的透明度而定。

图 3-52　绘制椭圆选区

图 3-53

（5）前景色 R、G、B 值设置为 154、180、186，选中"图层"调板上的"图层 1"，用"油漆桶"工具 为选区填色。

（6）选择"选择"|"取消选择"命令，取消选区。

（7）确保"图层 1"仍处于选中状态。选择"滤镜"|"杂色"|"添加杂色"命令，在随后出现的"添加杂色"对话框中参数值设置如下："数量"为 12，"分布"选择"高斯分布"，选择"单色"复选框，单击"好"按钮后，图片效果如图 3-54 所示。

提示：滤镜其实就是 PhotoShop 处理图像的一种工具。工作原理是：首先分析图像中的像素值，然后通过计算使像素产生位移、增减或颜色值的变化，从而使图像产生各种特殊效果。

（8）确保"图层 1"仍处于选中状态。选择"图层"|"图层样式"|"斜面与浮雕"命令，在随后出现的对话框中使用默认设置，单击"好"按钮，最终效果如图 3-55 所示。

图 3-54　图片效果

图 3-55　最终效果

（9）将图像保存为 "..\New Panda.jpg"（其中 .. 由操作者自己决定的文件夹路径）。

3．使用"蒙板"制作"雾里看花"

（1）在 Photoshop 中打开"第 3 章\案例\案例 3-2-3\flower.jpg"。

（2）双击"图层"调板上的"背景"层预览图，在"新图层"对话框中将图层重命名为"图层 0"后，单击"好"按钮，背景层变成了一般层"图层 0"，如图 3-56 所示。

（3）单击"图层"调板下面的"创建新的图层"按钮 ，新建"图层 1"。并用拖动的办法把它放在"图层 0"的下面。

（4）选中"图层 1"，设置前景色为白色（R、G、B 为 255、255、255），用"油漆桶工具"在图片窗口中单击，图层 1 被填充了白色。

（5）选中"图层 0"，单击图层调板下面的"添加蒙板"按钮（参照图 3-56，），"图层 0"被添加了图层蒙板，如图 3-57 所示。

图 3-56　建立"图层 0"

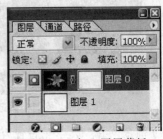

图 3-57　加上图层蒙板

（6）把前景色设为白色，背景色设为黑色。

（7）选中"渐变"工具 ，如图 3-31 所示的选项栏中单击"渐变类型选择"组中的第二个按钮"径向渐变"，单击"渐变色编辑与选择工具"按钮，在打开的"渐变编辑器"对话框中，选择"前景色到背景色渐变"选项。将光标在图片窗口中的中央向右下方拖动，松开鼠标键，产生渐变效果（若渐变效果不在图片正中间，可以按【Ctrl+Z】组合键撤销这一步，然后重新做），在蒙板上增加渐变后效果如图 3-58 所示。

（8）单击工具箱中的"文字工具"按钮 T，选择"横排文字工具"选项，文字的大小和颜色可自定义，在图片左上角书写文字"雾里看花……"，在图片右下角书写文字"醉眼看世界，一切都变得那么美丽……"。图片最终效果如图 3-59 所示。

图 3-58　渐变后效果

图 3-59　最终效果

提示：选定某一工具后，在对应的选项栏中可设置该工具对应的一些属性。文字书写后，单击工具箱中的"移动"按钮，可以拖动改变其位置。

（9）将图像保存为"..\kapian.jpg"（其中"..""由操作者自己决定的文件夹路径）。

【体验实验】

（1）利用做好的"血色黄昏.jpg"按如下要求制作，结果保存为" ..\朝霞.jpg"文件（其中"..."

由操作者自己决定的文件夹路径）。

提示：

① 打开刚做好的"血色黄昏.jpg"；

② 用多边形套索工具（或用磁性套索工具）选择中间图中上次没选的部分（上三角）；

③ 选择"图像"｜"调整"｜"曲线"命令先调整一次色彩，如图 3-60 所示；

④ 再选择"图像"｜"调整"｜"亮度"｜"对比度"命令再调整一次色彩；如图 3-61 所示；

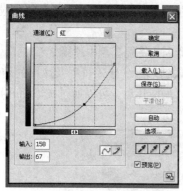

图 3-60　第一次调整色彩

图 3-61　第二次调整色彩

（2）打开"第 3 章\DIY\DIY3-2-3\guilin.jpg 文件，复制背景图层，利用选区、蒙版和斜面浮雕图层样式制作透明镜框特效，输入文字"桂林山水"字体：华文行楷，大小：14，颜色：红色，为文字添加"素描/基底凸现"的滤镜效果，并为文字描边（颜色：蓝色），图片最终效果参照"guilin-yz.jpg"文件（除"样张"字符外）。

（3）打开"第 3 章\DIY\DIY3-2-3\caixia.jpg 和 dayan.jpg"两个文件，按样张所示将两幅图片合成；并为其添加黄色衬底图层，利用蒙版工具和线性渐变工具为图片设置如样张所示的特效，输入文字"南飞"，字体：华文彩云，颜色：白色，大小：14，图片最终效果参照"nanfi-yz.jpg"文件（除"样张"字符外）。

【归纳】

"色彩调整"在 Photoshop 中可以称得上是一个奇妙的功能。它是 Photoshop 中非常重要的一项内容，使用这一功能可以轻松地校正图像色彩的明暗度、改变图像的颜色、分解色调等，还可以处理曝光照片、恢复旧照片、模仿旧照片、为黑白的图像上色等，使得图像编辑更加方便。

当图像偏亮或偏暗的时候，可以使用色阶、曲线、亮度对比度等命令进行调整。

其中，"色阶"命令使用高光、暗调和中间调三个变量来对图像进行调整。利用"输入色阶"文本框，可使较暗的像素更暗，较亮的像素更亮；利用"输出色阶"文本框，可使较暗的像素变亮，而使较亮的像素变暗。

利用"曲线"命令，用户可以通过调整曲线表格中曲线的形状，综合地调整图像的亮度和色调范围。与色阶命令相比，曲线命令可以调整灰阶曲线中的任何一点。

利用"亮度/对比度"命令，可以通过滑块方便地调整图像的亮度和对比度。

3.3 动画制作

【**案例 3-9**】逐帧动画制作

【**案例环境**】Flash

【**任务及步骤**】

（1）将"第 3 章\案例\案例 3-3-1 \shengdan"文件夹中的七幅圣诞老人溜冰的图片制作成 GIF 动画，文件名为 FL1.fla，导出为 FL1.gif。

① 启动 Flash，选择"文件"|"导入"|"导入到库"命令，将配套盘中"第 3 章\案例\案例 3-3-1 \shengdan"文件夹中的七幅圣诞老人溜冰的图片导入到库中。导入过程及库中的结果如图 3-62 所示。当打开"导入到库"对话框并找到了需要导入的图片后，可以通过按【Shift】键，同时选中多个要导入的文件。

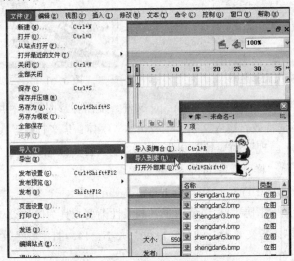

图 3-62　选择"导入到库"命令

② 将舞台显示大小调节为"显示帧"选项，然后将库中的第一幅图片拖动到舞台左上角，如图 3-63 所示。

图 3-63　从库中拖动图片到舞台

③ 选择"修改"|"文档"命令，打开图 3-64 所示的"文档属性"对话框，单击"内容"按钮后再单击"确定"按钮，使舞台大小能与舞台上的对象内容相匹配。

④ 右击时间轴第 2 帧位置，在快捷菜单中选择"插入空白关键帧"命令，如图 3-65 所示，然后将第 2 幅图片拖动到第 2 帧的舞台上。

图 3-64　"文档属性"对话框

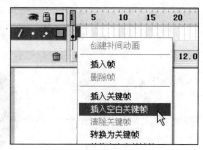

图 3-65

⑤ 用类似的方法分别插入第 3 至第 7 个空白关键帧，并将第 3 到第 6 幅图像拖动到相应的舞台上。

⑥ 选择"文件"|"另存为"命令，将制作好的动画保存为 "..\FL1.FLA" （其中".."由操作者自己决定的文件夹路径）。

⑦ 选择"文件"|"导出"|"导出影片"命令，选择导出类型为"GIF 动画"格式，将动画导出为 fl1.gif。

⑧ 在资源管理器中对产生的 GIF 动画文件右击，在快捷菜单中选择"打开方式"命令，如图 3-66 所示，选择浏览器作为该文件的打开方式后，可以看到动画在浏览器画面中演示。

如果浏览器在上面的列表中未看见，可从这里选择

图 3-66　选择动画的打开方式

⑨ 在 Flash 中将帧频由 12 改为 3，再次导出动画，并在浏览器中观察效果。

【案例 3-10】形状变化的动画制作

【案例环境】Flash

制作一个两秒钟的动画，画面中一个蓝色的正圆逐渐地变成一个红色的心形。

① 单击工具栏上的"椭圆工具"，设置"笔触颜色"为无色，设置"填充色"为蓝色，如图 3-67 所示。

② 按【Shift】键，从左上角到右下角，在画面中央绘制一个正圆，并设置在画面中央，如图 3-68 所示。对象的对齐可选择"窗口"|"设计面板"|"对齐"命令进行设置。

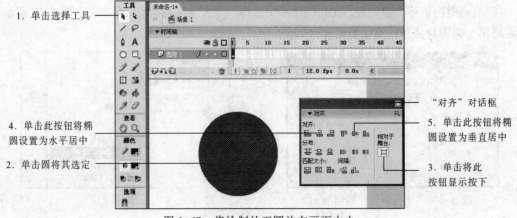

图 3-67 将绘制的正圆放在画面中央

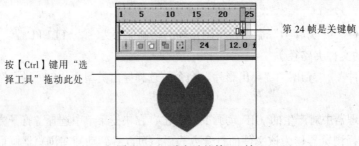

图 3-68 更改后的第 24 帧

③ 右击时间轴的第 24 帧，在快捷菜单中选择"插入关键帧"命令，第 24 帧就出现了与第一帧相同的内容。

④ 选定第 24 帧中的圆，将其更改为红色，然后单击画面以外的空白处取消选定。

⑤ 用"选择工具"并按【Ctrl】键拖动正圆的上端和下端，使其出现如图 3-68 所示的心形样。

⑥ 选中第一帧，在属性面板中选择"补间"为"形状"选项，看到时间轴上从第 1 帧到第 24 帧上出现浅绿色背景的箭头。

⑦ 选择"控制"|"测试影片"命令，观察动画放映效果。

【体验实验】

（1）利用配套光盘上的"第 3 章\DIY\DIY3-3-1\DOG"文件夹中的素材图片制作一个小狗的 GIF 动画。

（2）制作一个使自己的姓名变化到学号的变形动画。

【归纳】

Macromedia Flash MX 2004 是为网络站点设计平面图形和动画的创作工具，主要包含的是矢量图形，但也可以导入位图图像和声音。Flash 动画作品允许访问者输入内容以产生交互，也可以创建非线性电影和其他网络应用程序产生交互。Flash 动画具有文件体积小、流式传输、简单易学和具有强大的交互能力等特点。

选择"开始"|"程序"|"Macromedia"|"Macromedia Flash MX 2004"命令，可以启动 Flash

MX 动画创作工具。启动后的界面如图 3-69 所示。

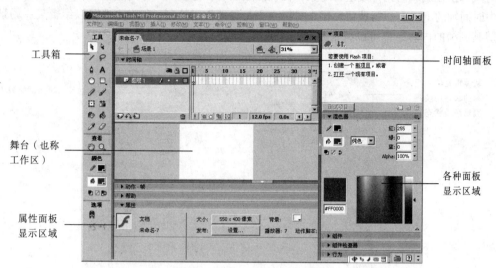

图 3-69　Flash 基本工作界面

除了用于角色创作位于窗口中央的舞台（也称工作区）外，Flash MX 窗口中主要包含了时间轴面板、工具箱面板、属性面板和各种其他打开着的面板。在面板显示时，可以用鼠标对其移动、缩小和放大。各区域的基本功能简介如下：

1. 工具箱面板

工具箱面板中包含了 18 种基本工具，用于在舞台中创建和编辑各种角色，当鼠标指针在工具按钮上停留时，会出现对应按钮名称的提示。

2. 时间轴面板

时间轴面板分为图层控制区和帧控制区左右两个部分，如图 3-70 所示。左边是用于图层的添加、命名、删除、移动等操作的图层控制区；右边则是针对每一图层中各个具体帧的选择区，每个小方格代表一帧；左右两区的下方各有一些按钮，用于进行快捷操作；帧控制区的下方有状态栏，用于显示当前指针所处位置的各种状态。

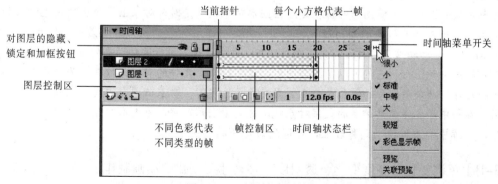

图 3-70　时间轴面板的组成部分

3. 舞台（工作区）

舞台也称工作区，如图 3-71 所示。中间白色背景的矩形区域用于放置某一时刻画面应该显示的对象、正在编辑的元件或组合对象，在动画放映时，这里的对象将会显示在用户面前。舞台窗口中时间轴的上方有一行按钮，用于对舞台中对象的编辑控制。舞台上既可以编辑某一场景某一图层某一帧的内容，也可以编辑某一元件或组合的内容。

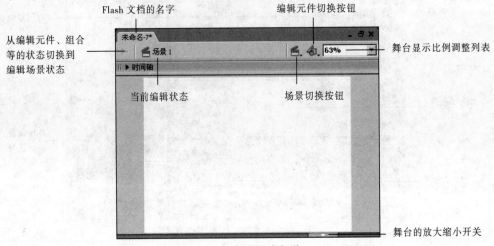

图 3-71　舞台的组成部分

4．属性面板

在舞台的下方是属性面板，该面板的内容会随当前选定对象的不同而变化，如图 3-72 所示。

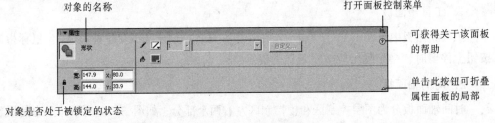

图 3-72　属性面板的组成部分

注意：

在 Flash 中，变形动画只能针对矢量图形进行。也就是说，进行变形动画的首、尾关键帧上的图形应该都是矢量图形，矢量图形的特征是：在图形对象被选定时，对象上面会出现白色均匀的小点。利用工具箱中的直线、椭圆、矩形、刷子、铅笔等工具绘制的图形，都是矢量图形。

在 Flash 中，运动动画只能针对非矢量图形进行。也就是说，进行运动动画的首、尾关键帧上的图形都不能是矢量图形，它们可以是组合图形、文字对象、元件的实例、被转换为"元件"的外界导入图片等。非矢量图形的特征是：在图形对象被选定时，对象四周会出现蓝色或灰色的外框。利用工具箱中的文字工具建立的文字对象就不是矢量图形，将矢量图形组合起来后，可得到组合图形，将库中的元件拖动到舞台上，可得到该元件的实例。

【案例 3-11】色调变化、亮度变化、透明度、移动速度变化的动画制作

【案例环境】Flash
【任务及步骤】
（1）利用配套光盘"第 3 章\案例\案例 3-3-2"中的素材 fl4 素材.fla，参考"fl4-yl.swf"制作一

个 40 帧的射箭动画。保存为 fl4.fla，导出为 fl4.swf。

① 启动 Flash 并打开"fl4 素材.fla"文件，将舞台按"显示帧"方式显示，并选择"修改"|"文档"命令，将动画的帧速设置为 12fps。

② 选择"窗口"|"库"命令，可以看到库中有两个素材，空心圆环 target 和箭头 arrow，将 target 拖动到图层 1 第 1 帧的舞台右边，使用"任意变形工具"将其更改为如图 3-73 所示的椭圆形。

③ 右击时间轴上第 40 帧位置，在快捷菜单中选择"插入帧"命令。

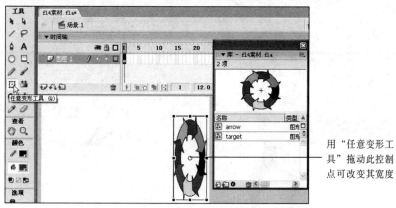

图 3-73 "任意变形工具"的使用

④ 选择两次"插入"|"时间轴"|"图层"命令，在"图层 1"的上方插入两个新的图层，"图层 2"和"图层 3"。

⑤ 选定"图层 2"的第 1 帧，将库中的箭头拖动到舞台左下角，如图 3-74 所示。然后利用任意变形工具将箭头改变成如图 3-75 所示的样子。

⑥ 在"图层 2"的第 20 帧上插入关键帧，并将此帧对应舞台上的箭头拖动到如图 3-76 所示的位置。然后设置"图层 2"的第 1 帧的"补间"为"动作"。

⑦ 选定"图层 3"的第 1 帧，将库中的箭头拖动到舞台的左上角，并利用"任意变形工具"将其更改为如图 3-77 所示的样子。

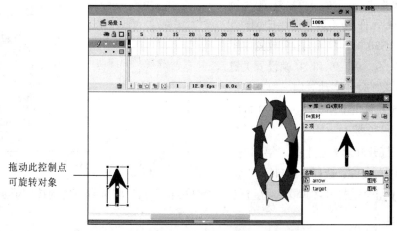

图 3-74 将库中箭头拖动到舞台

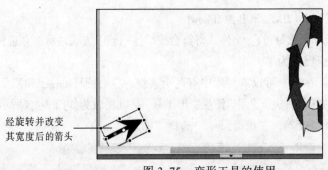

经旋转并改变
其宽度后的箭头

图 3-75　变形工具的使用

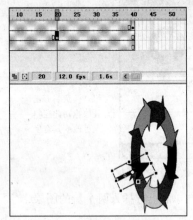

图 3-76　拖动箭头位置

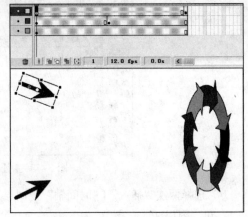

图 3-77　使用任意变形工具

⑧ 在"图层 3"的第 40 帧插入关键帧，并将第 40 帧舞台上的箭头移动到如图 3-78 所示的位置。然后设置"图层 3"的第 1 帧的"补间"为"动作"。

⑨ 测试影片后，选择"文件"|"另存为"命令，将动画文件保存为 FL4.fla。选择"文件"|"导出"|"导出影片"命令，将动画输出为 FL4.swf。

（2）打开配套光盘上的"第 3 章\案例\案例 3-3-2\sc.fla"文件，将元件 20（进行适当的调整）放置在图层 1，显示至 30 帧；将元件 19 放置在图层 2，分别在第 1、5、7、9、25 和 30 帧设置关键帧，第 1、5、7 帧小球顺时针滚动一周，第 9 帧顺时针滚动三周，第 25 帧自由下落；将元件 21 放置在图层 3。动画总长为 30 帧。

① 启动 Flash，打开配套光盘上的"第 3 章\案例\案例 3-3-2 \sc.fla"文件，选择"窗口"|"库"命令（或按【Ctrl+L】组合键打开图库）。然后新建一个 Flash 文档，将舞台设置为按"显示帧"方式显示。

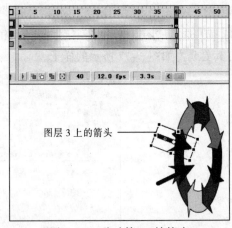

图层 3 上的箭头

图 3-78　移动第 40 帧箭头

② 在属性面板中，选择"大小"右边的选项，打开"文档属性"窗口，将大小设置为 550 × 400 像素，并将背景设置为白色，帧频为 12，将显示比例设置为：显示帧，如图 3-79 所示。

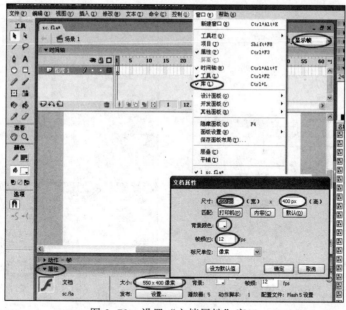

图 3-79 设置"文档属性"窗口

③ 把 sc.fla 的库窗口切换到前面，将该库窗口中的"元件 20"组件拖放至新建文件的场景中，按样例调整大小和位置。在第 30 帧选择"插入"|"时间轴"|"帧"命令（或在第 30 帧处右击，选择"插入帧"命令，插入一个静止帧），如图 3-80 所示。

④ 选择"插入"|"时间轴"|"图层"命令（或右击图层 1，选择"插入图层"命令），新建图层 2，如图 3-81 所示。

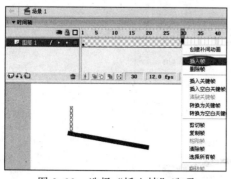

图 3-80 选择"插入帧"选项

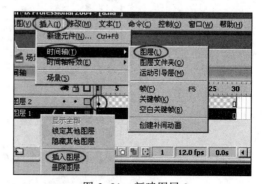

图 3-81 新建图层 2

⑤ 单击图层 2 的第 1 帧将"元件 19"拖放到该图层的适当位置。依次右击该图层的第 5、7、9、25、30 帧，在依次弹出的快捷菜单中选择"转换为关键帧"命令，如图 3-82 所示。

选中图层 2 的第 1 帧，将属性面板中的"补间"选项设置为"动作"命令，"旋转"选项设置为"顺时针 1 次"命令。第 5、7、9、25 帧重复以上操作，只是第 9 帧将"旋转"次数改为 3 次。而第 25 帧"旋转"选项设置为"自动"，如图 3-83 所示。

⑥ 根据样例，分别将第 5、7、9、25、30 帧中的"元件 19"移动到相应的位置，如图 3-83 所示。

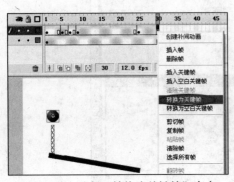

图 3-82　选择"转换为关键帧"命令

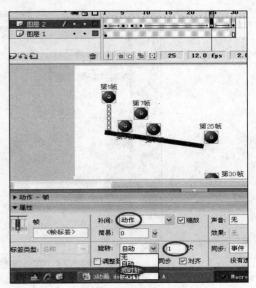

图 3-83　属性设置

⑦ 在图层 2 上新建图层 3，依样例将"元件 21"放在适当位置。在图层 1 和 2 之间再新建图层 4，并在此图层中画一条线。为了同图层 3 中的"元件 21"组合成一个口袋，因此要注意这条线的位置、颜色、粗细和长短，并将此线弯成弧线，如图 3-84 所示。

⑧ 选择"文件"|"导出"|"导出影片"命令，选好路径后，将文件名设置为 donghua 存放，如图 3-85 所示。

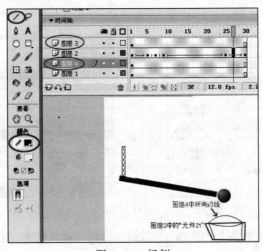

图 3-84　择例

（3）在舞台上绘制文字对象"FLASH"，然后将其转换为名称为"文字"的元件，利用该元件制作文字在舞台中央由小变大的动画，然后更改"文字"元件的颜色，将其中的 A 变成蓝色，观察动画的变化。

① 单击"文本工具"，在属性面板中设置文字字体为"Times New Rome"，大小为 96、加粗、红色。在舞台上输入文字后，选定文字对象，并选择"修改"|"转换为元件"命令，如图 3-86 所示。

图 3-85 存放文件

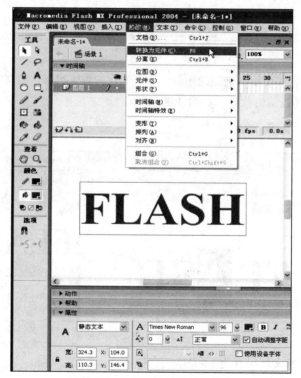

图 3-86 将对象转换为元件命令

② 在选择"转换为元件"命令后，打开如图 3-87 所示的"转换为符号"对话框，在"名称"文本框中输入"文字"，选择"行为"中"图形"单选按钮，单击"确定"按钮。在库窗口中便可看到名为"文字"的元件了，舞台上对应的对象可称为该元件的实例。

③ 利用"对齐"面板将舞台上的"FLASH"实例设置为居中，并选择"窗口"|"设计面板"|"变形"命令，将其宽度和高度都设置为原来的 10%，效果如图 3-88 所示。

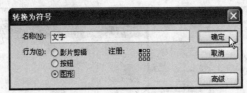

图 3-87 "转换为符号"对话框

④ 在第 30 帧插入关键帧，并将该帧的实例对象的大小设置为 150%。设置第 1 帧的属性为"动作补间"后，完成对象从小到大的变化。测试影片时，可以看到文字对象从小到大的变化。

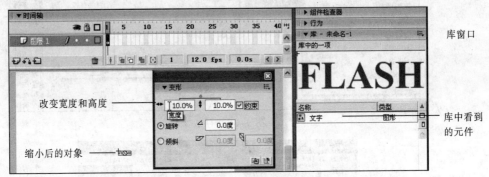

图 3-88 文字对象大小变化对话框

⑤ 在库中双击元件"文字"前面的图标，进入元件的编辑状态，将文字中的 A 字母更改为蓝色后，回到原来的场景编辑状态，如图 3-89 所示。

图 3-89 文字状态编辑对话框

⑥ 测试后，将动画文件保存为 SWF 格式文件。

【案例 3-12】用运动引导线制作动画

【案例环境】Flash

【任务及步骤】

打开配套光盘上的"第 3 章\案例\案例 3-3-2\sc.fla"文件，然后新建一个 Flash 文档，将元件 20 进行适当的调整放置在新建文档的图层 1，显示至 30 帧；将元件 19 放置在图层 2，利用运动引导线制作类似案例 3-11 中第二个案例的效果，动画总长为 30 帧。

（1）启动 Flash，打开配套光盘上的"第 3 章\案例\案例 3-3-2 \sc.fla"文件，选择"窗口"｜"库"命令（或按【Ctrl+L】组合键打开图库）。然后新建一个 Flash 文档，将舞台设置为按"显示帧"方式显示。

（2）在属性面板中，选择"大小"右边的选项，打开"文档属性"窗口，将大小设置为 550×400 像素，并将背景设置为白色，帧频 12，将显示比例设置为：显示帧。

（3）把 sc.fla 的库窗口切换到前面，将该库窗口中的"元件 20"组件拖放至新建文件的场景中，适当调整大小和位置。右击第 30 帧处，选择"插入帧"命令，插入一个静止帧，如图 3-90 所示。

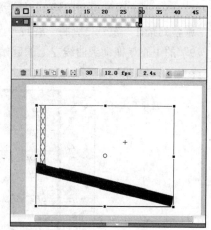

图 3-90　插入一个静止帧

（4）右击图层 1，选择"插入图层"命令，新建图层 2，并将元件 19 拖放到舞台的右上方（舞台的外面）。右击图层 2，选择"添加引导层"命令，如图 3-91 和图 3-92 所示。

图 3-91　添加引导层

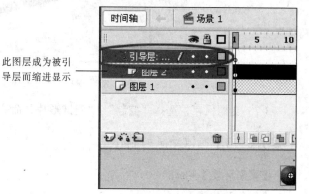

此图层成为被引导层而缩进显示

图 3-92　引导层缩进显示

（5）选中引导层，利用线条工具，在舞台上绘制如图 3-93 所示大图中的线条。再利用选择工具调整线条的形状，如图 3-93 所示小图中的曲线。

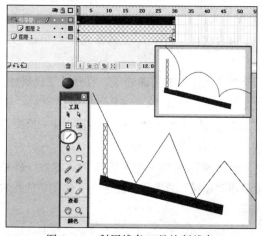

图 3-93　利用线条工具绘制线条

（6）锁定引导层和图层1，然后将图层2的第1帧设置补间为"动作"，并在属性面板中选中"调整到路径"复选框，将"旋转"设置为"顺时针3次"；利用"选择工具"，将第1帧上"元件19"的中心点拖动到曲线左上的起始处，将第30帧上"元件19"的中心点拖动到曲线右下边的终止处，如图3-94所示。

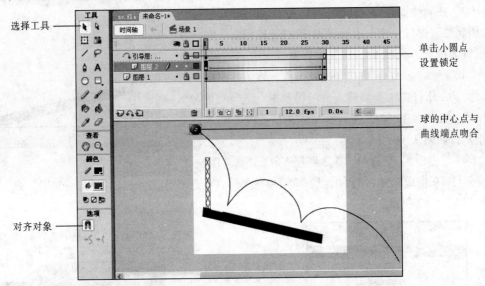

图3-94　利用选择工具拖动曲线

（7）文档保存，选择"控制"|"测试影片"命令测试影片，并将其导出为SWF格式的文件。

【案例3-13】遮罩动画的制作

【案例环境】Flash

【任务及步骤】

打开配套光盘上的"第3章\案例\案例3-3-2\sc.fla"文件，然后新建一个Flash文档，将元件2（进行适当的调整）放置在新建文档的图层1，显示至30帧；将元件19放置在图层2，利用运动引导线制作，类似案例3-11中第二个案例的效果。动画总长为30帧。

（1）启动Flash，打开配套光盘上的"第3章\案例\案例3-3-2 \sc.fla"文件，选择"窗口"|"库"命令（或按【Ctrl+L】组合键打开图库）。然后新建一个Flash文档，将舞台设置为按"显示帧"方式显示。

（2）在属性面板中，选择"大小"右边的选项，打开"文档属性"窗口，将大小设置为550×400像素，并将背景设置为白色，帧频12，将显示比例设置为：显示帧。

（3）将sc.fla库中的"元件2"拖入到新建文件的图层1中，长度30帧，并将颜色设为Alpha、30%，如图3-95所示。

（4）新建图层2，将"元件9"（蝴蝶）拖入第1帧，放大一些并放在左下方位置，在第30帧插入关键帧，在此帧中缩小"蝴蝶"的大小，旋转一下角度并放在右上方，第1帧设置"补间"为"动作"，如图3-96所示。

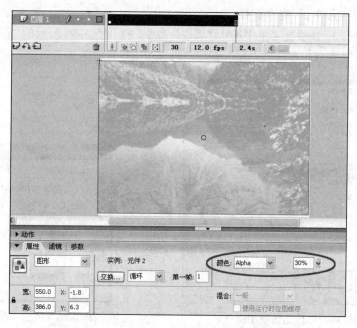

图 3-95　sc.fla 库中的"元件 2"拖到图层 1 中

图 3-96　图层 2 设置视图

（5）在图层 2 的上方增加一个图层 3，在该图层的第 1 帧上添加一个蓝色无边框的圆，盖住图层 2 第 1 帧上的"蝴蝶"，并将该圆转换为图形元件 3，在该图层第 30 帧上增加关键帧，将圆拖动到舞台右上，盖住图层 2 第 30 帧上的"蝴蝶"，然后将图层 3 中的第 1 帧设置"补间"为"动作"。

（6）右击图层 3，在快捷菜单中选择"遮罩层"命令，可以看到在图层 3 变成遮罩层的同时，图层 2 变成了被遮罩层，以缩进方式显示；同时这两层成为锁定状态，蓝色的圆消失，蝴蝶出现了，如图 3-97 所示。

（7）在图层 1 的上方添加新图层"图层 4"，并将库中的"元件 2"拖动到该图层的舞台，使其与图层 1 中的"元件 2"完全重叠。

（8）右击图层 4，在快捷菜单中选择"属性"命令，打开图 3-98 所示的"图层属性"对话框，选择"被遮罩"命令后，单击"确定"按钮，将该图层也设置为被遮罩层。

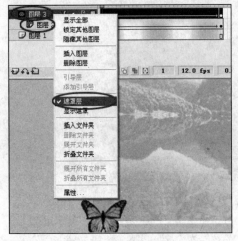

图 3-97　使用透罩层命令

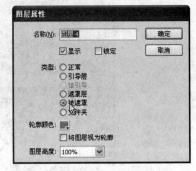

图 3-98　使用"图层"属性

（9）选择"文件"|"另存为"命令，将动画文件保存为 al13.fla，选择"文件"|"导出"|"导出影片"命令，将动画输出为 al13.swf。

【体验实验】

（1）制作一个小球从上到下自由落体运动，落地后弹起，反复三次，最后停在地上的动画。

提示：
① 绘制的小球要组合或转换成元件才能设置运动动画。
② 需要在第 1、15、30、45、60、75 帧分别设置关键帧，其中第 1、30、60 帧时小球在高处，高度依次降低，在第 15、45、75 帧时，小球在低处的同一位置。
③ 动画最后停止需要设置该动画结束帧的"STOP"动作，或让动画延续 5 帧。

（2）打开配套光盘上的"第 3 章\DIY\DIY3-3-2\Flash-a.fla"文件，按下列要求制作动画，效果参见 Flash-a-yz.swf 文件，（除"样例"字符外），制作结果以原文件名"导出影片"并保存。

要求：添加并选择合适的图层，动画总长 35 帧。设置动画的大小为 550×400 像素，速度设为每秒 10 帧，背景为白色。

提示：
① 使用图库中"风景 3"作为动画背景。
② 使用图库中的"蝴蝶"做沿着彩虹飞行的动画。蝴蝶四周的白色背景须去掉。

（3）打开配套光盘上的"第 3 章\DIY\DIY3-3-2\Flash-b.fla"文件，按下列要求制作动画，效果参见 Flash-b-yz.swf 文件，（除"样例"字符外），制作结果以原文件名"导出影片"并保存。

要求：添加并选择合适的图层，动画总长 35 帧。

提示：

① 将文档大小调整为 550×400 像素，速度设为每秒 10 帧。

② 将"图库"中"风景 1"元件放置在一图层中，并作为整个动画的背景。

③ 利用"图库"中"蝴蝶"元件，制作从右下侧飞往左上侧的动画，并去处蝴蝶图像四周的白色背景，蝴蝶飞行过程中逐渐变大。

（4）打开配套光盘上的"第 3 章\DIY\DIY3-3-2\Flash-c.fla"文件，利用遮罩层技术制作一个模拟电视机的 Flash 动画，运行后放映活动画面，具体效果见 Flash-c-yz.swf。（其中背景图片"电视机"不必制作，可从库中拖入；共 100 帧，速度 12 帧/秒；所用图片及素材均在 Flash-c.fla 的"库"中）

【综合实验】

打开 Flash-j.fla 文件，利用"遮罩图层"和"运动引导层"技术制作一颗环星卫绕地球旋转的 Flash 动画，具体效果见 flash-j 样张.swf，共 40 帧，速度 12 帧/秒；文件库中提供了地球和卫星两个元件，其他素材由自己制作。

提示：

（1）舞台背景为蓝色，共需五个图层：遮罩圆、地图、地球、卫星轨道（引导层）、卫星。

（2）绘制的遮罩圆和地球重叠，地球可略大于遮罩圆。

（3）绘制卫星轨道的椭圆后，在椭圆线的任意位置用"橡皮擦工具"擦出一个小口，使椭圆线有两个端点，并在卫星图层中将第 1 帧中的卫星和最后一帧中的卫星分别拖至这两个端点。

（4）图 3-99 为这个实验的参考图。

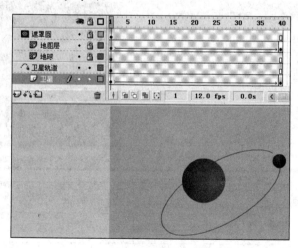

图 3-99　实验参考图

【归纳】

在 Flash 中，可以将常用的对象制作成元件放在库中，在制作动画时可以方便地将元件取出使用。这样做成的元件可以反复使用，提高动画的制作效率，动画文件存储时，反复出现的元件本身只需要保存一遍，节省动画文件的大小。

如果库中已经有了元件，可以通过将需要的元件直接拖动到舞台上的方法得到需要制作动画的动画。

Flash 中的元件也称为符号，其创建可以通过将制作好的对象转换得到，也可以选择"插入"|"新建元件"命令进行创建。建立的元件都放置在库中，可以再次进行修改和编辑。在制作动画时，如果将元件拖动到舞台上，该对象被称为元件的实例。当库中的元件被编辑修改后，该元件对应的所有实例都会发生变化。

3.4 视 频 处 理

【案例 3-14】编辑电影

【案例环境】Windows Movie Maker

【任务及步骤】

使用 Windows Movie Maker，将两个影片剪辑合成一个电影，并配上背景音乐，加上片头，最后输出电影文件。

1. 导入视频剪辑文件

（1）选择"开始"|"程序"|Windows Movie Maker 命令，运行 Windows Movie Maker 软件。如图 3-100 所示。

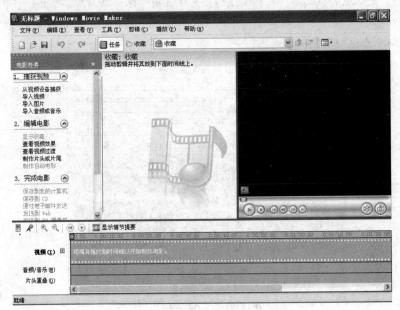

图 3-100　运行 Windows Movie Maker

（2）首先选择"任务"|"捕获视频"|"导入视频"命令。屏幕上将会弹出一个"导入文件"对话框，选择需要导入的一个或多个视频文件，单击"导入"按钮，如图 3-101 所示。

（3）Windows Movie Maker 会自动创建一个新的收藏夹，存放用户导入的视频剪辑。双击其中任何一个文件，主界面右上部的播放器将会开始播放。如果打算将该文件加入到电影中，单击可将收藏栏中的视频剪辑拖动到屏幕底部的故事板中，如图 3-102 所示。

图 3-101　导入视频

图 3-102　视频剪辑拖入底部的故事板中

（4）所有的剪辑文件都被拖入故事板之后，单击故事板上方的"显示时间线"按钮，由情节提要视图切换为时间线视图。故事板上将会显示每个剪辑内的一张图片，时间线窗口中展示了视频组成元素和音频组成元素，如图 3-103 所示。

2. 删除第二个视频片段最后一秒钟内容

在进度指示器上，将指示针移到后一个视频片段的最后一秒位置，将会出现一个红色的修剪指针。单击该指针，拖动鼠标到所需的结束点（修剪的是剪辑文件的片尾），松开鼠标键，Windows Movie Maker 将会设置新的结束点的位置，如图 3-104 所示。

图 3-103　显示时间线

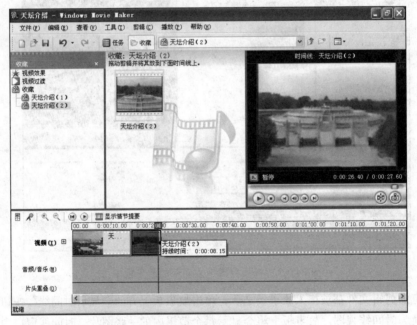

图 3-104　删除视频片段

3．建立视频过渡

接下来要做的处理是"视频过渡"，其功能是在两个相邻剪辑间建立同时淡出及淡入过渡的效果。

（1）单击视频右边的按钮田，展开过渡轨道和音频轨道。

（2）Windows Movie Maker 自带的视频过渡效果存放在"收藏栏"的"视频过渡"中，选择"视频过渡"选项，界面上将会显示各种过渡效果。从中选择"消隐"图标并拖到两个剪辑之间，可以插入将过渡效果，如图 3-105 所示。

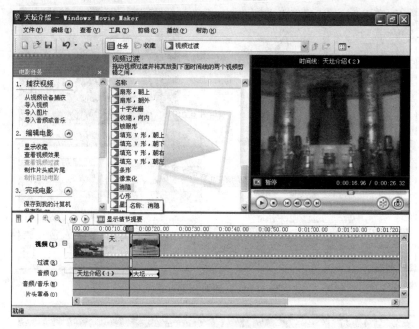

图 3-105　建立视频过渡

4．音频处理

下面要做的是消除噪音，添加背景音乐。

（1）右击音频轨道上的第一个剪辑，在弹出菜单中选择静音，同样处理下一个剪辑，这样就消除背景噪音。

（2）选择"任务"窗格中的"导入音频或音乐"选项，导入音频文件。然后，将音频文件拖到下方的"音频/音乐"轨道中。

（3）导入的音频剪辑时间长度比视频剪辑长，可以将指示针移到音频剪辑结尾，将会出现一个红色的修剪指针。单击该指针，拖动鼠标到和视频剪辑相同的时间点，放开鼠标键，这样音频剪辑和视频剪辑有相同的结束点。

（4）最后，右击音频剪辑，在弹出菜单中选择"淡出"选项，修饰背景音乐的结束，如图 3-106 所示。

5．添加片头或片尾文字

最下面一栏是"片头重叠"轨道，如果要给视频文件添加一个文本标题和结束字幕，可在此处进行操作。

选择"任务"窗格中的"制作片头或片尾"选项及"在选定剪辑之上添加片头"选项，屏幕上将会出现一个"输入片头文本"文本框。填写好影片的标题之后，用户还可以选择文本框下方的"更改片头动画效果"和"更改文本字体和颜色"两个选项，尝试不同的动画效果以及字体显示方式，如图 3-107 所示。

图 3-106　添加背景音乐

图 3-107　添加片头或片尾

6．添加片头或片尾文字

（1）在预览框中单击"播放"按钮，可以在窗口模式下对制作好的电影文件进行播放测试。

（2）选择"文件"|"保存电影文件"命令，打开"保存电影向导"对话框，在此对话框中，系统会提示四种保存选项。可根据需要进行选择，如图 3-108 所示。

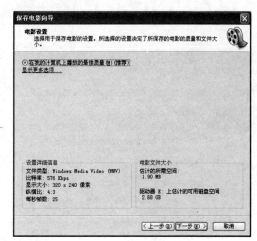

图 3-108　保存影片

【体验实验】

打开配套光盘中"第三章\DIY\DIY 3-4-1"文件夹下的九寨沟风光.mswmm 文件，按下列要求操作：

（1）导入视频剪辑文件九寨沟风光(1).wmv 和九寨沟风光(2).wmv。

（2）剪辑视频，删除剪辑的 23s 后内容。

（3）在两个剪辑中间添加视频过渡，选择"卷页，右上"效果选项。

（4）在视频开头添加片头文字"九寨沟风光"；设置"淡入淡出"动画，背景设为淡绿色，字体设为隶书、橘红色。

（5）在片头和视频之间添加视频过渡，选择"淡化"效果选项。

（6）导入音频文件 10.mp3，作为背景音乐添加到剪辑中，并调整音乐长度和剪辑一样，设置音乐结束效果为"淡出"选项。

（7）将视频剪辑以文件名"九寨沟风光.wmv"保存。

【归纳】

可以使用 Windows Movie Maker 的"从视频设备捕获"功能将日常生活中用数码摄像机或数码相机摄录的图片、影像剪辑导入进行电影制作，但是 Windows Movie Maker 支持的视频格式有限，在导入制作前需要进行格式转换。

在片头的设置中有不同的位置选择，对片头内容的处理比较灵活。

Windows Movie Maker 默认的保存格式是带有.wmv 扩展名的 Windows Media 文件。这表明该电影以 Windows Media 格式保存的，以该格式保存的文件质量最高，占用空间最小。

第**4**章

网 页 制 作

本章主要要求读者理解网页设计中的概念，了解网页的构建过程、网页描述语言、网页制作工具、网页制作过程、网页布局的基本方法，掌握编辑网页文本的方法、向网页添加图像的方法、使用表格布局网页的方法、网页中表单制作方法、网页中超链接的设置方法，了解网站规划的基本方法、网站设计的基本步骤，比较熟练地为网页中添加媒体文件、制作框架网页，了解网页设计中嵌入 JavaScript 代码的基本方法、网页模板和 Web 组件的作用。

4.1 网站的建立与管理

【案例 4-1】定义站点

【案例环境】Macromedia Dreamweaver 8、Microsoft Office FrontPage 2003

【任务及步骤】

1．Dreamweaver 8 环境

（1）以 anli1 为站点文件夹，定义一个名为"我的站点"的本地站点。

① 选择"开始"|"所有程序"| Macromedia | Macromedia Dreamweaver 8 命令，启动 Dreamweaver 8。如果是在安装好 Dreamweaver 8 之后第一次运行，会显示"工作区设置"对话框，选择"设计器"单选按钮，单击"确定"按钮。

② 单击起始页上"创建新项目"选项区域中的 <img> Dreamweaver 站点... 按钮，出现"未命名站点 1 的站点定义为"对话框。切换到"基本"选项卡，在"您打算为您的站点起什么名字？"文本框中输入站点的名字：我的站点。单击"下一步"按钮，如图 4-1 所示。

③ 进入"编辑文件 第 2 部分"界面，选择"否，我不想使用服务器技术"单选按钮，单击"下一步"按钮。

④ 进入"编辑文件 第 3 部分"界面，选择"编辑我的计算机上的本地副本，完成后再上传到服务器（推荐）"单选按钮，在文本框中输入文件存储的位置 C:\anli1，单击"下一步"按钮。

⑤ 进入"共享文件"界面，在"您如何链接到远程服务器？"下拉列表中选择"无"选项，单击"下一步"按钮。

⑥ 进入"总结"界面，单击"完成"按钮。

（2）按图 4-2 所示的结构，在站点中建立文件和文件夹。

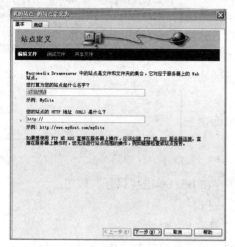

图 4-1

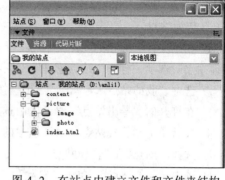

图 4-2　在站点中建立文件和文件夹结构

① 在"文件"面板中右击站点的根文件夹"站点-我的站点（D:\anli1）"命令，在弹出的快捷菜单中选择"新建文件夹"命令，分别输入文件夹名：document、content 和 picture。

② 右击 picture 文件夹，选择"新建文件夹"命令，分别输入文件夹名：image 和 photo。

③ 右击根文件夹"站点—我的站点（D:\ anli1）"，选择"新建文件"命令，输入文件名：index.html。

（3）将配套光盘"第 4 章案例实验素材\案例 1 素材"文件夹中的"黄洋界.html"和"龙潭.html"两个网页文件导入到站点的 content 文件夹中，并将文件分别重命名为：hyj.html 和 lt.html。

① 在"文件"面板的站点名称下拉列表中选择"第 4 章案例及实验素材"，打开"案例 1 素材"文件夹，选中"黄洋界.html"和"龙潭.html"两个网页文件。

② 右击并选择快捷菜单中选择"编辑"｜"复制"命令。

③ 在站点名称下拉列表中重新选择站点名称"我的站点"。

④ 右击 content 文件夹，选择快捷菜单中选择"编辑"｜"粘贴"命令，便将文件复制到站点中。

⑤ 两次单击文件名"黄洋界.html"，输入新的文件名：hyj.html。用同样的方法将"龙潭.html"网页文件的文件名重命名为 lt.html。

（4）将配套光盘"第 4 章案例实验素材\案例 1 素材"文件夹中名为"照片"的文件夹导入到站点的根文件夹中，将其中所有文件移动到站点的 photo 文件夹中，并删除"照片"文件夹。

① 使用与（3）中相同的方法将"照片"文件夹复制到站点的根文件夹中。

② 单击"照片"文件夹前的⊞，"照片"文件夹被展开。

③ 选中"照片"文件夹第一个文件，按【Shift】键选中最后一个文件，"照片"文件夹中所有文件被选中。

④ 将这些文件拖到 photo 文件夹上，松开鼠标键后 4 个文件便移动到 photo 文件夹中。

⑤ 选中"照片"文件夹，按【Delete】键。

（5）将站点的 document 文件夹移到 content 文件夹中，此时站点结构如图 4-3 所示。选中 document 文件夹，并将它拖到 content 文件夹上。

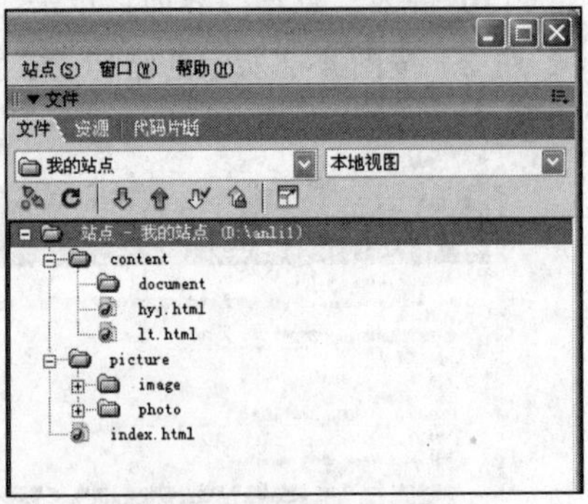

（6）导出"我的站点"站点，并以"我的站点.ste"为文件名保存。删除"我的站点"站点，导入文件"我的站点.ste"作为站点。

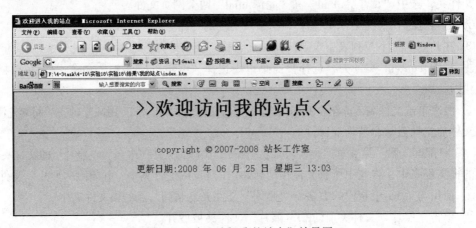

① 在"文件"面板的"站点名称"下拉列表中选择"管理站点"选项，打开"站点管理"对话框。

② 选中"我的站点"，单击"导出"按钮。

图 4-3　站点结构图

③ 在打开的"导出站点"对话框中选择文件保存在 D:\，单击"保存"按钮。

④ 最后单击"管理站点"对话框中的"完成"按钮。

⑤ 选择"站点"|"管理站点"命令，打开"管理站点"对话框。

⑥ 选中"我的站点"，单击"删除"按钮，出现提示信息后单击"是"按钮。最后单击"管理站点"对话框中的"完成"按钮。

⑦ 再次打开"管理站点"对话框，单击"导入"按钮。在打开的"导入站点"对话框中选择 D:\ 我的站点.ste，单击"打开"按钮。

⑧ "我的站点"选项显示在"管理站点"对话框中，单击"完成"按钮。

（7）打开主页 index.html，设置网页标题为"欢迎进入我的站点"，页面中的文字均居中对齐。设置第 1 行中">>欢迎访问我的站点<<"的格式为"标题 1"格式、蓝色（#0000FF）；第 2 行中的"2008"与"站长工作室"之间插入 3 个空格；第 3 行中的更新日期为系统日期。在 index.htm 的标题下方增加一条蓝色的水平线，网页背景色为：#FFCCFF，其浏览效果如图 4-4 所示。

图 4-4　"欢迎访问我的站点"效果图

① 双击"文件"面板中的 index.html 文件，打开主页，在"文档"工具栏的"标题"文本框中输入网页的标题："欢迎进入我的站点"。

② 在设计视图下输入文字："">>欢迎访问我的站点<<"。选定第 1 行文本，在属性检查器的

"格式"下拉列表中选择"标题2"选项，单击"居中对齐"按钮≡。再单击"文本颜色"按钮
，打开颜色选择器，选择蓝色，颜色选择器上显示"#0000FF"字样。返回属性检查器后，
"文本颜色"按钮旁的文本框中也显示"#0000FF"字样。也可以直接在文本框中输入：#0000FF，
并按【Enter】键。

③ 按【Enter】键另起一段，在属性检查器的"样式"下拉列表中选择"无"选项，输入第2
行内容。切换到"插入"工具栏中的"文本"选项卡，单击"字符"按钮 旁边的下三角箭头，
在弹出的菜单中选择"©版权"选项，插入版权符。默认情况下在"2008"与"站长工作室"之
间按空格键只能输入一个空格，若要输入多个连续的空格，应单击"拆分"按钮，在 HTML 代码
窗口中的文字"站长工作室"前输入：   ，单击设计界面的任意位置即可。

提示：选择"编辑"|"首选参数"命令，在"首选参数"对话框中选择"常规"分类，并选
中"允许输入多个连续的空格"复选框，便可以在"设计"界面中输入多个空格。

④ 在第 3 行输入文本"更新日期:"，选择"插入/日期"命令，弹出"插入日期"对话框，
在"星期格式"下拉列表中选择"星期四"，在"日期格式"列表框中选中"1974 年 3 月 7 日"
选项，在"日期格式"列表框中选中"10：18PM"选项，单击"确定"按钮。

单击"标准"工具栏上的"保存"按钮，保存网页。选择"文件"|"在浏览器中预览"|
"IE 6.0"命令，预览网页。

⑤ 将光标定位在标题后面，单击工具栏上的"插入水平线"按钮，如图 4-5 所示。便在标
题下方插入了一条灰色的水平线。

图 4-5　工具栏中"插入水平线"按钮

⑥ 右击水平线，在快捷菜单中选择"编辑标签"命令，在出现的标签编辑器中按图 4-6 所
示输入相应的代码，设置水平线的颜色。

⑦ 选择"修改"|"页面属性"命令，按图 4-7 所示的页面属性对话框进行网页背景的
设置。

图 4-6　标签编辑器

图 4-7　"页面属性"对话框

2．FrontPage 2003 环境

（1）以 anli1 为站点文件夹，定义一个名为"我的站点"的本地站点。

① 选择"开始"丨"所有程序"丨"Microsoft office"丨"Microsoft office FrontPage 2003"命令，启动 FrontPage 2003。

② 选择"文件"丨"新建"命令，在窗口右侧的任务窗格中，单击新建网站中的其他网站模板，单击空白网站，并在右侧指定新网站的位置为 D:\anli1，如图 4-8 所示。

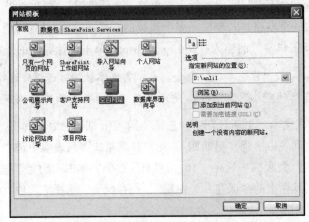

图 4-8　"网站模板"对话框

（2）按图 4-9 所示的结构，在站点中建立文件和文件夹。

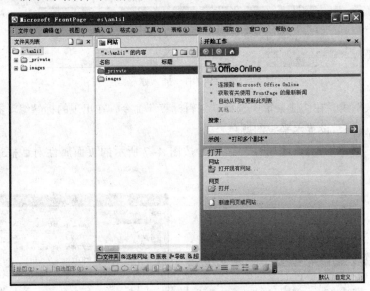

图 4-9　文件和文件夹结构

① 选择"视图"菜单中的文件夹列表，"anli1"中已有两个默认的文件夹，左侧窗口上方有三个图标从左到右排列，分别是"新建网页"、"新建文件夹"和"关闭"。选择"我的站点"丨"新建文件夹"命令。对这三个文件夹重命名，右击文件夹，进入重命名方式，分别将其命名为：document、content 和 picture。

② 单击 picture 文件夹，单击"新建文件夹"按钮，重复以上步骤，在 picture 文件夹中新建两个文件夹，其文件夹名为：image 和 photo。

③ 单击"我的站点"，在快捷菜单中选择"新建/空白网页"命令，将"new_page_1.htm"重命名为："index.htm"。

（3）将配套光盘"第 4 章案例及实验素材\案例 1 素材"文件夹中的"黄洋界.html"和"龙潭.html"两个网页文件导入到站点的 content 文件夹中，并将文件分别重命名为：hyj.html 和 lt.html。

① 在"文件"面板的站点名称下拉列表中选择实验配套盘，打开"第 4 章\案例 1 素材"文件夹。

② 选中"黄洋界.html"和"龙潭.html"两个网页文件，右击并选择快捷菜单中的"编辑"|"复制"命令。

③ 双击打开 content 文件夹。右击右侧窗口空白处，在弹出的快捷菜单中选择"粘贴"命令。便将文件复制到站点中。两次单击文件名"黄洋界.html"，输入新的文件名：hyj.html。用同样的方法将"龙潭.html"网页文件的文件名更改为 lt.html。

（4）将配套光盘"第 4 章\案例 1 素材"文件夹中名为"照片"的文件夹导入到站点的根文件夹中，将其中所有文件移动到站点的 photo 文件夹中，并删除"照片"文件夹。

① 单击"照片"文件夹前的田，"照片"文件夹被展开。

② 选中"照片"文件夹第一个文件，按【Shift】键并单击最后一个文件，"照片"文件夹中所有文件被选中。

③ 将这些文件拖到 photo 文件夹上，松开鼠标后 4 个文件便移动到 photo 文件夹中。选中"照片"文件夹，按【Delete】键。

（5）将站点的 document 文件夹移到 content 文件夹中，此时站点结构如图 4-10 所示。选中 document 文件夹，并拖到 content 文件夹上。

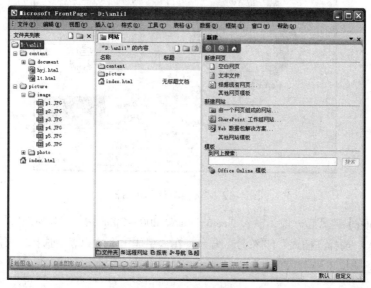

图 4-10　站点结构图

（6）打开主页 index.html，设置网页标题为"欢迎进入我的站点"，页面中的文字均居中对齐。设置第 1 行中的">>欢迎访问我的站点<<"的格式为"标题 1"格式、蓝色（#0000FF）。第 2 行中的"2008"与"站长工作室"之间插入 3 个空格。第 3 行中的更新日期为系统日期。在 index.htm 的标题下方增加一条蓝色的水平线，网页背景色为：#FFCCFF，其浏览效果如图 4-4 所示。

① 双击"index.html"文件，打开主页，在右侧窗口中进行编辑。

② 输入文字：">>欢迎访问我的站点<<"。选定第 1 行文本，在工具栏最左边的下拉列表中选择"标题 1"选项，单击"居中对齐"按钮 ，如图 4-11 所示。选择"格式"|"字体"命令，在颜色下拉列表中选择"其他颜色"命令，在"值"文本框中输入"0000FF"，如图 4-12 所示。单击"确定"按钮。

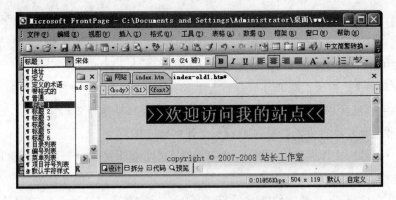

图 4-11　设置输入文字格式

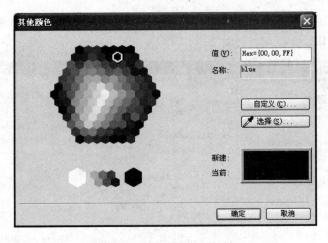

图 4-12　"其他颜色"对话框

③ 按【Enter】键另起一段，输入"copyright © 2007-2008 站长工作室"，其中版权符号©可按如下方法加入：选择"插入"|"符号"命令，在"字体"下拉列表中选择"宋体"，在"子集"下拉列表中选择"拉丁语-1"，如图 4-13 所示。

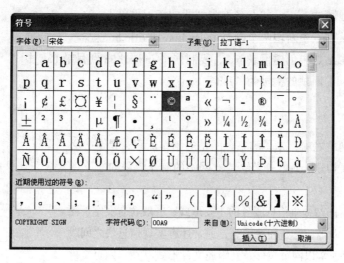

图 4-13 "符号"对话框

④ 在第 3 行输入文本"更新日期:",选择"插入"|"日期和时间"命令,在"日期格式"下拉列表中选择"2008 年 03 月 13 日星期四",在"时间格式"下拉列表中选择"20:50"选项,单击"确定"按钮。

⑤ 将光标定位在标题后面,在"插入"命令中选择"水平线"选项,便在标题下方插入了一条灰色的水平线。双击水平线,打开水平线属性,设置成蓝色。

⑥ 右击空白处,在弹出的快捷菜单中,选择"网页属性"命令。切换到"格式"选项卡,如图 4-14 所示,在"背景"下拉列表中选择"其他颜色"选项,弹出在"其他颜色"对话框并设置背景颜色的值为#FFCCFF。单击"标准"工具栏上的"保存"按钮,保存网页。选择"文件"|"在浏览器中预览"|"IE 7.0"命令,预览网页。

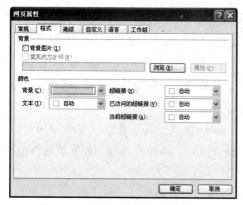

图 4-14 "网页属性"对话框

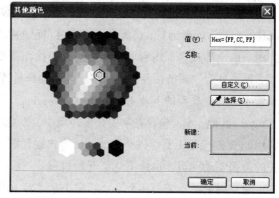

图 4-15 "其他颜色"对话框

【体验实验】

(1)利用 Dreamweaver 或 FrontPage 2003 中的模板,在 C 盘或 D 盘中新建一个"个人站点"的站点,自定义名字。对其中的内容进行任意的修改后关闭该站点。

（2）新建本地网站 mysite 站点名称为"我的练习网站"。

（3）在 mysite 站点中新增两个网页 index.htm 和 title.htm。

（4）在 mysite 站点中创建目录 bak，复制网页 index.htm 到目录 bak 中。

（5）设置 mysite 网站的主页为"index.htm"。

【归纳】

在建立一个网站之前，先了解整个网站的制作流程，是十分必要的，这将使网页构建合理、规范，建立网站的制作流程如 图 4-16 所示。

网页是 WWW 网站提供信息服务的主要形式，一般含有文字、图像、表格、表单、动画、音频和视频等，通常还有实现信息块之间跳转的超链接。网页通常以网页文件及其附属文件形式存在。网页文件是 WWW 的基本文档，它通常是用 HTML（hypertext markup language）标识的一种类似于文本的文件。

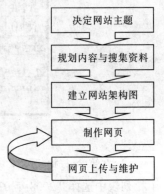

图 4-16 网站的制作流程

HTML 是一种超文本标记语言，用来描述 WWW 上的超文本文件。也就是在文本文件的基础上，加上一系列的表示符号，用以描述其格式，形成网络文件。当用户使用浏览器下载文件时，就把这些标识解释成它所对应的含义，并按照一定的格式将这些被标记语言标识的文件显示在屏幕上。

制作网页的首要问题是选择一种网页制作工具。可以按以下分类方法对网页的制作工具进行分类：

（1）简单的文档编辑工具：主要应用于 HTML 等纯文本文件的编辑，如 Windows 中的记事本，DOS 下的 Editor 编辑器等。

（2）功能齐全的专用工具：可以以图形化的界面完成所见所得的静态网页（预先将网页内容制作好，等访问者浏览，访问者不能通过自己的操作来改变网页的内容，此类网页称为静态网页。当网页的全部或局部内容可以因访问者的操作而变化的网页称为动态网页），包括基本的网页文本、网页外观、超链接及丰富的多媒体和动画处理工具，此外这些工具还提供了更多的网站开发和管理工具，典型的专业工具有 Dreamweaver、FrontPage 等。

（3）其他工具：包含在集成开发环境中，如 IBM Websphere 集成开发环境中的 Web 应用工具，利用此 Web 应用工具可以交互地调试客户端和服务器端的代码，无需编程或较少编程就能构造相关的数据驱动网页，由此简化了开发过程。

建立网上站点需要一个空间，向 ISP 或者 ICP 提出申请，一般采用以下方式：

（1）租用专用服务器。

（2）使用虚拟主机。

（3）免费个人主页。

然后利用专业网页制作软件定义站点，制作各个页面，将整个站点上传即可。

4.2　网页的编辑

【**案例 4-2**】网页编辑

　　【**案例环境**】Dreamweaver 8、FrontPage 2003
　　【**任务及步骤**】

1. Dreamweaver 8 环境

　　（1）启动 Dreamweaver 8，并打开"我的站点"，如果 Dreamweaver 中不存在"我的站点"，将"第 4 案例及实验素材\案例 2 素材"文件夹下的 anli2 文件夹复制到 C:\, 并导入该文件夹下的"我的站点.ste"站点文件。

　　（2）建立一个新的网页文件 ex13.htm 保存在 content 文件夹中，效果如图 4-17 所示。

　　① 选择"文件"|"新建"命令，在"新建文档"对话框中选择文件类别为"基本页"、类型为"HTML"，单击"创建"按钮。

　　② 按图 4-17 所示输入列表的内容。单击属性检查器中的"编号列表"按钮 ≔ ，建立列表的编号。单击属性检查器中的"文本缩进"按钮 ± 和"文本突出"按钮 ± ，改变列表的层次。

　　提示： 输入文字时按【Tab】键，可以使当前段落文本缩进。

　　③ 将插入点定位于"实践类课程"一行中，单击属性检查器中的"列表项目"按钮 列表项目... ，在"列表属性"对话框的"列表类型"下拉列表中选择"项目列表"选项。

　　④ 在"样式"下拉列表中选择"正方形"选项，单击"确定"按钮。

　　⑤ 将插入点定位于"理财课程"一行中，单击"列表项目"按钮，在"样式"下拉列表中选择"小写字母（a，b，c，…）"，单击"确定"按钮。

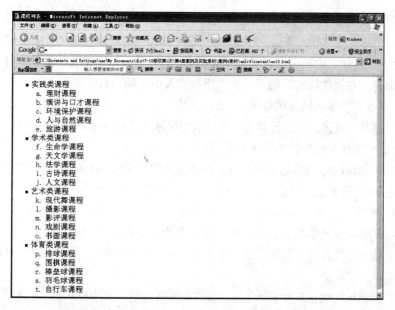

图 4-17　保存网页文件 ex13.html 到 content 文件夹

⑥ 将插入点定位于"生命学课程"一行中，单击"列表项目"按钮，在"样式"下拉列表中选择"小写字母（a，b，c...）"，在"开始计数"文本框中输入：6，单击"确定"按钮。依此类推，修改其余编号列表。

思考： 在"列表属性"对话框中选择"列表项目"下拉列表中的选项，结果相同吗？

⑦ 单击"保存"按钮，在"另存为"对话框中选择文件保存在 content 文件夹中，输入文件名：ex13.html，单击"保存"按钮，关闭文档窗口。

（3）新建一个网页文件，在网页中，导入"第 4 章案例及实验素材\案例 2 素材"文件夹中"abc.doc"文件的内容。并将图片放在文字的右面，将网页标题设置为："新课介绍"。以 ex14.html 为文件名将网页保存在 content 文件夹中，网页中的图片文件移动到 image 文件夹中，效果如图 4-18 所示。

图 4-18 "新课介绍"网页

① 选择起始页"创建新项目"栏中的"HTML"选项，新建一个网页。选择"文件"|"导入"|"Word 文档"命令，在"导入 Word 文档"对话框中选择"本章素材"文件夹中的"abc.doc"文件，单击"打开"按钮，出现"图像描述（alt 文本）"对话框时，单击"取消"按钮。

② 单击图片，在属性检查器的"对齐"下拉列表中选择"右对齐"选项。在"文档"工具栏的"标题"文本框中输入网页的标题："新课介绍"。

③ 单击"保存"按钮，在"另存为"对话框中保存文件在 content 文件夹中，输入文件名：ex14.html，单击"保存"按钮，关闭文档窗口。

④ 在"文件"面板中，选中站点根文件夹中新增的图片文件 ex14p2.gif，将文件拖动到 picture 文件夹中的 image 文件夹上，出现"更新文件"对话框后单击"更新"按钮。

（4）新建一个网页，按下列要求进行编辑，并以 biao.html 为文件名保存在 content 文件夹中。在网页中插入如图 4-19 所示的表格，边框粗细设置为 1，单元格边距为 5。

① 单击"插入"工具栏"常用"选项卡中的"表格"按钮，在"表格"对话框中输入行数：5、列数：4。

② 在"边框粗细"文本框中输入：1，在"单元格边距"文本框中输入：5。

③ 在"页眉"工具栏中选择"顶部"选项，在"标题"文本框中输入："学术活动日程表"，单击"确定"按钮，输入表格中的内容，如图 4-19 所示。

（5）如图 4-20 所示删除"联系人"列，并插入一列"分类"、添加一行。合并"分类"列中的单元格，并输入文字，文字水平居中并对齐。

2008年计算机基础教学研讨会日程表			
主题	主讲人	时间	联系人
二十一世纪展望	杨 辉 教授	1月29日	
课程体系的构建	林华梅 教授	1月12日	
C/C++的新教法	陈燕兰 副教授	12月15日	
VB的界面设计	谢强维 教授	1月4日	

图 4-19 插入表格的样张

2008年计算机基础教学研讨会日程表			
分类	主题	主讲人	时间
应用	二十一世纪展望	杨 辉 教授	1月29日
	课程体系的构建	林华梅 教授	1月12日
语言	C/C++的新教法	陈燕兰 副教授	12月15日
	VB的界面设计	谢强维 副教授	1月4日
	神秘的JAVA	傅志龙 教授	1月16日

图 4-20 编辑表格的样张

① 将鼠标移到"联系人"列的顶部，当鼠标指针呈现为指向下的黑色垂直箭头形状时单击，选中这一列，按【Delete】键删除此列。

② 将插入点定位于"主题"列的任一单元格中，选择"修改"|"表格"|"插入列"命令，在第一个单元格中输入文字：分类。

③ 将鼠标指向第 1 列第 2 行的单元格并向下拖到第 3 行，选中两个单元格，单击属性检查器中的"合并所选单元格"按钮 ⊡，便合并成为一个单元格，输入文字："科技"，单击"居中对齐"按钮。

④ 将插入点定位于表格右下角的单元格中，按【Tab】键添加一行，输入相应内容。用与上述相同的方法合并下面 3 个单元格，并输入文字：文艺。单击"保存"按钮，以 biao.html 为文件名，将网页保存在 content 文件夹中，关闭文件。

（6）打开"第 4 章案例及实验素材\案例 2 素材"文件夹中的 fengjing1.html 文件，按图 4-21 所示效果进行编辑，以 fengjing.html 文件名保存在 content 文件夹中。

图 4-21 编辑图像的样张

① 将插入点定位于"晨曦"标题上方的单元格中，单击"插入"工具栏"常用"选项卡中

的"图像" ▣• 旁的下三角按钮，选择"图像"选项，在"选择图像源文件"对话框中选择"第4章案例及实验素材\案例2素材"文件夹中 t1.jpg 文件。

② 单击"确定"按钮后，显示提示信息框，提示是否要将图像文件复制到站点的根文件夹中，单击"是"按钮。在"复制文件为"对话框中打开站点 picture 文件夹中的 photo 文件夹，并输入新的文件名（如：fj1.jpg），单击"保存"按钮。

③ 在"图像标签辅助功能属性"对话框中单击"确定"按钮。

④ 将图像右下角的控制点向左上方拖动，调整图像的大小，同时观察属性检查器中的"宽度"文本框，使得其值在单元格的宽度（240）之内。

⑤ 单击其他单元格，单元格宽度还原成原来的大小。

⑥ 当图像调整到适当大小后，单击"重新取样"按钮 ▣，以减少图像文件的大小。用同样方法插入其余的图像（图像文件分别为 t2.jpg, t3.jpg, t4.jpg, t5.jpg, t6.jpg）。单击"保存"按钮，以 fengjing.html 为文件名，将网页保存在 content 文件夹中，关闭文件。

（7）新建主页文件 index.html，按下列要求进行操作：在网页的顶部插入配光套盘"第4章案例及实验素材\案例2素材"文件夹中 fa1.swf 文件，在 picture 文件夹中新建一个名为 flash 的文件夹，将动画文件保存在 flash 的文件夹中。设置动画循环并自动播放动画，水平居中。在设计界面中查看动画的播放效果。保存网页，并在浏览器窗口中查看网页的效果。

① 将插入点定位于主页的开始位置，按【Enter】键插入一行。将插入点定位于第一行，单击"插入"工具栏"常用"选项卡中的"媒体" ⑤• 旁的下三角按钮，选择"Flash"命令，在"选择文件"对话框中选择本章素材文件夹中的 fa1.swf 文件，单击"确定"按钮。

② 在"复制文件为"对话框中选择站点的 picture 文件夹，单击"创建新文件夹"按钮 ▣，输入新文件夹名"flash"，打开 flash 文件夹，并单击"保存"按钮。

③ 插入点定位于动画所在行，单击"居中对齐"按钮。选择动画后，选择属性检查器中的"循环"和"自动播放"复选框。

④ 单击"保存"按钮，保存网页文件。选中插入的 Flash 动画后，单击属性检查器中的"播放"按钮 ▶ 播放 ，便可以查看动画的播放效果。单击"停止"按钮 ■ 停止 ，停止播放。

（8）将主页文件 index.htm 的背景色设置为#FFCCFF，在网页的 fa1.swf 文件下插入 1 行 4 列的表格，表格单元中分别输入"风景"、"课程目录"、"新课介绍"、"会议议程"，并将这些文字分别链接 ex13.htm、ex14.htm、biao.htm、fengjing.htm 页面，主页文件的效果如图 4-22 所示。

图 4-22　主页的样张

① 选择"修改"｜"页面属性"命令，打开"页面属性"对话框，在"页面属性"对话框中选择"分类"列表框中的"外观"选项，在"背景颜色"的文本框中直接输入#FFCCFF，或在调色板中选择颜色值#FFCCFF 所对应的颜色。

② 单击"插入"工具栏"常用"选项卡中的"表格"按钮，在"表格"对话框中输入行数：1、列数：4，在"边框粗细"文本框中输入：1，表格宽度设置为：100%。

③ 在第 1 个单元格中输入"风景"，第 2 个单元格中输入"课程目录"，第 3 个单元格中输入"新课介绍"，第 4 个单元格中输入"会议议程"；选中各单元格中的文字右击，在快捷菜单中选择"对齐"｜"居中对齐"命令。

④ 选中第 1 个单元格中的文字"风景"并单击"链接"文本框旁的文件夹图标，选择 content 文件夹中的 fengjing.htm 文件，最后单击"确定"按钮。

⑤ 同样的方法设置"课程目录"与 content 文件夹中的 ex13.htm 文件的链接，"新课介绍"与 content 文件夹中的 ex14.htm 文件的链接，"会议议程"与 content 文件夹中的 biao.htm 文件的链接。

2. FrontPage 2003 环境

（1）启动 FrontPage 2003，并打开"我的站点"，如果不存在"我的站点"，将"第 4 章案例及实验素材\案例 2 素材"文件夹下的 anli2 文件夹复制到 C:\，并导入该文件夹下的"我的站点.ste"站点文件。

（2）建立一个新的网页文件 ex13.htm 保存在 content 文件夹中，效果如图 4-17 所示。

① 选择"视图"｜"文件夹列表"命令，鼠标单击 content 文件夹中新建网页按钮，输入名称为 ex13.htm。

② 双击打开 ex13.htm，如图 4-17 所示输入列表的内容。将光标定位在实践类课程前，选择"格式"｜"项目符号和编号"命令，切换到"无格式项目列表"选项卡，选中如图 4-17 所示的图表，单击"确定"按钮即可。按上述方法分别设置下面三个大类前的项目列表。

③ 选中"实践类课程"下的五个小类，选择"格式"｜"项目符号和编号"命令，切换到"编号"选项卡，选中图 4-23 所示的项目编号，单击"确定"按钮即可。按上述方法对以下分类进行设置，需要注意的是在设置"学术类课程"的项目编号时，将图 4-23 中的"起始编号"改为 6，依此类推后面的两个分类将"起始编号"6 分别改为 11，16。

④ 分别选中各课程下的五个小分类，单击工具栏的"增加缩进量"图标。

（3）新建一个网页文件，在网页中导入"第 4 章案例及实验素材\案例 2 素材"文件夹中的 abc.doc 文件的内容。并将图片放在文字的右面，将网页标题设置为："新课介绍"。以 ex14.html 为文件名将网页保存在 content 文件夹中，网页中的图片文件移动到 image 文件夹中，效果如图 4-18 所示。

① 鼠标选中 content 文件夹，单击"新建网页"图标，输入名称为 ex14.htm。打开 ex14.htm 文件，将"第 4 章案例及实验素材\案例 2 素材"文件夹中的 abc.doc 文件内容粘贴到 ex14.htm 中，并将标题设置为：新课介绍，其格式为：标题 1，居中。

② 选择"插入"｜"图片"｜"来自文件"命令，找到"第 4 章案例及实验素材\案例 2 素材"文件夹中 ex14p2.gif，单击"插入"按钮。右击图片，打开"图片属性"对话框，在"环绕样式"下拉列表框中选择"右"选项。

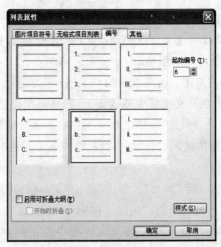

图 4-23 "列表属性"对话框

③ 单击"保存"按钮，出现图 4-24 所示的对话框，单击"更改文件夹"按钮，选择 picture 文件夹中的 image 文件夹，然后单击"确定"按钮。选择"文件"|"在浏览器中预览"命令，其效果如图 4-18 所示。

（4）新建一个网页，按下列要求进行编辑，并以 biao.html 为文件名保存在 content 文件夹中。在网页中插入图 4-19 所示的表格，边框粗细为 1，单元格边距为 5。

鼠标单击 content 文件夹，单击新建网页图标，输入文件名为：biao.htm。双击打开 biao.htm 文件，选择"表格"|"插入"|"表格"命令，其中各参数设置如图 4-25 所示。

（5）如图 4-20 所示删除"联系人"一列，并插入一列"分类"、添加一行。合并"分类"列中的单元格，并输入文字，文字水平居中对齐。

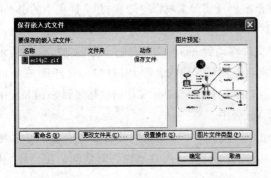

图 4-24 "保存嵌入式文件"对话框

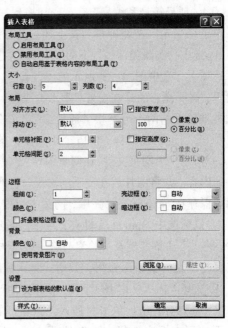

图 4-25 "插入表格"对话框

① 将鼠标移到"联系人"列的顶部，当鼠标指针呈现为指向下的黑色垂直箭头形状时，选中这一列，按【Delete】键删除列。

② 将插入点定位于"主题"列的任一单元格中，选择"表格"|"插入列"命令，在第一个单元格中输入文字：分类。

③ 将鼠标指向第 1 列第 2 行的单元格并向下拖到第 3 行，选中两个单元格，右击选择"合并单元格"，便合并成为一个单元格，输入文字："科技"，单击"居中对齐"按钮。

④ 将插入点定位于表格右下角的单元格中，按【Tab】键添加一行，输入相应内容。用与上述相同的方法合并下面 3 个单元格，并输入文字：文艺。单击"保存"按钮，其文件名为 biao.html，该网页保存在 content 文件夹中，关闭文件。

（6）打开"第 4 章案例及实验素材\案例 2 素材"文件夹中的"fengjing1.html"文件，按图 4-21 所示效果进行编辑，以 fengjing.html 文件名保存在 content 文件夹中。

① 选择"表格"|"插入"|"表格"命令，在"插入表格"对话框中输入行数 1、列数 4，在"边框粗细"文本框中输入：1，表格宽度设置为：100%。

② 光标定位在第一个单元格，选择"插入"|"图片"|"来自文件"命令，插入"第 4 章案例及实验素材\案例 2 素材"文件夹中"t1.jpg"文件。将图片文件拖放至合适大小。

③ 用同样方法插入其余的图像（图像文件分别为 t2.jpg，t3.jpg，t4.jpg，t5.jpg，t6.jpg），并按样张输入相应的文字。单击"保存"按钮，选择更改文件夹，将图片保存到 picture 文件夹的 photo 子文件夹中。

（7）新建主页文件 index.html，按下列要求进行操作：在网页的顶部插入配套光盘"第 4 章案例及实验素材\案例 2 素材"文件夹中 fa1.swf 文件，在 picture 文件夹中新建一个名为 flash 的文件夹，将动画文件保存在 flash 的文件夹中。设置动画循环并自动播放动画，水平居中。在设计界面中查看动画的播放效果，保存网页，并在浏览器窗口中查看网页的效果。

① 单击"我的站点"根文件夹，单击"新建网页"图标。右击"空白网页"并将其设置为主页。将插入点定位于主页的开始位置，按【Enter】键插入一行。将插入点定位于第一行，找到"第 4 章案例及实验素材\案例 2 素材"文件夹中 fa1.swf 文件，复制到网页中。右击网页中的 fa1.swf，选择"播放 flash 影片"选项。

② 选中 picture 文件夹，单击"新建文件夹"图标。输入文件名为 flash。单击"保存"按钮，打开对话框如图 4-26 所示，单击"更改文件夹"按钮。选择 picture 文件夹中的 flash 子文件夹，单击"确定"按钮。

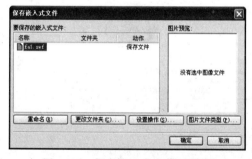

图 4-26　保存嵌入式文件对话框

（8）将主页文件 index.htm 的背景色设置为#FFCCFF，在网页的 fa1.swf 文件下面插入 1 行 4 列的表格，表格单元中分别输入"风景"、"课程目录"、"新课介绍"、"会议议程"，并将这些文字分别链接 ex13.htm、ex14.htm、biao.htm、fengjing.htm 页面，主页文件的效果如图 4-22 所示。

① 右击网页空白处，在弹出的快捷菜单中，选择"网页属性"命令。切换到"格式"选项卡，在"背景"下拉列表中选择"其他颜色"选项，设置背景颜色的值为#FFCCFF。

② 选择"表格"|"插入"|"表格"命令，在插入表格对话框中输入行数：1、列数：4，在"边框粗细"文本框中输入：1，表格宽度设置为：100%。

③ 在第 1 个单元格中输入"风景"、第 2 个单元格中输入"课程目录"、第 3 个单元格中输入"新课介绍"、第 4 个单元格中输入"会议议程"，选中各单元格中的文字右击，在快捷菜单中选择"对齐"|"居中对齐"命令。

④ 选中第 1 个单元格中的文字"风景"，右击文字并选择"超链接"命令，在屏幕显示的对话框中选择"content"文件夹中的"fengjing.htm"文件，最后单击"确定"按钮。用同样的方法设置"课程目录"与 content 文件夹中的 ex13.htm 文件的链接，"新课介绍"与 content 文件夹中的 ex14.htm 文件的链接，"会议议程"与 content 文件夹中的 biao.htm 文件的链接。按照样张所示输入第 3，4 行的文字。

【体验实验】

按样张完成下列操作，样张如图 4-27 和 4-28 所示。

（1）打开配套光盘中"第 4 章\DIY\DIY4-2"文件下的站点中的 fazhanshi.htm 网页文件，把标题设置成"居中"、字体大小为"5（18 磅）"；正文设置成字体大小为"2（10 磅）"，文字的颜色改成灰蓝色。

图 4-27　样张 1

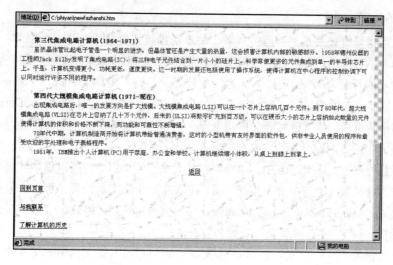

图 4-28 样张 2

（2）每段的小标题加粗。

（3）在文本中插入配套光盘中的"第 4 章\DIY\DIY4-2"文件中的 jsj.gif，把图片调整成适当大小（参考宽度 118 像素、高度 100 像素）且居中。

（4）在文末添加"返回"与 ex12.htm 建立超链接；添加文本"与我联系"并单击"与我联系"可给（someone@sohu.com）发送电子邮件；添加文本"了解计算机的历史"并单击该文本可与 WWW 中的网站（www.lzu.edu.cn/netteach/dncz/jbyl/lszl/computer.htm）建立链接。

（5）在文末位置添加文本"回到页首"，单击该文本可显示该网页的起始位置。

（6）在网页内设置背景，背景图片为配套光盘中的"第 4 章\DIY\DIY4-2"文件中的 bj2.gif。

（7）将网页文件另存为 newfazhanshi.htm，图片文件名另存为 computer.gif。

（8）主页自行设计。

【归纳】

1. 网页的创建

在 FrontPage 2003 中（Dreamweaver 8 的网页基本操作与此类同），新建网页的操作为：选择"文件"|"新建"命令，该命令立即打开"新建"任务窗格，在任务窗格"新建网页"选项下单击"空白网页"按钮。

所谓网页模板是预先设计的网页，包含网页设置、格式设置和网页元素。FrontPage 提供了多种默认网页模板，这些默认网页模板可分为三大类：常规、框架网页、样式表。在网页模板创建的网页中只需按提示在模板规定的区域中插入文字、图片，一个具有良好视觉效果的网页就生成了。

网页的头信息在浏览器中是不可见的，但是却包含网页的重要信息，如关键字、描述文字等，头信息还包含一些非常重要的功能，如自动刷新功能。这些内容的定义出现在网页文件<head>与</head>标记之间，可以通过专业网页制作软件添加网页的头信息，也可以直接添加 HTML 代码。

2．文本的处理

网页的文本排版直接关系到网站的成败，文本的排版需要关注以下每个细节：

（1）字体大小与行距。文本之间的行距是非常重要的，因为文章"挤在一起"会看错行。一般情况下，文本的行距为 1.5cm 与 1.7cm 之间比较好，最好不要高于 2cm。

（2）段落间距。在段落之间，要保持足够的间距才能让读者更容易识别，页面也更整洁。面对没有段落间距的页面，读者很可能会把几个连在一起的小段落看成一个大段落。一般段落的上方、右方、下方、左方间距分别为 0.5cm、0cm、0.5cm、0cm。

（3）段落首行缩进。在 HTML 中，半角空格是无法连续识别的，所以很多纯文本页面都是没有段落缩进的，这从版式上与中文不相符。文本开头空两个汉字的位置，可以由段落首行缩进功能实现：设置 "text-indent:2cm;"（在 FrontPage 中，则通过选择"格式"|"段落"命令，打开设置段落的对话框，设置 "首行缩进"参数为：2cm）。

页面中有大量的文字，这些文字可以直接输入，也可以将其他文档中的文本转换成 HTML 格式后导入。在 FrontPage 中，可以直接将 HTML、ASP、RIF、文本、Excel 电子表格和 WordPerfact 文档直接插入到当前正在编辑的网页中。

FrontPage 提供的"文本查找与替换"功能可对网站中各个页面文本进行编辑。系统内置词典可以对页面中的拼写进行检查，如果发现某词不在内置词典中，系统自动向用户提出建议。

3．图形、图像的应用

可以利用 FrontPage 中的绘图工具为主页添加各种组合图形、填充图形、三维效果图形。艺术字是用来增加文档的艺术效果，在网页中仍然如此。在 FrontPage 中网页艺术字的倾斜、旋转、拉伸、形状定义等均与 Word 中的处理相同，利用艺术字可以制作各种文字图形，例如：logo 的制作。

图像是点缀网页必不可少的网页元素，目前 Internet 上支持的图像格式主要有 GIF、JPEG 和 PNG。其中使用最为广泛的是 GIF 和 JPEG。在制作网页时，先规划网页布局，用图像处理软件（第 3 章已介绍）对需要插入的图片进行处理，然后存放在站点根目录下图片专用的文件夹（一般定义为 image）里。

在 FrontPage 2003 中也有许多图像属性的设置，例如：图像透明设置、图像中添加说明文本、为图像设置特殊效果、图像与文本的位置设置等。这些处理功能都在图 4-17 所示的图片工具栏中，当选中需要处理的图片右击并选择"显示图片工具栏"，如图 4-29 所示的图片工具栏立即出现，选中某一功能单击此功能按钮即可。

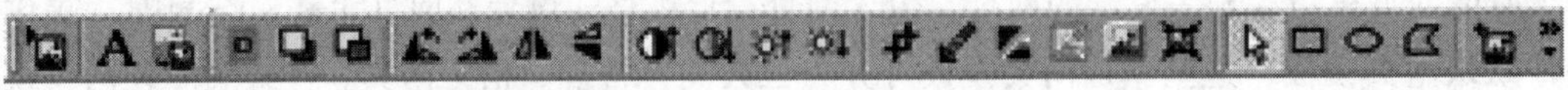

图 4-29　FrontPage 2003 的图片工具栏

4．网页中超链接的应用

超链接是指站点内不同网页之间、站点与 Web 之间的链接关系，它可以使站点内的网页成为有机的整体，还能够使不同站点之间建立联系。超链接由两部分组成：链接载体和链接目标。

许多页面元素可以作为链接载体，如：文本、图像、图像热区、动画等。而链接目标可以是任意网络资源，如：页面、图像、声音、程序、其他网站、E-mail 甚至是页面中的某个位置——锚点。

（1）创建外部链接。不论是文字还是图像，都可以创建链接到绝对地址的外部链接。创建链接的方法可以直接输入地址也可以使用超链接对话框。

① 直接输入地址。选中文字在属性面板中，"链接"用来设置图像或文字的超链接，"目标"用来设置打开方式。在"链接"文本框中直接输入外部绝对地址 http://bbs.flasher123.com/index.asp? boardid=4，在"目标"项的下拉列表中选择"_blank"选项（在一个新的未命名的浏览器窗口中打开链接）。

② 使用超链接对话框。选中文字，单击常用快捷栏中的"超链接"按钮。弹出"超链接"对话框，进行以下各项的设置：

- "文本"：用来设置超级链接显示的文本。
- "链接"：用来设置超链接连接到的路径。
- "目标"：下拉列表框用来设置超链接的打开方式。
- "标题"：文本框用来设置超链接的标题。

设置好后，单击"确定"按钮，即向网页中插入超链接。

（2）创建内部链接。在文档窗口中选中文字，单击属性面板"链接"按钮，弹出"选择文件"对话框，选择要链接到的网页文件即可。也可以直接将相对地址输入到"链接"文本框中。

（3）创建 E-mail 链接。单击常用快捷栏中的"电子邮件链接"按钮，系统弹出"电子邮件链接"对话框，在对话框的文本框里输入链接的文本，然后在 E-mail 文本框内输入邮箱地址即可。

（4）创建锚点链接。所谓锚点链接，是指在同一个页面中的不同位置的链接。打开一个页面较长的网页，将光标放置于要插入锚点的地方，单击常用快捷栏的"命名锚记"按钮，插入锚点。再选中需要链接锚点的文字，在属性面板中拖动链接后的 🎯 到锚点上即可。

（5）制作图像映射。选中图片，在属性面板中，有不同形状的图像热区按钮，单击一个热区按钮。然后在图像上需要创建热区的位置拖动鼠标，即可创建热区。此时，选中的部分被称为图像热点。选中这个图像热点，在属性面板上可以给这个图像热点设置超链接。

4.3　网页版面设计

【案例 4-3】页面布局

【案例环境】Macromedia Dreamweaver 8、Microsoft Office FrontPage 2003
【任务及步骤】

1．Dreamweaver 8 环境

（1）将配套光盘"第 4 章案例及实验素材\案例 3 素材"文件夹中的 anli3 文件夹复制到 C:\，并导入该文件夹下的"学生网站 1.ste"站点文件。新建一个网页，以 home.html 为文件名保存在站点的 content 文件夹中，如图 4-30 所示建立布局表格。

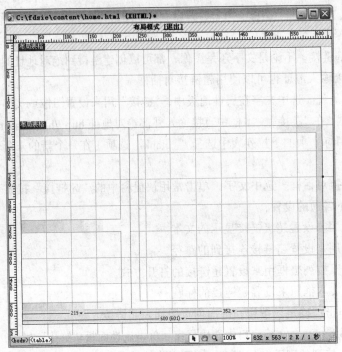

图 4-30　表格布局

① 选择"开始"|"所有程序"|"我的电脑"命令，选择"第 4 章案例及实验素材\案例 3 素材"文件夹中的 anli3 文件夹，选择"编辑"|"复制到文件夹"命令，在"复制项目"对话框中选中"本地磁盘（C:）"选项，单击"复制"按钮。在 Dreamweaver 中选择"站点"|"管理站点"命令，在"管理站点"对话框中单击"导入"按钮，在打开的"导入站点"对话框中选择"第 4 章案例及实验素材\案例 3 素材\ anli3"文件夹中的"学生网站 1.ste"站点文件，单击"打开"按钮。

② 新建一个网页，单击"插入"工具栏"布局"选项卡中的"布局"按钮 布局 ，初次进入布局模式时，会显示提示信息框，单击"确定"按钮，进入布局模式。选择"查看"|"标尺"|"显示"命令，选择"查看"|"网格"|"显示网格"命令，选择"查看"|"网格"|"靠齐到网格"命令。

③ 单击"插入"工具栏"布局"选项卡中的"布局表格"按钮 后，如图 4-30 所示在文档窗口中画出宽度为 600 像素、高度为 500 像素的布局表格。单击"绘制布局单元格"按钮 ，在顶部画出宽度为 600 像素、高度为 150 像素的布局单元格。用同样的方法在左面画出一个布局表格和两个布局单元格，在右面画出一个布局单元格。

提示： 由于在布局表格上显示标签和宽度值，不能完全显示布局的位置。要完全看清布局的效果，可以选择"查看"|"可视化助理"|"隐藏所有"命令。

④ 单击"标准"工具栏上的"保存"按钮 ，在"另存为"对话框中选择站点的 content 文件夹，输入文件名：home.html，单击"保存"按钮。关闭网页文件。

（2）打开 home.html 文件，删除布局表格的嵌套，创建布局表格的占位图像文件，以 spacer.gif 为文件名保存在 image 文件夹中。重新设置布局表格，将宽度固定为 600 像素。在左右两个布局单元格之间的列中添加间隔图像，设置最右面列为自动伸展宽度。不显示网格线。关闭文件且不保存文件。

① 单击左面的布局表格边框，在属性检查器中单击"删除嵌套"按钮 ▣ 。

② 选中布局表格后，单击属性检查器中的"自动伸展"单选按钮。在打开的"选择占位图像"对话框中，单击"创建占位图像文件"单选按钮，单击"确定"按钮。

③ 在打开的"保存占位图像文件为"对话框中，选择站点的 image 文件夹，输入文件名：spacer.gif，单击"保存"按钮。

④ 选中顶部的布局单元格，在属性检查器中单击"固定"单选按钮，在旁边的文本框中输入：600，并按【Enter】键。

⑤ 单击左右两个布局单元格之间列标题栏上的下三角按钮 ▾，选择"添加间隔图像"命令。单击最右面一列标题栏上的下三角按钮，选择"列设置为自动伸展"命令。

⑥ 选择"查看"|"网格"|"网格设置"命令，在"网格设置"对话框中取消选择"显示网格"复选框，单击"确定"按钮。

⑦ 单击"关闭"按钮，在提示信息对话框中单击"否"按钮。

（3）打开 home.html 文件，网页设计所需的图像文件均在"第 4 章\案例\案例 4-3"文件夹中，图像插入网页后，需保存到站点的 image 文件夹中。将布局表格设置为固定宽度，背景色设置为浅黄色。返回标准模式，将网页的默认字体大小设置为 12 像素，表格居中对齐。按图 4-31 所示进行编辑。

图 4-31　home.html

① 选中布局表格，在属性检查器中选择"固定"单选按钮、"背景颜色"按钮，选择浅黄色。选择"查看"|"表格模式"|"标准模式"命令。

② 选择"修改"|"页面属性"命令，在"页面属性"对话框的"分类"列表中选中"外观"

选项，并在"大小"下拉列表中选择 12 像素，单击"确定"按钮。单击表格的外框，选中表格，在属性检查器的"对齐"下拉列表中选择"居中对齐"选项。

③ 选中布局表格顶部的单元格，在属性检查器中单击"背景"文本框旁的按钮▭，选择"第 4 章\案例\案例 4-3"文件夹中文件名为"hf.jpg"的图像文件，并将图像文件复制到站点中的 picture\image 文件夹中，文件名为：hf.jpg。

④ 在布局表格顶部的单元格中先按【Shift+Enter】组合键，然后输入文字："学生社团 | BBS | 自然风光 | 联系我们"，选中这一行文字后，单击属性检查器中的"右对齐"按钮、单击"粗体"按钮、单击"文本颜色"按钮选择白色。

⑤ 按【Enter】键另起一行，输入文字："学生网站"，选中文字"学生网站"后，在"字体"下拉列表中选择"华文彩云"选项，"大小"下拉列表中选择"极大"选项，单击"文本颜色"按钮选择黄色选项，单击"粗体"按钮，单击"居中对齐"按钮。

⑥ 单击布局表格左面的第 1 个单元格，选择"插入" | "表格"命令，在"表格"对话框中选择行数为 7、列数为 1，在"单元格边框"文本框中输入：0，在"页眉"下拉列表框中选择"顶部"，单击"确定"按钮。

⑦ 将插入点定位于第 1 行的单元格中，选择"修改" | "表格" | "拆分单元格"命令，在"拆分单元格"对话框中，选择把单元格拆分成"列"、列数为 2，单击"确定"按钮。在左面的单元格中输入文字："新闻中心"，选定"新闻中心"4 个字后，单击"文字颜色"按钮选择黄色，单击"背景颜色"按钮，选择为红色，拖动左右两个单元格之间的边框线，将单元格宽度调整为适当的大小。

⑧ 将插入点定位于第 2 行的单元格中，选择"插入" | "图像"命令，插入"第 4 章\案例\案例 4-3"文件夹中文件名为"hb.gif"的图像文件，并将图像文件复制到站点中的 picture\image 文件夹中，文件名为：hb.gif。用同样的方法在下一行的单元格中插入图像文件 bl.gif，并复制到站点中的 picture\image 文件夹中。选中插入的图像，单击"复制"按钮后，分别将插入点定位于该行下面的 4 个单元格中，单击"粘贴"按钮，出现"图像描述（Alt 文本）"对话框后，单击"取消"按钮。如图 4-31 所示，输入各个单元格中的文字；分别选择第 4 行和第 6 行单元格，单击"背景颜色"按钮，选择浅灰色。将插入点定位于表格第 7 行之后，输入文字："More>>"，单击属性检查器中的"右对齐"按钮。

⑨ 如图 4-31 所示，用与上述相同的方法在布局表格左面的第 2 个单元格，插入 5 行 1 列表格，并输入相应文字，设置各个单元格的颜色（颜色任意）。

⑩ 将插入点定位于布局表格右侧单元格中，输入文字："校园书画展"。选中文字"校园书画展"，单击"文字颜色"按钮，选择褐色；在"大小"下拉列表中选择 16 像素，单击"居中对齐"按钮。按【Enter】键另起一行，插入"第 4 章\案例\案例 4-3"文件夹中的"zl. gif"图像文件，并复制到站点中的 picture\image 文件夹中，文件名为：hua.gif。拖动图片的右下角的控制点，将图片调整到适当的大小，单击其他单元格，使得表格恢复原来的大小。选中图片，单击属性检查器中的"重新取样"按钮▤。单击"保存"按钮，并关闭网页文件。

（4）新建一个框架集网页，框架类型为"上方固定"，在顶部框架中插入站点中的 picture\image\hf.jpg 图片，图片居中，调整框架的边框到适当的位置，使得恰好能显示完整的图片。指定下方框架的源文件为本章素材配套盘"第 4 章\案例\案例 4-3"文件夹中的"qg.html"文件，并复制到 content 文件夹中，取名为 gs.html。保存框架和框架集网页，其中框架集的文件名为

Frameset.html，上方框架的文件名为 topFrame.html。

① 选择"文件"|"新建"命令，在"新建文档"对话框中的"类别"列表框中选中"框架集"选项，在"框架集"列表框中选中"上方固定"选项。单击"创建"按钮，弹出"框架标签辅助功能属性"对话框后，单击"确定"按钮。

② 将插入点定位于上方的框架中，选择"插入"|"图像"命令，然后选择插入 picture\image\hf.jpg 图片文件。单击属性检查器中的"居中对齐"按钮，将框架中间的边框向下拖动，调整高度，使其恰好能显示完整的图片。

③ 展开"框架"面板，在"框架"面板中单击下方的框架，在属性检查器中单击"源文件"文本框旁的"浏览文件"按钮 🗀，打开"选择 HTML 文件"对话框，选中本章配套光盘"第 4 章\案例\案例 4-3"文件夹中的"qg.html"文件，单击"确定"按钮。出现提示信息框后单击"确定"按钮，显示复制文件提示信息框时，单击"是"按钮，打开"复制文件为"对话框，选择站点的 content 文件夹并输入文件名：gs.html，单击"保存"按钮。

④ 单击"全部保存"按钮 🗇，弹出"另存为"对话框，输入框架集文件名 Frameset，单击"保存"按钮。再次弹出"另存为"对话框，输入上方框架的文件名 topFrame.html，单击"保存"按钮。

提示：保存框架文件时，在文档窗口中对应框架上会显示斜线框，指出保存的框架位置。

（5）打开 Frameset.html 框架集文件，将下方框架设置为空白网页，并拆分成左右两个框架，将新的框架命名为 leftFrame。指定左面框架的源文件为站点 content 文件夹的 ex13.html 文件，右面框架的源文件为站点 content 文件夹的 gs.html 文件。调整框架的边框，使得恰好显示左面框架的内容。将框架集的边框宽度设置为"2"，边框颜色设置为"浅蓝色"。左面的边框设置为"不显示滚动条"，不能调整边框大小。最终效果如图 4-32 所示。

图 4-32　最终设置效果图

① 双击 Frameset.html，打开框架集网页。在"框架"面板中选中下方的框架，删除属性检查器中"源文件"文本框中的内容，单击文档窗口下半部分。选择"修改"|"框架页"|"拆分右框架"命令，原来框架作为右边的框架，左面增加一个空白网页的框架。在"框架"面板中选中左面的框架，在属性检查器的"框架名称"文本框中输入：leftFrame。

② 在"框架"面板中选中左面的框架，将属性检查器"源文件"文本框旁的"指向文件"图标🎯拖动到"文件"面板中 content 文件夹的 ex13.html 文件上。用同样方法，在"框架"面板中选中右面的框架，将属性检查器"指向文件"图标🎯拖动到"文件"面板中 gs.html 文件上。向左拖动左右两个框架之间的边框，调整框架的宽度，使得恰好显示左面框架的内容。

提示： 如果出现一个提示信息框，提示是否将改动保存到某个文件中，单击"否"按钮。

③ 在"框架"面板中选中整个框架，在属性检查器中的"边框"下拉列表中选择"是"选项，在"边框宽度"文本框中输入：2，单击"边框颜色"按钮，选择浅蓝色。在"框架"面板中选中左面的框架，在"滚动"下拉列表中选择"否"选项，选中"不能调整大小"复选框。

④ 单击"全部保存"按钮，并关闭文件。

提示： 如果没有选中"边框"下拉列表中的"是"选项，则边框不会显示出来。

2. FrontPage 2003 环境

（1）将配套光盘"第 4 章\案例\案例 4-3"文件夹中的 anli3 文件夹复制到 C:\，并导入"学生网站 1.ste"站点文件。新建一个网页，以 home.html 为文件名保存在站点的 content 文件夹中，建立布局表格如图 4-33 所示。

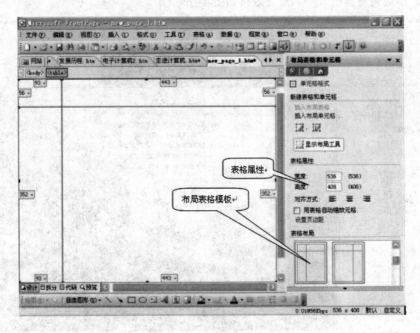

图 4-33　布局表格

①　选择"开始"|"所有程序"|"我的电脑"命令，选定配套光盘"第 4 章案例及实验素材\案例 3 素材"文件夹中的 anli3 文件夹，选择"编辑"|"复制到文件夹"命令，在"复制项目"对话框中选中"本地磁盘（C:）"选项，单击"复制"按钮。在 FrontPage 2003 选择"文件"|"打开网站"，打开 C:\anli3。

②　新建一个网页，选择"表格"|"布局表格和单元格"命令，在右侧新打开的任务窗格中，在表格布局中单击第 3 行第 2 列的布局。单击边框上数字旁边的下三角按钮对单元格的行高和列宽进行设置。左下侧两个单元格的行高为 250，列宽为 218，右侧单元格的列宽为 382。顶部单元格的行高为 150。

③　单击"标准"工具栏上的"保存"按钮，将网页保存到所选站点的 content 文件夹，输入文件名：home.html，单击"保存"按钮。关闭网页文件。

（2）打开 home.html 文件，网页设计所需的图像文件均在"第 4 章\案例\案例 4-3"文件夹中，图像插入网页后，需保存到站点的 image 文件夹中。将布局表格设置为固定宽度，背景色设置为浅黄色。返回标准模式，将网页的默认字体大小设置为 12 像素，表格居中对齐。按图 4-31 所示进行编辑。

①　右击在弹出的快捷菜单中选择表格属性，"对齐方式"选择居中，背景颜色设置为浅黄色。

②　单击顶部的单元格，选择"插入"|"图片"|"来自文件"命令，选定配套光盘"第 4 章\案例\案例 4-3"文件夹中文件名为"hf. jpg"的图像文件，单击"保存"按钮并将图像文件保存到站点中的 picture\image 文件夹中，取名为 hf. jpg。在单元格中先按【Shift+Enter】键，然后输入文字："学生社团 | BBS | 自然风光 | 联系我们"，选中这一行文字后单击"右对齐"按钮、单击"粗体"按钮、单击"文本颜色"按钮选择白色。按【Enter】键另起一行，输入文字："大学生网站"，选中文字"学生网站"后在"字体"下拉列表中选择"华文彩云"、"大小"下拉列表中选择"36 磅"、设置字体颜色为黄色，单击"粗体"按钮、单击"居中对齐"按钮。

③　单击左面中间的单元格，选择"表格"|"插入"|"表格"命令，在"表格"对话框中选择行数为 8、列数为 1，在"边框粗细"文本框中输入：0，单击"确定"按钮。将插入点定位于第 1 行的单元格中，右击在弹出的快捷菜单中选择拆分单元格。在"拆分单元格"对话框中选择把单元格拆分成"列"，列数为 2，单击"确定"按钮。

④　在左面的单元格中输入文字："新闻中心"，选定"新闻中心"4 个字后，设置字体颜色为黄色，单击"背景颜色"按钮选择为红色，拖动左右两个单元格之间的边框线，将单元格宽度调整为适当的大小。将插入点定位于第 2 行的单元格中，选择"插入"|"图片"|"来自文件"命令，插入配套光盘"第 4 章\案例\案例 4-3"文件夹中文件名为"hb.gif"的图像文件，单击"保存"按钮，将图像文件保存到站点中的 picture\image 文件夹中，取名为 hb.gif。用同样的方法在下面一行的单元格插入图像文件 bl.gif，并保存到站点中的 picture\image 文件夹中。选中插入的图像，单击"复制"按钮后分别将插入点定位于下面 4 个单元格，单击"粘贴"按钮，按图 20-2 所示输入 5 个单元格中的文字，分别选择第 4 行和第 6 行单元格，单击"背景颜色"按钮选择浅灰色。将插入点定位于表格下面一个单元格中，输入文字："More>>"，单击"右对齐"按钮。

⑤　如图 4-31 所示，用与上述相同的方法在左下角的单元格中插入 5 行 1 列表格，并输入内容设置颜色。

⑥　将插入点定位于右下角的单元格中，输入文字："自然风光摄影展"。选中文字"自然风

光摄影展"，单击"文字颜色"按钮选择褐色，在"大小"下拉列表中选择 14 磅，单击"居中对齐"按钮。按【Enter】键另起一行，插入选定配套光盘"第 4 章\案例 3 素材"文件夹中的"zl. gif"图像文件，并保存到站点中的 picture\image 文件夹中，重名命名为 hua. gif。拖动图片的右下角的控制点，将图片调整到适当的大小，选择重新对图片取样以匹配大小。单击"保存"按钮，并关闭网页文件。

（3）新建一个框架集网页，框架类型为"上方固定"，在顶部框架中插入站点中的 picture\image\hf..jpg 图片，图片居中，调整框架的边框到适当的位置，使得恰好能显示完整的图片。指定下方框架的源文件为本章素材配套盘"第 4 章\案例\案例 4-3"文件夹中的"qg.htm"文件，并复制到 content 文件夹中，取名为 gs.html。保存框架和框架集网页，其中框架集的文件名为 Frameset.html，上方框架的文件名为 topFrame.html。

① 选择"文件"|"新建"命令，在右侧的任务窗格中单击新建网页下的其他"网页模板"按钮图标，切换到"框架网页"选项卡，选择标题并单击"确定"按钮，如图 4-34 所示。

② 单击上方框架中的新建网页，将插入点定位于上方的框架中，选择"插入"|"图片"|"来自文件"命令，然后选择插入 picture\image\hf.jpg 图片文件。单击"居中对齐"按钮，将框架中间的边框向下拖动，调整高度，使得恰好能显示完整的图片。

③ 单击下方框架中的设置初始网页，选择配套光盘"第 4 章\案例\案例 4-3"文件夹中的"qg.html"文件，单击"确定"按钮。将配套光盘"第 4 章\案例\案例 4-3"文件夹中的"qg.html"文件，复制到 content 文件夹并输入文件名：gs.html。

④ 单击"保存"按钮。在弹出的对话框，输入上方框架文件名 topFrame.html，单击"保存"按钮。在再次弹出的中对话框，输入框架集的文件名 Frameset，单击"保存"按钮。

（4）打开 Frameset.html 框架集文件，将下方框架设置为空白网页，并拆分成左右两个框架，将新的框架命名为 leftFrame。指定左面框架的源文件为站点 content 文件夹的 ex13.html 文件，右面框架的源文件为站点 content 文件夹的 gs.html 文件。调整框架的边框，使得恰好显示左面框架的内容。将框架集的边框宽度设置为 2，边框颜色设置为浅蓝色。左面的边框设置为不显示滚动条，不能调整边框大小。最终结果如图 4-32 所示。

① 新建框架集文件。选中下方框架，选择"框架"|"拆分框架"命令，拆分成列。

② 顶部框架的设置同（3），在左方框架中单击设置初始网页，选择 content 文件夹的 ex13.html 文件。在右侧框架中单击设置初始网页，选择 content 文件夹的 gs.html 文件。调整框架的边框，使得恰好显示左面框架的内容。

③ 单击左侧框架，右击在弹出的快捷菜单中选择"框架属性"选项，如图 4-35 所示。在"显示滚动条"的下拉列表框中选择"不显示"，不选中上方的"可在浏览器中调整大小"复选框。

④ 单击"保存"按钮，在弹出的对话框，输入上方框架文件名 topFrame.html，单击"是"按钮，再单击"保存"按钮，再次弹出对话框，输入框架集的文件名 leftFrame，单击"保存"按钮。并关闭文件。

【体验实验】

（1）设计制作主页文件 index.htm，网页应包括：电子邮件信箱、通信电话号码及喜好站点、武侠小说、个人邮票收藏欣赏等链接。页面排版风格自定义（可插入合适的图片、表格等）并留出插入 Flash 片头位置。

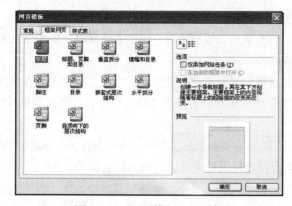

图 4-34 "网页模板"对话框

图 4-35 "框架属性"对话框

（2）尝试制作具有如图 4-36 所示效果的网页（试用表格布局和框架布局两种方式设计同一个页面，保存到不同的文件中），

图 4-36 网页效果图

【归纳】

1. 表格

表格由以下几部分组成：

（1）标题：表格的名字，表明表格的作用；

（2）行：表格的一行；

（3）列：表格的一列；

（4）表头：表格的首行，通常用于存放列的名称；

（5）单元格：表格的各个基本组成单元，由表格的行和列组成，用于放置数据。

在 FrontPage 中，网页中快速插入表格的方法是：在常用工具栏上单击 图标，在图标下方出现一个 4×5 的表格小方框。将光标移动到方框中，如果只需要创建一个小于 4×5 的表格，直接移动鼠标，在小方框上选中合适的表格，单击完成表格的插入；如果需要创建的表格大于 4×5，在小方框上按住鼠标左键不放，同时向下或向右拖动鼠标，则方框的行、列将会自动增加。

在网页中加入表格后，需要修改表格。给表格插入或删除行、列是表格修改中最常用也最实用的操作之一，这些操作与第2章中Excel的操作相同。

表格元素包括单元格、行、列、表格自身等。只有在选择表格元素完成之后才能对表格进行各种编辑等操作。通过选择"表格"|"选择"命令，可以方便地选择光标所在行、列、单元格、整个表格等表格元素。

表格的标题常常起"画龙点睛"的作用，插入表格标题的操作为：选中需要插入标题的表格，选择"表格"|"插入"|"标题"命令，然后在光标闪烁处输入表格的标题即可。

合并单元格的方法有3种：第1种使用右击打开快捷菜单，选择相应命令；第2种使用命令菜单；第3种使用"表格"工具栏中的"擦除"按钮。

拆分单元格的目的与合并单元格的目的刚好相反，是对表格进行拆分。它分为两种不同的拆分方式：拆分成行和拆分成列。

在编写网页时可能存在某些表格中的一些项目需要进行拆分，而又不能影响表格的其他部分，这时需要使用嵌套表格。

在FrontPage中，创建布局表格的方法为：打开一个空白网页，并切换到"设计"视图下，选择"表格"|"布局表格和单元格"命令，屏幕右侧弹出一个任务窗口，在该任务窗口下程序提供了多种表格布局模板，单击所需模板即可将该模板添加到当前网页中。

插入表格后，还需对表格属性进行设置。在"表格属性"项中设置该表格所需的属性。

提示：在设置表格时，如果需要覆盖网页的默认边距，并让布局表格跨到文档窗口的边缘，可以将表格中的各个边距的属性都设置为0。

在设计框架时经常需要调整某一行或某一列的属性，这时可以通过表格中列宽和行高的标签来完成。在操作窗口中单击布局表格需要调整的边框，每一侧都会出现显示列宽和行高的标签。每个标签都包括一个下三角箭头，如更改行高度时，单击此下三角箭头弹出一个下拉菜单，选择"更改行高"命令，在弹出的"行属性"对话框中重新输入该行高度值即可。

FrontPage 2003还提供了一个表格自动功能，它可以按照比例自动伸缩，调整表格的宽度和高度，使用时在"边距标签"下拉菜单中选择"自动伸缩"命令即可快速地对表格的尺寸进行调整。

布局表格创建了网页框架后，还要向表格中添加单元格。添加时选择"新建表格和单元格"|"绘制布局单元格"命令，随后按照绘制表格的方式来绘制单元格。如果需要绘制连续的单元格时，单击"绘制布局单元格"按钮后，按【Ctrl】键同时拖动鼠标即可。

由于首页中需要添加的链接和按钮较多，因此该页面中的单元格比较复杂。为了美观，在该页面中还需要对单元格进行相关的设置。在"单元格属性设置"任务窗口中选择"单元格属性和边框"命令，对选中单元格的高度、宽度、背景颜色、边框、边距等项进行相应的设置。设置方法与表格的设置相似。

表格标题用于介绍表格的功能，对于其属性的设置方法如下，即：选中需要查看属性的表格标题文本；选择"表格"|"表格属性"|"标题"命令，弹出"标题属性"对话框；根据需要设置标题在表格中的位置。

表格对齐格式有两种：一种是水平方向的对齐格式；另一种是垂直方向的对齐格式。水平方向又分为左、中、右 3 种对齐格式；垂直方向分为顶端、居中、底部 3 种格式。合理的使用对齐格式可以使数据在浏览时显得整齐而又富有条理性，也可以让页面显得更清晰。

设置对齐格式的方法如下：右击在弹出的快捷菜单中选择"单元格属性"选项，打开"单元格属性"对话框。在该窗口中设置表格中数据的水平和垂直对齐格式。

边框属性分为边框的粗细与边框的颜色。既可设置表格的边框属性，也可设置表格的单元格边框属性。

设置边框属性的方法如下：选中表格，右击在弹出的快捷菜单中选择"表格属性"选项，打开"表格属性"设置对话框；在该窗口中，默认的边框粗细为 1，边框颜色为黑色。按实际需要更改设置边框的粗细与颜色。还可以通过对"亮边框"和"暗边框"文本框的设置使表格具有三维立体效果。

设置单元格边框属性的方法与设置表格边框属性的方法相似，如果需要设置某个单元格的边框属性，可将光标置于该单元格中，右击从弹出的快捷菜单中选择"单元格属性"命令，在"单元格属性"设置窗口中设置边框属性。

也可以设置多个单元格组成的单元格边框属性，操作方法与设置单元格方法相同。需要注意的是对单个单元格边框设置在选定单元格时，须将光标置于该单元格中，也可以选中该单元格。对多个单元格组成的单元格边框设置前，必须选定这些单元格。

表格的背景属性分为背景颜色和背景图像两种。它们既可作用于整个表格也可作用于某个单元格。

设置表格背景色时，选中表格，右击在弹出的快捷菜单中选择"表格属性"命令，打开"表格属性"设置对话框。在背景栏的"颜色"下拉框中选择颜色或通过"其他颜色"设置自定义颜色。

设置单元格背景色时，选中单元格，右击在弹出的快捷菜单中选择"单元格属性"命令，打开"单元格属性"设置对话框。背景颜色的设置与表格颜色设置方法相同。

设置表格背景图片时，在"表格属性"窗口中选中"背景"栏，选择"使用背景图片"复选框，单击"浏览"按钮，在弹出的"选择背景图片"对话框中选择需要的背景图片。单击"确定"按钮即可。

设置单元格背景图片时，在"单元格属性"设置窗口中选中"背景"栏，选择"使用背景图片"复选框，单击"浏览"按钮，在弹出的"选择背景图片"对话框中选择所需的背景图片。单击"确定"按钮即可。

表格的间距包括两种：单元格间距是指单元格之间的间隔距离，单元格边距是指单元格内所填充的网页元素与单元格自身的边框间隔距离。通过"表格属性"对话框进行设置。

2. 框架

在页面设计中运用框架合理拆分视窗，方便构成一个在浏览器中显示多个网页的格局，最常见的用途是导航。

一个常见的框架页由三部分组成：横幅框架、内容框架和主框架。当单击了某一个框架所显示的超链接后，那么由这个超链接所显示的页就在另一个框架中显示，这个框架称为目标框架。

框架集本身并不包括可见的内容。实际上它是一个容器，可以允许其他页显示，也可以控制如何显示。框架集是 HTML 文件，它定义一组框架的布局和属性，包括框架的数目、框架的大小和位置以及在每个框架中初始显示的页面的 URL。

将一个框架集放在另一个框架集之内称作嵌套的框架集。一个框架集文件可以包含多个嵌套的框架集。大多数使用框架的网页实际上都使用嵌套的框架，并且大多数预定义的框架集也使用嵌套。如果在一组框架里，不同行或不同列中有不同数目的框架，则要求使用嵌套的框架集。

例如，最常见的框架布局在顶行有一个框架（框架中显示公司的徽标），并且在底行有两个框架（一个导航框架和一个内容框架）。此布局要求用嵌套的框架集：先用一个两行的框架集，再在第二行中嵌套了一个两列的框架集。

如图 4-22 所示的网站界面是一个 4 个框架的网页，由顶部、左面、右面和底部组成，顶部放置网站标题、标志、导航，左框架放置图像，右面放文字，底部放广告。

创建上述示例需要 5 个文件，4 个框架各用一个文件保存框架内的信息，另外一个是框架集文件，用来记载每个框架的信息。

框架网页创建的常用方法是：首先完成框架内每个具体网页的制作，如图 4-37 所示。需要制作 4 个初始网页 top.htm、contents.htm、main.htm、bottom.htm，然后创建框架集网页，设置框架集网页的框架划分、框架名称和框架源文件等属性。

图 4-37　框架布局示例

各个框架的初始网页制作完成后，需要保存网页文件，保存框架网页文件与保存一般网页文件有所不同。保存框架网页文件时，由于涉及多个文件的保存，系统会打开多个对话框，如果对话框突出显示的是框架网页的全部外框，则表示当前所保存的是框架集文件，输入框架集文件名，单击"保存"按钮即可；如果对话框突出显示的是单个框架，则保存框架所显示的页面，输入该框架网页的文件名，单击"保存"按钮即可。

每一个框架都有一个唯一的名字，这个名字用来切换各个框架之间的导航顺序。如果使用内容或者其他的任何一个模板，那么系统自动设置框架的名字。也可以改变这些默认的名字。更改框架名称的具体方法为：在需要更改名称的框架中右击从弹出的菜单中选择"框架属性"命令，弹出"框架属性"对话框，在"名称"文本框中输入新的名称，单击"确定"按钮即可。

（1）更改框架大小。框架的大小通常由框架中网页的内容所决定。在每一个框架网页中都存在一个主窗口，该窗口用于集中显示主要信息，其他窗口为辅助窗口，一般用于导航、归类等作用。

设置框架大小的操作为：选择"框架"|"框架属性"命令，或右击打开快捷菜单，选择"框架属性"命令，打开"框架属性"对话框；在"框架大小"选项区域中，选择框架的基本单位，并在"宽度"和"高度"文本框中输入相应的数值，设置完毕后，单击"确定"按钮即可。

（2）设置框架的边距。框架边距指框架内部的空白区域，也就是文本和框架边界的距离。设置框架边距属性的操作为：在框架中右击在弹出的快捷菜单中选择"框架属性"命令，打开"框架属性"设置对话框；在"框架属性"对话框的"边距"选项区域中设置边距的高度（即上边距）与宽度（即左边距），其单位默认为像素。

（3）设置框架的间距。间距用于确定两个框架边框间的距离，其操作方法为：在框架中右击在弹出的快捷菜单中选择"框架属性"命令，打开"框架属性"对话框；在"框架属性"对话框中"选项"选项区域，单击"框架网页"按钮，切换到"网页属性"对话框中的"框架"选项卡，在"框架间距"文本框中设置框架间距，其默认单位为像素。

（4）设置框架的滚动条。滚动条在网页中随处可见，在 FrontPage 中，设置框架滚动条属性有三个选项：

需要时显示：这个选项是 FrontPage 的默认值，它表示在实际应用中，如果框架中的内容超出了框架窗口的显示范围，则在框架中自动出现滚动条；如果框架窗口可以一次性显示完框架中网页的内容，则不会显示滚动条。

不显示：选择这个选项后，不管框架窗口内网页中的内容是否超出框架窗口的显示范围，都不会出现滚动条。如果存在超出框架窗口显示范围的网页内容，将不可见。此选项一般情况下很少使用。

始终显示：与"不显示"选项相反，当选择这个选项后，不管框架窗口内网页中的内容是否超出框架窗口的显示范围，都将会出现滚动条。此选项也很少使用。

（5）设置框架的可调整性。在框架网页中，框架的内容与框架大小通常是按一定比例进行设置的。但由于框架中的网页会有所变化，需要调整框架间的大小以满足显示需要。

设置框架可调整性的操作为：在框架中右击在弹出的快捷菜单中选择"框架属性"命令，打开"框架属性"对话框；在"框架属性"对话框的"选项"选项区域中选择"可在浏览器中调整大小"选项，单击"确定"按钮即可；浏览可以调整框架大小的框架网页时，将鼠标移到两个框架间的边框上，鼠标变形为一个"双箭头"符号，此时拖动可随意改变框架的大小。

在某些情况下，需要对框架进行再次细化，这时可以使用框架拆分功能。与拆分表格的单元格类似，框架的拆分情况也有两种：第一种拆分为行，第二种拆分为列。与表格拆分单元格有所区别的是框架的行、列拆分一次性只能拆分为两行或两列，而不能像表格一样可以将某个单元格拆分为多行或多列。

拆分框架的操作方法有两种：第一种是菜单命令；第二种是按【Ctrl】键与鼠标拖动组合操作。

选中需要删除的框架，选择"框架"|"删除框架"命令即可。

框架替换是框架使用中最重要的操作，其目的是单击网页中某个框架中的超链接时，将框架自身或其他框架中的内容用目标网页内容进行替换。框架替换与一般更新网页不同，一般的网页更新是在浏览器中用另一个网页替换当前网页，而框架替换能对某一个或某几个框架中的内容进行替换，也可以将整个框架网页进行替换。

4.4 网页特效的制作

【案例 4-4】动感网页的制作

【案例环境】Macromedia Dreamweaver 8、Microsoft Office FrontPage 2003
【任务及步骤】

1．Dreamweaver 8 环境

（1）为 D:\anli4 站点中的 index.htm 设置背景音乐"yaolan.mid"，将修改后的网页保存为 index-a.htm。

① 打开站点 D:\anli4 中的 index.htm（可以从配套光盘"第 4 章案例及实验素材\案例 4 素材\ anli4"）网页文件，然后单击"常用"工具栏中的"flash"按钮，打开"选择文件"对话框，如图 4-38 所示，选择"yaolan.mid"，单击"确定"按钮。

图 4-38 "选择文件"对话框

② 选择"文件" | "另存为"命令，把网页保存为 index-a.htm 文件，放在 D:\ anli4 网站中。戴上耳机，在浏览器中预览，可以听到网页显示的同时播放了背景音乐。完成后可关闭浏览器，也关闭 index-a.htm 编辑文件。

提示： 这种方法因为插入的音频不使用插件播放，所以播放的方式是事先设置好的，在浏览网页时，用户不能控制音乐的播放。

（2）利用插件方式在 index.htm 中插入音频"dingdang.mid"文件，将网页保存为 index-b.htm。

① 打开 D:\anli4 站点中的 index.htm 网页文件，并将插入点光标定位在文档的最后，在"插入"面板中选择"媒体"选项，在出现的媒体工具栏中单击最右边的"插件"按钮，如图 4-39 所示，弹出"选择文件"对话框，选择需要插入的声音文件 dingdang.mid 后，单击"确定"按钮。

图 4-39　选择"插件"命令

② 适当拖动插入插件对象的大小，如图 4-40 所示，把网页保存为 index-b.htm 文件放在 D:\anli4 站点中。在浏览器预览的同时可以听见播放的背景音乐，尝试利用控制器控制音乐的播放与停止，如图 4-41 所示。完成后可关闭浏览器，也关闭 index-b.htm 编辑文件。

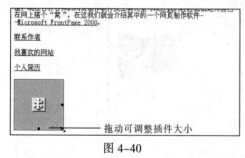

拖动可调整插件大小

图 4-40

插件上具有可控制声音播放的按钮

图 4-41　插件上可控制声音播放

（3）在 index.htm 的文末增加文字"播放音乐"，单击这组文字后能够播放的音乐 dingdang.mid，将网页保存为 index-c.htm。

① 打开站点 D:\anli4 中的 index.htm 网页文件，在文末输入"播放音乐"，并选中这组文字，单击属性面板上的"链接"按钮，出现"选择文件"对话框，如图 4-42 所示。

单击此按钮打开对话框

图 4-42　"选择文件"对话框

② 选择"dingdang.mid"音频文件，单击"确定"按钮。

③ 选择"文件"|"另存为"命令，把网页保存为 index-c.htm 文件。在浏览器中预览，完成后可关闭浏览器，也关闭 index-c.htm 编辑文件。

提示：在浏览器中浏览时，单击超链接，会先启动播放器然后播放音乐（启动播放器前如果出现提示对话框，单击"打开"按钮）。

（4）在 D:\anli4 网站中新建一个网页，插入站点中的图片 fly.jpg 和简单的动画 xx.swf，并将它们分别居中放在网页中，网页保存为 ex15.htm。

① 在打开的 D:\anli4 站点中，新建一个基本格式的网页，并保存为 ex15.htm。选择"插入"面板中"常规"选项，并单击工具栏上的"插入图像"按钮，出现"选择图像源文件"对话框，选择 fly.jpg 文件，单击"确定"按钮，便将图片插入到网页上，其操作如图 4-43 所示。

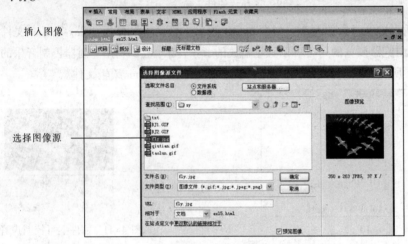

图 4-43 "选择图像源文件"对话框

② 把光标停在图片前面，在"插入"面板中选择"常用"选项，并单击工具栏中"FLASH"按钮，在弹出的"选择文件"对话框中选择 xx.swf，单击"确定"按钮后，便将动画对象插入到网页中，其操作如图 4-44 所示。

图 4-44 "选择文件"对话框

③ 插入的对象比较大，拖动对象右下角的控制点，如图 4-45 所示，将对象缩小到与图片的宽度一致。

图 4-45　拖动对象控制点

④ 保存文件后，到浏览器中观察网页的效果，最后关闭浏览器窗口和编辑窗口。

2. Frontpage 2003 环境

（1）打开"第 4 章\案例\案例 4-4\4-2"文件夹中的 xtanyuan.htm 文件添加一个"交互式"按钮，按钮上的文字为"诗歌集"，其字体为 Arial、加粗、字号为 14，颜色为红色；链接到 sgwy.htm，按钮颜色为黄色、宽度为 120 像素、高度为 24 像素。

选择"插入" | "web 组件"命令，打开图 4-46 所示的对话框，在动态效果中选择"交互式"按钮。单击"完成"按钮，参照如图 4-47 所示设置按钮，设置结束单击"确定"按钮。

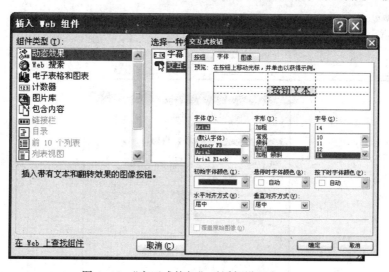

图 4-46　"交互式按钮"对话框设置之一

（2）在页面的末行处插入字幕，字幕文字为："欢迎访问本站！！！"，方向为"左"，延迟速度为"90"，数量为"6"，表现方式为"滚动条"，次数为连续重复，背景色为"蓝色"，字体为"华文行楷"，字号为"12Pt"，文字颜色为"红色"。

① 选择"插入"｜"Web 组件"命令，在组件类型中选择"动态效果"选项，在"选择一种动态效果中"选择"字幕"选项，单击"完成"按钮。

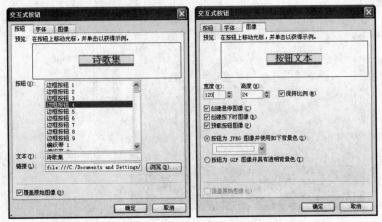

图 4-47 "交互式按钮"对话框设置之二

② 打开"字幕属性"对话框，单击"样式"按钮。设置文本字体，在弹出"修改样式"对话框中，单击"格式"按钮，切换到"字体"选项卡。

③ 参照图 4-48 所示的设置文本字体，设置结束单击"确定"按钮。

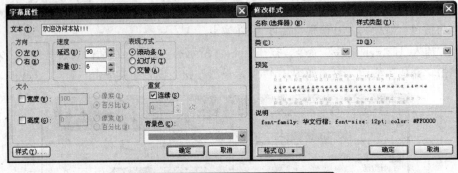

图 4-48 字体设置参照图

（3）在"诗歌集"的右边添加一个返回主页"连接列 3"样式的交互式按钮，其中所有的设置参见如图 4-49 所示。

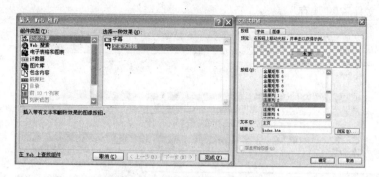

图 4-49　"交互式按钮"设置参照图

① 选择"插入"｜"Web 组件"命令，在组件类型中选择"动态效果"。

② 在选择一种动态效果中选择"交互式按钮"，单击"完成"按钮。

③ 打开"交互式按钮属性"对话框，选择"连接列 3"样式，在文本框中输入"主页"，单击"浏览"按钮，选择链接文件，单击"确定"按钮。

④ 切换到"字体"选项卡。参照图 4-49 所示的完成文本字体的设置，设置结束单击"确定"按钮。

（4）将诗的标题转换成艺术字，其艺术字格式为艺术字库中的第 4 行第 5 列，形状为波形 1，艺术字具有"动态 HTML"效果，其效果为：当鼠标单击该文本时，将显示边框设置为方框中的"凸线"、颜色为蓝色、宽度为 4，其底纹背景色为标准色中的"黄色"、前景色为"自动"，并以原文件名保存该页面。

① 选中文本"琴歌"，选择"插入"｜"图片"｜"艺术字"命令，选择艺术字库中的第 4 行第 5 列，单击"确定"按钮。

② 进入"编辑艺术文字"对话框，将"琴歌"粘贴到对话框中，选择艺术字形状为波形 1（艺术字形状中的第三行第五列）。

③ 在艺术字后插入分段符号（按【Enter】键），选中艺术字，选择"视图"｜"工具栏"｜"DHTML 效果"命令。

④ 打开"DHTML 效果"对话框，参数设置参照图 4–50 所示，设置结束单击"确定"按钮。

⑤ 选择"文件"|"保存"命令。

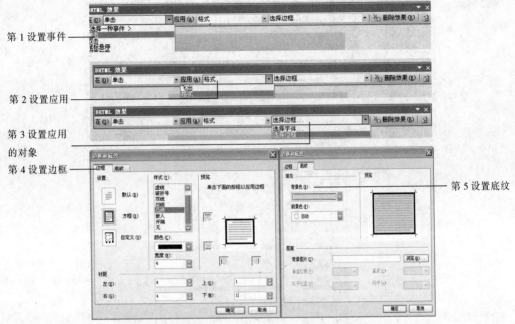

图 4–50 "DHTML 效果"设置参照图一

（5）打开"第 4 章\案例\案例 4–4\4–2"文件夹中的 zrfg.htm 文件。为页面中的图片添加一个鼠标双击后向页面左下方飞出的效果，并以 zrfg1.htm 文件名保存该页面。

① 打开"第 4 章\案例\案例 4–4\4–2"文件夹中的 zrfg.htm；

② 选中页面中的图片，选择"视图"|"工具栏"|"DHTML 效果"命令；

③ 打开"DHTML 效果"对话框，参数设置参照图 4–51 所示，设置结束单击"确定"按钮；

④ 选择"文件"|"另存为"命令，在文本框中输入"zrfg1.htm"，单击"保存"按钮。

图 4–51 "DHTML 效果"设置参照图二

（6）打开"第 4 章\案例\案例 4–4\4–2"文件夹中的 zrfg.htm 文件，为页面中的图片添加一个鼠标悬停的效果，并以 zrfg2.htm 文件名保存该页面。

① 打开"第 4 章\案例\案例 4–4\4–2"文件夹中的 zrfg.htm；

② 光标定位在图片后，选择"视图"|"工具栏"|"DHTML 效果"命令；

③ 打开"DHTML 效果"对话框，参数设置参照图 4–52、图 4–53 所示，设置结束单击"确定"按钮，其浏览效果如图 4–54 和图 4–55 所示。

④ 选择"文件"|"另存为"命令，在文本框中输入"zrfg2.htm"，单击"保存"按钮。

图 4–52 "DHTML 效果"设置参照图三

图 4-53　DHTML 效果中的选择边框设置

图 4-54　鼠标未悬停的效果

图 4-55　鼠标悬停的效果

（7）打开"第 4 章\案例\案例 4-4\4-2"文件夹中的 zrfg.htm 文件，为该页面添加"设为首页"功能

① 打开"第 4 章\案例\案例 4-4\4-2"文件夹中的 zrfg.htm；

② 将光标停放在文字"自然风光"前，单击"代码"视图按钮，切换到代码视图，在光标处输入下列代码，即：

```
<span onclick="var strHref=window.location.href;
this.style.behavior='url(#default#homepage)';
this.setHomePage('http://www.netking.com');" style="CURSOR: hand">
```

③ 选择"文件"|"另存为"命令，在文本框中输入"zrfg3.htm"，单击"保存"按钮。

④ 保存后在浏览器中浏览，单击"自然风光"文本，弹出"主页"对话框询问"是否将"http://www.netking.com/"设为主页？"，效果如图 4-56 所示。

图 4-56　询问是否把它设为主页的效果

（8）打开"第 4 章\案例\案例 4-4\4-2"文件夹中的 zrfg.htm 文件，为该页面中的图片设置逐渐显示效果。

① 打开"第 4 章\案例\案例 4-4\4-2"文件夹中的 zrfg.htm；

② 选中图片，单击"代码"视图按钮，切换到代码视图，将原来"<img"后的代码改为下列代码：

```
<img border="3" src="t4.jpg" width="659" height="431" id="netking" style=
"visibility:hidden;
FILTER:revealTrans(Duration=4.0, Transition=23);">
<SCRIPT FOR="window" EVENT="onLoad" LANGUAGE="vbscript">
    netking.filters.item(0).apply()
    netking.filters.item(0).transition = 12
    netking.Style.visibility = ""
    netking.filters(0).play(2.0)
</SCRIPT>
```

③ 选择"文件"|"另存为"命令，在文本框中输入"zrfg4.htm"，单击"保存"按钮。

④ 保存后在浏览器中浏览。

【体验实验】

（1）建立一张网页，可以是个人主页，其中能利用现有的 JPG、GIF 等图片文件和 SWF 的 Flash 文件。

（2）在网中插入背景音乐，内容、体裁自定。

（3）制作一个能反映自己兴趣爱好的具有导航栏、版权说明、字幕、横幅广告管理器、各种 DHTML 效果的网页。

（4）为范例所做页面增加"Flash"按钮，使得单击该按钮播放 MP3 音乐。

（5）将自己所建立的站点发布到 Web 服务器所管理的区域中，让同学通过他们的计算机来浏览。

【归纳】

1．添加动画

在 FrontPage 2003 中，可以直接插入动画，其方法为：将编辑光标定位于播放动画的位置，选择"插入"|"图片"|"Flash 影片"命令，打开"选择文件"对话框，选择需要播放的 Flash 影片文件，单击"插入"按钮即可。

在 FrontPage 2003 中，设置动画影片属性的方法为：选择需要设置属性的动画影片右击，选择快捷菜单中"Flash 影片属性"命令，打开"Flash 影片属性"对话框，切换到"外观"选项卡，设置 Flash 影片的大小、对齐方式、背景等属性，切换到"常规"选项卡设置 Flash 影片的播放方式等属性。

2．添加音频

FrontPage 支持的多种声音的格式文件，主要包括 MIDI、WAV、AIFF 和 AU 等，网页设置背景音乐后，当浏览者打开该站点时，背景音乐自动播放。可以连续播放背景音乐，也可以规定播放特定的次数。但这个特性部分浏览器不支持。

为网页设置背景音乐的具体步骤为：在网页视图下右击在弹出的快捷菜单中选择"网页属性"

命令；在"常规"标签下的"背景声音"的选项区域中，输入希望播放的声音文件的名称和地址，或者单击"浏览"定位文件；如果希望连续播放音乐，选择"不限次数"复选框；如果需要规定播放次数，则清除"不限次数"复选框，然后在"循环"文本框中输入播放的次数。

在 FrontPage 2003 中，向网页添加音频的方法为：将编辑光标定位于播放音频的位置，然后选择"插入"丨"Web 组件"命令，打开"插入 Web 组件"对话框，在"组件类型"中选择"高级控件"，然后在右侧的"选择一个控件"列表框中选择"插件"选项，单击"完成"按钮。

3．添加网页动态效果

网页中的滚动字幕常用于显示欢迎词、提示信息或滚动新闻，这不仅可以引起浏览者的关注，还可以为网页增加一些动感效果。

在 FrontPage 2003 中，为网页中添加字幕的操作为：将光标定位至需要插入滚动字幕处，一般位于网页主题横幅下方或两侧。选择"插入"丨"Web 组件"命令，打开的"插入 Web 组件"窗口。在该窗口中的"组件类型"栏中选择"动态效果"选项，在"选择一种效果"栏中选择"字幕"，单击"完成"按钮，打开"字幕属性"对话框；在"字幕属性"对话框中设置属性参数，即：文本、方向、速度、表现方式、大小、重复、背景色；参数设置完毕后，保存网页，通过浏览器测试滚动字幕的效果。

横幅广告管理器是指在指定的时间内显示指定的图片，并以指定的效果从一幅图片转换到另一幅图片的图片播放器。在 FrontPage 2003 中，与悬停按钮一样，从工具栏的自定义中将横幅广告管理器拖放到工具栏上，定位在网页需要设置横幅广告管理器处，单击工具栏上"横幅广告管理器"按钮，打开"横幅广告管理器属性"对话框，按需要进行设置即可。

4.5　制作表单网页

【案例 4–5】使用表单制作交互式网页

【案例环境】Macromedia Dreamweaver 8、Microsoft Office FrontPage 2003
【任务及步骤】

1．Dreamweaver 8 环境

打开 D:\anli5 站点，新建网页 exb.htm，网页标题为"调查表"，内容为调查计算机使用情况的表单，具体内容及格式编排如图 4-57 所示。

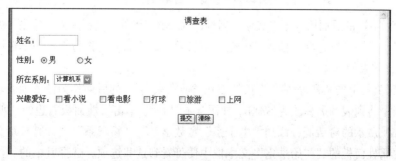

图 4-57　调查计算机使用情况表单

① 启动 Dreamweaver 并打开站点 D:\anli5（可以从配套光盘"第 4 章案例及实验素材\案例 5 素材\ anli5"），选择"创建新项目"下的"HTML"选项，创建新的网页，在网页中输入第一行文本"调查表"，并使其居中。

② 在第二行定位光标后，选择"插入"面板中的"表单"选项，并单击出现表单工具栏中的"表单"按钮，使光标所在行出现代表表单的红色虚线框，如图 4-58 所示。

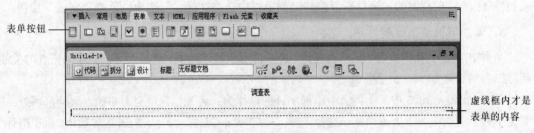

图 4-58　表单虚线框

③ 按图 4-59 所示在红色虚线框中输入相应的文字后，将光标定位在"姓名:"后面，单击工具栏上的"文本域"按钮，在弹出的"输入标签辅助功能属性"窗口中单击"取消"按钮，便插入一个文本框，利用窗口下方的属性面板，设置该文本域的名称为 XM，字符宽度为 10，类型为单行，如图 4-59 所示。

提示： 每当加入表单元件时会弹出"输入标签辅助功能属性"窗口，需要单击"取消"按钮，如果希望以后不再弹出，可以按照窗口下方的提示修改"辅助功能首选参数"设置。

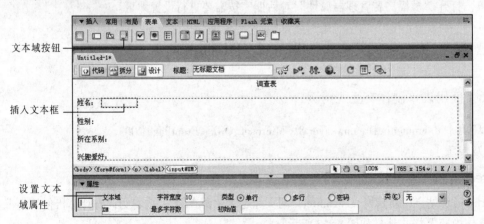

图 4-59　设置"属性面板"

④ 在"性别:"的后面插入单选按钮，名称改为 XB，将单选按钮加入表单中，并在其后输入"男"，并选择"已勾选"选项，插入若干全角空格后，继续插入名称为 XB 的单选按钮，并在其后输入"女"，效果如图 4-60 所示。

⑤ 使用工具栏上的"列表/菜单"按钮放在"所在系别:"的后面作为插入列表对象，并在相应的属性面板中将列表的名称改为 SZXB，如图 4-61 所示。单击属性面板右边的"列表值"按钮，打开如图 4-62 所示的对话框，添加"电子系"、"数学系"、"物理系"、"计算机系"后单击"确定"按钮，在属性面板的"初始选定"文本框中便可看到这些选项，选择其中的"计算机系"为初始选定。

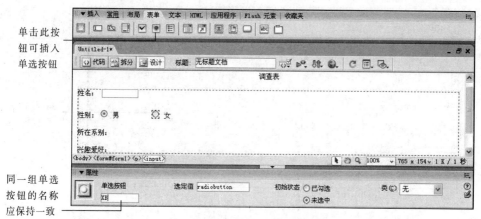

单击此按钮可插入单选按钮

同一组单选按钮的名称应保持一致

图 4-60 设置单选按钮

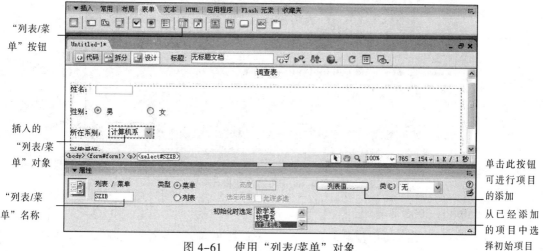

"列表/菜单"按钮

插入的"列表/菜单"对象

"列表/菜单"名称

单击此按钮可进行项目的添加

从已经添加的项目中选择初始项目

图 4-61 使用"列表/菜单"对象

输入项目标签内容后，单击此按钮添加

图 4-62

⑥ 利用工具栏上的"复选按钮"，在"兴趣爱好："的后面插入复选框，如图 4-57 所示输入文字，各组选项之间插入全角空格，操作过程参考如图 4-63 所示。

⑦ 在输入了"上网"后按【Enter】键，在表单中插入新行，两次单击工具栏中的"按钮"按钮，添加两个"提交"按钮。选中第二个"提交"按钮，在属性面板中将值改为"清除"，将按钮动作改为"重设表单"，如图 4-64 所示。

⑧ 将光标定位在按钮后面，单击属性面板中的"居中"按钮，将按钮设置为在表单中居中。保存网页为 exb.htm 到 D:\anli5 站点中，并在浏览器中进行预览。修改表单内容，最后使用"清除"按钮，看看能否将修改内容还原。

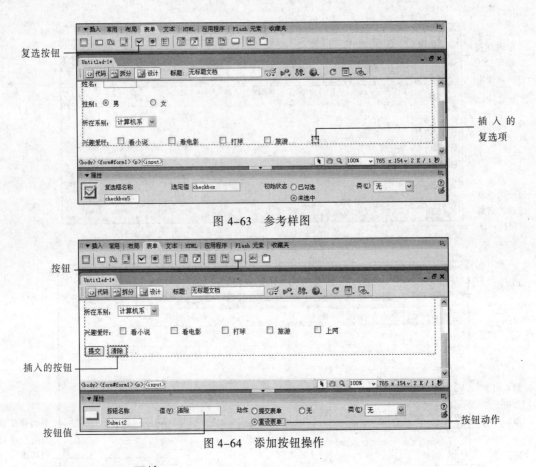

图 4-63　参考样图

图 4-64　添加按钮操作

2．Frontpage 2003 环境

（1）打开 anli5，在站点中创建 1 个"个人信息"表单网页，保存到 plist..htm 文件中。

① 选择"文件"|"新建"命令，在"任务窗格"中单击"其他网页模板"按钮，打开网页模板对话框如图 4-65 所示，选择"表单网页向导"选项，单击"确定"按钮。

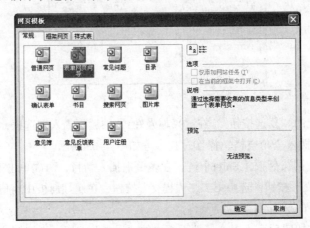

图 4-65　"网页模板"对话框

② 在"表单网页向导"对话框（见图 4-66）根据提示，单击"下一步"按钮。

③ 在图 4-67 所示的"表单网页向导"对话框之二中单击"添加"按钮。

④ 在图 4-68 所示的"表单网页向导"对话框之三的"选择此问题要收集的输入类型（T）:"下拉列表框中选择"个人信息"类型，在"编此问题的提示（E）"文本框中输入图 4-68 所示的文本，单击"下一步"按钮。

⑤ 在图 4-69 所示的对话框中，选中复选框，单击"下一步"按钮。

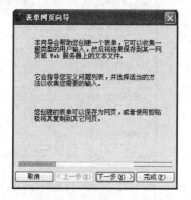

图 4-66 "表单网页向导"对话框之一　　　图 4-67 "表单网页向导"对话框之二

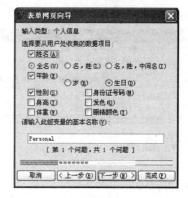

图 4-68 "表单网页向导"对话框之三　　　图 4-69 "表单网页向导"对话框之四

⑥ 在图 4-70 所示的对话框中，单击"下一步"按钮。

图 4-70 "表单网页向导"对话框之五

⑦ 设置图 4-71 所示的对话框中选项，单击"下一步"按钮。

⑧ 设置图 4-72 所示的对话框中选项，单击"下一步"按钮。

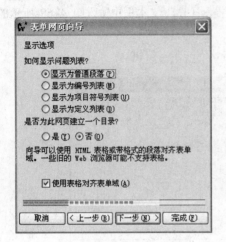

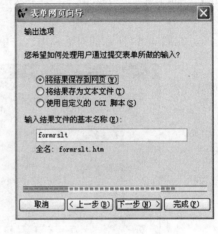

图 4-71 "表单网页向导"对话框之六　　　　　　图 4-72 "表单网页向导"对话框之七

⑨ 单击"完成"按钮，"个人信息表单"的效果如图 4-73 所示，第一行改为个人信息表，选择"文件"|"保存"命令，将该页面保存到 plist.htm 文件中。

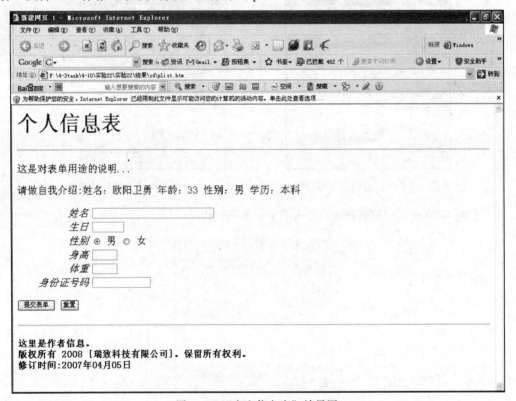

图 4-73 "个人信息表"效果图

（2）打开素材中的站点 anli5，在站点中创建 1 个"用户调查表"表单网页，并将其保存到 ulist.htm

文件中。

① 选择"文件"|"新建"命令，在"任务窗格"中单击"空白网页"按钮，选择"文件"|"保存"命令，并保存到 ulist.htm 文件。操作后的效果如图 4-74 所示。

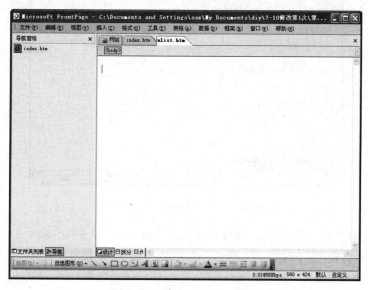

图 4-74 建立 ulist.htm 网页

② 选择"表格"|"插入"|"表格"命令，打开"插入表格"对话框，所设参数如图 4-75 所示，设置完成后单击"确定"按钮。

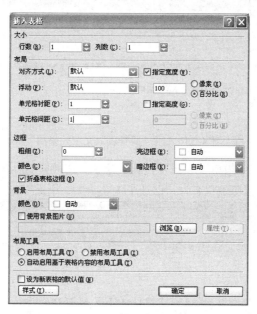

图 4-75 "插入表格"对话框

③ 选择"插入"|"表单"命令，在光标处输入文字"用户调查表"，按【Enter】键，其效果如图 4-76 所示。

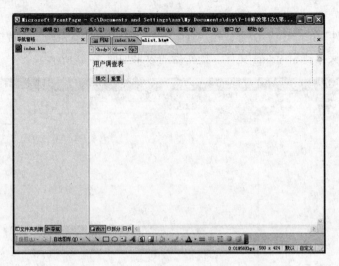

图 4-76 "用户调查表"空白效果图

④ 在"用户调查表"文字后插入水平线（选择"插入"|"水平线"命令），将文字"用户调查表"居中排列，设置文字的字体为：宋体，大小为：14磅，颜色为：蓝色，在每个文字间加入一个空格，在水平线下输入文字"亲爱的用户：……"（"亲爱的用户："设置为，宋体、10磅、黑色、加粗，其他文字为常规），其效果如图 4-77 所示。

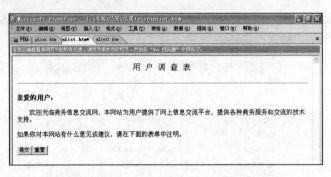

图 4-77 "用户调查表"文字效果图

⑤ 多次选择"插入"|"表单"|"选项按钮"命令，在网页中插入图 4-78 所示的四个选项按钮（其中第三个选项按钮初始状态为：已选中）。

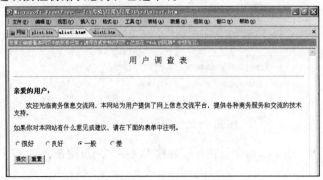

图 4-78 "用户调查表"按钮效果图

⑥ 选择"插入"|"表单"|"文本区"命令，在文本区（其属性设置见图4-79）前添加文字"请在下面的文本区填写你的建议:"（设置为：宋体、10磅、黑色、加粗），其效果如图4-80所示，选择"文件"|"保存"命令。

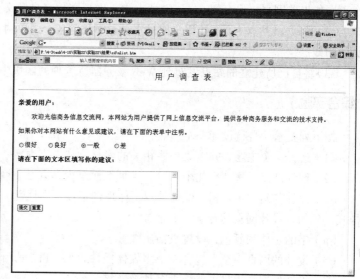

图4-79 "文本区属性"对话框　　　　图4-80 "用户调查表"最终效果图

（3）打开素材中的站点 anli5，将站点中 ulist.htm 网页的表单结果保存到电子邮件 aljahxxy3@163.com 地址中，并设置电子邮件的格式为"带格式文本"。

① 选择"文件"|"打开"命令，打开 ulist.htm 网页右击，选择"表单属性"命令操作后的效果如图4-81所示。

② 在"表单属性"对话框，如图4-81所示中输入电子邮件地址，单击"选项"按钮。

③ 在"保存表单结果"对话框中，切换到"电子邮件结果"选项卡，如图4-82所示。单击"确定"按钮，返回如图4-83所示的对话框，再单击"确定"按钮。

图4-81 "表单属性"对话框

图4-82 "保存表单结果"对话框

【体验实验】

（1）使用"用户注册"、"确认表单"、"搜索网页"、"意见簿"、"意见反馈表单"模板制作五个不同的表单网页，保存到 tiyansy5 站点中，网页文件名自定义。

（2）修改 zd 站点主页，使用户通过主页导航访问各个表单网页，各个表单网页中添加返回主页的功能。

（3）将自己所建立的站点发布到 Web 服务器所管理的区域中，让同学通过计算机进行浏览。

【综合实验】

按下列要求，自行设计一个站点：

（1）选择一个主题，并收集一些相关的素材，如文字内容、图片、动画等。

（2）设计站点，规划出几个栏目。主页下面至少含有三个网页，布局包含表格和框架。

（3）设计与站点主题相匹配的外观，体现创新性、实用性、技术性，创建和应用模板、CSS样式。例如，设计网页的背景、文字等。

（4）字的字体和颜色，设置页面属性等。

（5）设计的网页中至少包含一个多媒体插件，如：Flash 动画、Flash 文本、Flash 按钮等。

（6）设计的网页中尽可能包含多种超链接。

（7）全部完成后，保存站点文件夹及其文件，并导出站点文件。

【归纳】

表单（form）的作用是使访问者能利用浏览器窗口输入信息或选择选项。表单由若干个表单对象和相关的网页元素组成，表单对象是访问者输入数据的地方，每个表单都有一个"提交"按钮，通过这个按钮将信息发送到 Web 服务器。

一个完整的表单包含以下两部分：在网页中所描述的表单对象和应用程序；

应用程序，可以是服务器端的，也可以是客户端的，用于对客户信息进行分析处理（这是后继课程学习目标，此处仅研究网页中所描述的表单对象）。

表单对象，可以通过选择"插入" | "表单"命令来完成插入，必须在文档中先插入表单，再插入其他表单对象。如文本域、按钮、复选框、单选按钮、列表/菜单、跳转菜单、图像域、文件域、标签等。

4.6　博客制作技巧

【案例 4-6】博客制作

【案例环境】

【任务及步骤】

1. 修改"博客"页面设置

（1）打开"博客"页面，选择"换衣服"选项，如图 4-83 所示。

单击
此按
钮

图 4-83 "博客"页面

（2）在图 4-84 所示中选择"风格自定义"选项，单击"开始自定义"按钮。

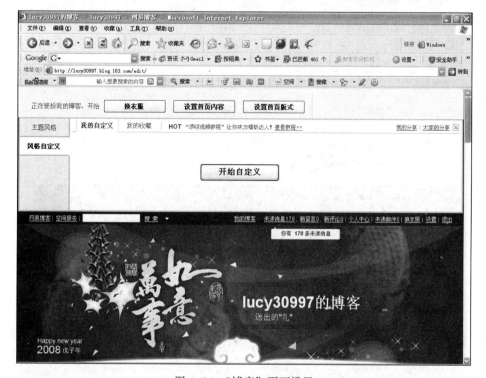

图 4-84 "博客"页面设置

（3）如图 4-85 所示，在顶部的左边加图片，设置导航的字体颜色和文字间距。

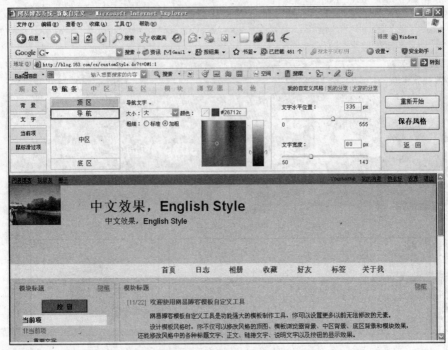

图 4-85　添加文字效果

（4）修改背景，如图 4-86 所示。

1. 选择"中区"选项卡

2. 单击"选图"按钮

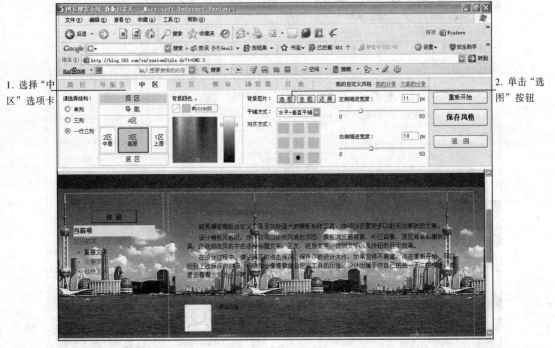

图 4-86　修改背景

【体验实验】

制作类似如图 4-87 所示的博客网页。

图 4-87 制作博客网页样张

第 **5** 章

综合应用

　　本章从应用的角度出发，以实例的形式介绍了 Access 数据库的建立，创建表、生成查询表的方法，窗体的作用及创建方法，以及报表的制作过程。通过这些完整的实例，逐步讲解 Access 中最实用、最常用的技术，使读者学会如何把书本上的知识用于解决实际问题，培养数据库开发能力。

　　另外，本章以"淘宝网"为案例，介绍了网上开店的流程、网店的议价方式和如何组织货源等，通过网上开店实例的讲解使读者掌握如何通过因特网及其技术进行各项商务活动。

　　将程序设计与数据库有机结合构建一个实用系统也是本章的一个目标，并且试图通过案例介绍实用系统开发的方法。

5.1　Access 数据库设计

【**案例** 5-1】创建、设计教学管理数据库

　　【**案例环境**】Access 2002

　　【**任务及步骤**】

　　用 Access，以 D:\数据库案例为文件夹，创建一个名为"教学管理"的空数据库。

　　（1）使用"数据库向导"创建数据库。

　　① 选择"开始"|"所有程序"|Microsoft Access 命令，启动 Microsoft Access。在第一次启动 Microsoft Access 时，将自动显示如图 5-1 所示对话框，显示有"新建数据库"选项区域或"打开已有文件"单选按钮。如果显示此对话框，选择"数据库向导"单选按钮，然后单击"确定"按钮。

　　如果已经打开了数据库或在 Microsoft Access 启动时显示的对话框已经关闭，可以单击工具栏上的"新建数据库"按钮。

　　② 切换到"数据库"选项卡，在列表框中选择"讲座管理"模板，如图 5-2 所示。单击"确定"按钮，出现

图 5-1　"Microsoft Access"对话框

"文件新建数据库"对话框。

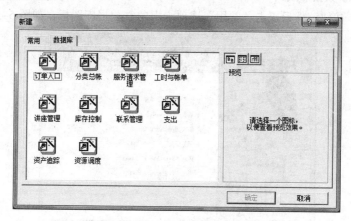

图 5-2 "新建"对话框中"数据库"选项卡

③ 输入数据库文件名"教学管理",单击"创建"按钮,出现"数据库向导"对话框;单击"下一步"按钮,出现如图 5-3 所示的"数据库向导"对话框。在此对话框中,从左边"数据库中的表"列表框中选择要建立的表名称,并在右边"表中的字段"列表框中选择需要的字段,此处可任选,后面再修改。

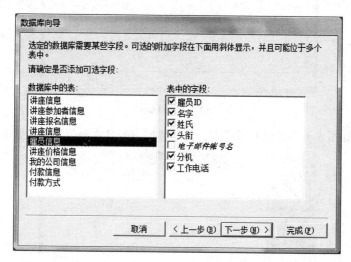

图 5-3 "数据库向导"对话框

④ 单击"下一步"按钮,在"数据库向导"对话框中选择"标准"显示样式。

⑤ 单击"下一步"按钮,在"数据库向导"对话框中选择"组织"打印报表样式。

⑥ 单击"下一步"按钮,输入数据库标题名"教学信息管理系统"。

⑦ 单击"下一步"按钮,然后单击"完成"按钮,就可在数据库中得到一些表、窗体、查询和报表等对象,参考如图 5-4 所示。

(2)不使用向导创建数据库。

① 在第一次启动 Microsoft Access 时,将自动显示对话框,上面有"新建数据库"或"打开已有文件"的选项。如图 5-1 所示,请选择"空 Access 数据库"单选按钮,然后单击"确定"按

钮。如果已经打开了数据库或当 Microsoft Access 打开时显示的对话框已经关闭，请单击工具栏上的"新建数据库"按钮，然后双击"常用"选项卡上的空数据库图标，如图 5-5 所示。

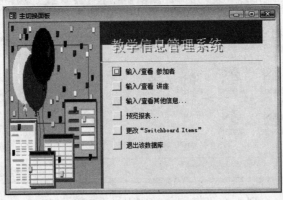

图 5-4   主切换面板

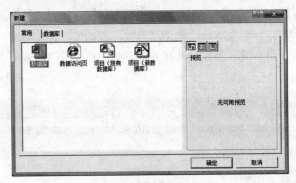

图 5-5   新建数据库

② 在弹出的如图 5-6 所示的对话框中，指定数据库的名称和位置，并单击"创建"按钮。

图 5-6   创建指定的数据库

（3）使用向导创建表结构。

① 在 Access 中打开"教学管理"数据库。

② 在数据库窗口中选择表对象，然后双击"使用向导创建表"选项如图 5-7 所示，打开"表向导"对话框。

③ 选定"示例表"列表框中的"雇员和任务"选项，然后将"示例字段"列表框中的"雇员 ID"和"任务 ID"添加到"新表中的字段"列表框中，结果如图 5-8 所示。

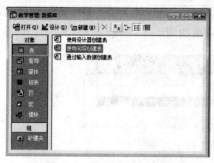

图 5-7 使用向导创建表

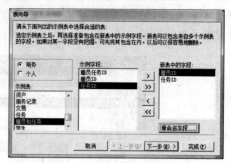

图 5-8 "表向导"对话框之一

④ 单击"重命名字段"按钮，弹出如图 5-9 所示的对话框，将图 5-8 中的"新表中的字段"列表框中"雇员 ID"重新命名为"教师编号"，将"任务 ID"重命名为"课号"。

⑤ 单击"下一步"按钮，进入"表向导"对话框，如图 5-10 所示。在"请指定表的名称"文本框中输入"任课"，选择"是，设置一个主键"单选按钮。

图 5-9 "重命名字段"对话框

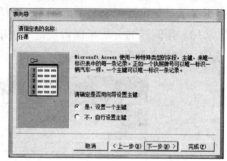

图 5-10 "表向导"对话框之二

⑥ 单击"下一步"按钮，在图 5-11 所示的"表向导"对话框中选择"修改表的设计"单选按钮。

⑦ 单击"完成"按钮。

⑧ 在弹出的"任课：表"设计视图中，单击"教师编号"字段的"数据类型"下拉列表，选择"文本"类型，并在其"常规"选项卡中设置"字段大小"为 6。同样设置"课号"字段的"数据类型"为"文本"类型，"字段大小"为 6，如图 5-12 所示。

图 5-11 "表向导"对话框之三

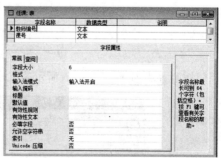

图 5-12 "任课：表"设计视图

⑨ 光标定位在课号行，右击并在弹出的快捷菜单中选择"插入行"命令，增加"教师姓名"字段，数据类型为"文本"，字段大小为 8。

⑩ 在选定栏中选定"教师编号"和"课号"这两个字段，单击"主键"按钮，将这两个字段设置成组合关键字段。然后单击"保存"按钮，结果如图 5-13 所示。

图 5-13 设置组合关键字段

（4）使用"设计器"创建表结构。

① 在 Access 中打开"教学管理"数据库。

② 在数据库窗口中选择"表"对象，如图 5-7 所示，然后双击"使用设计器创建表"选项，或单击数据库窗口中工具栏按钮"设计"，打开表设计器。

③ 定义字段。选择"表设计器"的"字段"选项卡，将光标定位到"字段名"，输入"专业名称"，然后单击"数据类型"的下拉列表，选择"文本"选项，在"常规"选项卡中设置其"字段大小"为 10。用同样的方法根据需要定义表中的其他字段，效果如图 5-14 所示。

④ 选定"专业名称"字段，单击"主键"按钮，将其设置为关键字段。

图 5-14 设置关键字段

⑤ 单击"保存"按钮，出现如图 5-15 所示的"另存为"对话框。在"表名称"文本框中输入"专业"后，单击"确定"按钮。

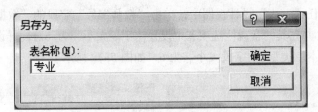

图 5-15 "另存为"对话框

⑥ 用同样的方法创建如图 5-16 所示的"成绩：表"的表结构。

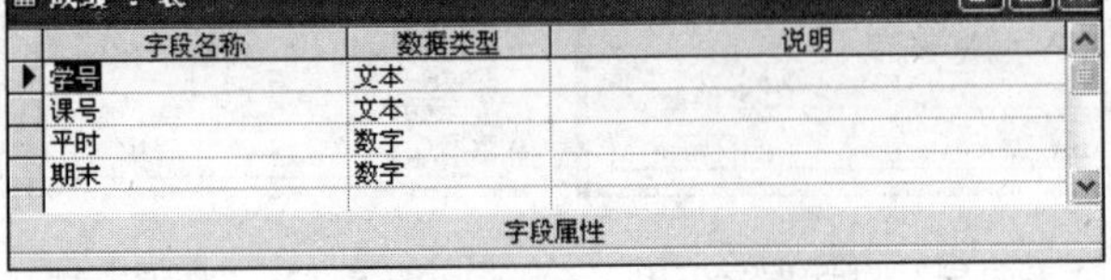

图 5-16 "成绩：表"的表结构

⑦ 用同样的方法创建"学生：表"表结构。选定"学号"字段，单击"主键"按钮，将其设置为关键字段。在"常规"选项卡的"输入掩码"文本框内输入"00000000"。用同样的方法根据需要定义表中的其他字段。

⑧ 选定"性别"字段，在"常规"选项卡的"默认值"文本框中输入"男"，"有效性规则"文本框中输入"性别="男"or 性别="女""，"有效性文本"文本框中输入"性别只能是男或女"。

⑨ 选定"专业名称"字段，在"常规"选项卡的"索引"下拉列表框中选择"有（有重复）"选项，在"查阅"选项卡的"显示控件"下拉列表框中选择"列表框"选项，"行来源类型"下拉列表框框中选择"表/查询"选项，"行来源"下拉列表框中选择"专业"选项，"绑定列"和"列数"保持默认值为"1"。

⑩ 单击"保存"按钮，设置结果如图 5-17 所示。

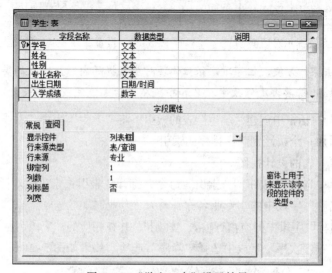

图 5-17 "学生：表"设置结果

（5）在表中输入数据。

① 在 Access 中打开"教学管理"数据库。

② 在数据库窗口中选择"表"对象，然后双击"通过输入数据创建表"选项，打开数据表视图窗口，如图 5-18 所示。

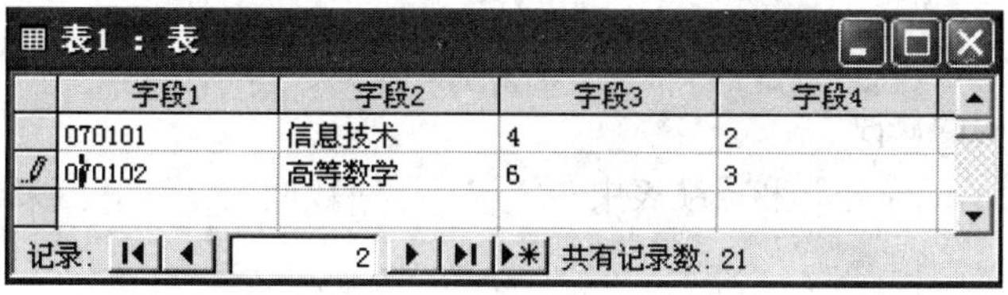

图 5-18 数据表视图窗口

③ 在表中直接输入数据完成后，单击主窗口中的"保存"按钮，出现"另存为"对话框如图 5-15 所示。在"表名称"文本框中输入"课程"后，单击"确定"按钮，系统将弹出一个如图 5-19 所示的提示框。单击"否"按钮，完成表结构的创建。

④ 单击数据库窗口中的"设计"按钮，打开"课程"表设计视图。

⑤ 单击"字段 1"的字段名，修改为"课号"，在其"数据类型"下拉列表中选择"文本"选项，在"常规"选项卡中设置"字段大小"为 6。

⑥ 参照图 5-20 所示的对"课程"表的字段属性设置，分别修改"字段 2"、"字段 3"、"字段 4"。

⑦ 选择"课号"字段，单击"主键"按钮，将该字段设置成主关键字段。

图 5-19 系统提示对话框

图 5-20 设置"课号"字段为主关键字段

注意：这种方法操作方便，但字段名很难体现对应数据的内容，字段的类型设置也不一定符合设计者的思想，因此需要再次修改字段名和字段属性后才能完成表的设计。

（6）在"索引"对话框中创建"学生"表的索引。将"学生"表中"专业名称"的索引名称改为"专业"，并增加一个按性别降序排序的索引。

① 打开"学生"表的设计视图。

② 在系统菜单中选择"视图"|"索引"命令，打开"索引：学生"对话框。

③ 将"索引名称"字段中的"专业名称"改为"专业"。

④ 在"索引名称"字段中的空白行输入"性别"，并在相应的"字段名称"下拉列表中选择"性别"选项，在"排序次序"字段中选择"降序"选项。效果如图 5-21 所示。

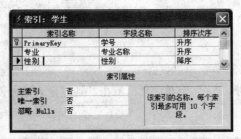

图 5-21 设置"索引名称"字段

⑤ 保存对表结构的修改。

（7）在学生表中的"学号"和成绩表中的"学号"字段间建立一对多关联，并根据需要建立其他表间关联。

① 打开"教学管理"数据库窗口。

② 单击系统工具栏中的"关系"按钮，打开"关系"窗口。

③ 将光标移到学生表中的"学号"字段并拖动到成绩表的"学号"上，系统将打开如图 5-22 所示的"编辑关系"对话框。此时系统默认其关系是一对多的关系，"学生"中的"学号"是主关键字，而成绩表的"学号"字段没有创建索引。

④ 单击"编辑关系"对话框中的"创建"按钮。

⑤ 参照图 5-23 所示建立其他表间的关联关系。

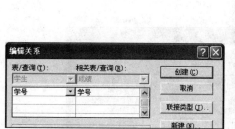

图 5-22 "编辑关系"对话框

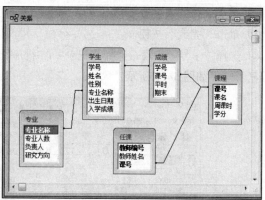

图 5-23 "关系"窗口

（8）使用向导创建"选课表"查询。

① 打开"教学管理"数据库窗口。

② 选择"对象"|"查询"命令，然后在数据库窗口工具栏上单击"新建"按钮，系统将打开"新建查询"对话框。

③ 选择"简单查询向导"选项后，单击"确定"按钮，系统将打开图 5-24 所示的"简单查询向导"对话框。

④ 在"表/查询"下拉列表框中选择"学生"选项，并在"可用字段"中双击"学号"、"姓名"、"性别"和"专业名称"字段，将这些字段添加到"选定的字段"区。

⑤ 在"表/查询"下拉列表框中选择"成绩"选项，并双击"可用字段"中的"课号"选项。

⑥ 最后，先选择"选定的字段"列表框中的"课号"，然后在"表/查询"下拉列表中选择"表：课程"选项，并双击"可用字段"列表框中的"课名"选项。

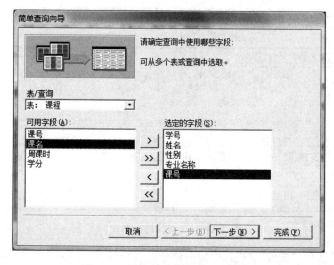

图 5-24 "简单查询向导"对话框

⑦ 单击"下一步"按钮，并单击"明细"单选按钮。

⑧ 再单击"下一步"按钮，在打开的对话框中"请为查询指定标题"文本框中输入"选课表"，并单击"打开查询查看信息"单选按钮。

⑨ 单击"完成"按钮。

⑩ 选择"学号"字段，选择"记录"|"排序"|"升序排序"命令，然后单击"保存"按钮。最后显示结果如图 5-25 所示。

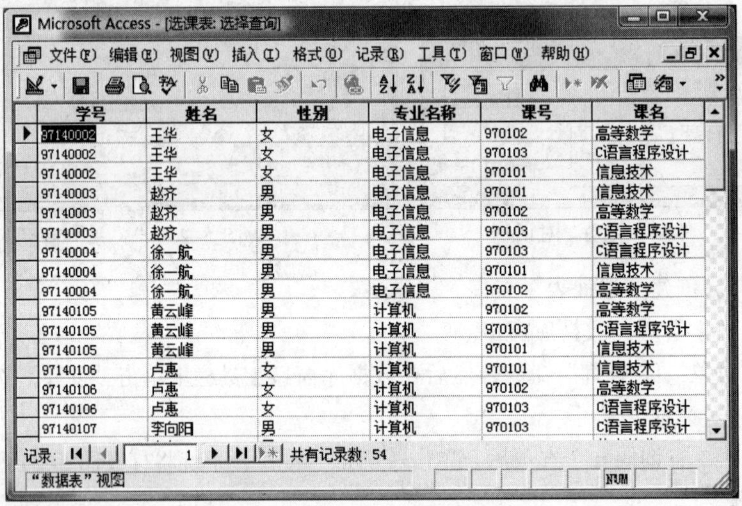

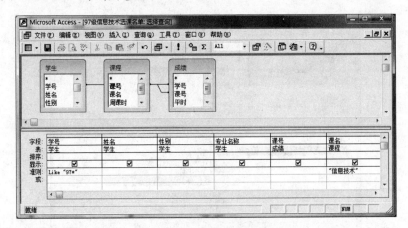

图 5-25　创建"选课表"查询

（9）修改"选课表"查询，实现只对信息课程 97 级学生的显示。

① 打开"选课表"的查询设计视图窗口。

② 在设计视图窗口中"专业名称"列的"条件"行中输入"计算机"，在"学号"列的"条件"行中输入"like "97*""，结果参见图 5-26 所示。

图 5-26　查询设计视图窗口

③ 在系统菜单选择"文件"|"另存为"命令，在打开的"另存为"对话框中输入查询对象的名称为"97 级信息技术选课名单"，结果参见图 5-27 所示。

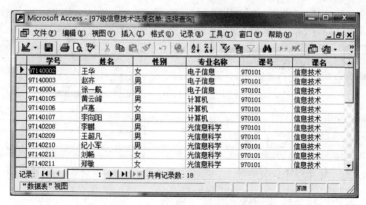

图 5-27 "选择查询"视图窗口

（10）创建"专业学生课表"查询，实现对各专业的学生按所学课号的升序显示。

① 设置"选课表"查询为"专业学生课表"。打开"专业学生课表"的查询设计视图窗口。在"专业名称"列的条件行中输入"请输入专业名称"，如图 5-28 所示。

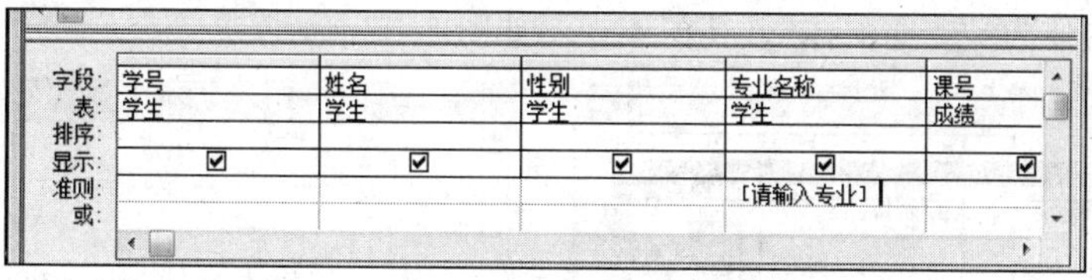

图 5-28 "专业学生课表"查询设计视图窗口

② 切换到查询数据表视图时，系统弹出"输入参数值"对话框。在"请输入专业名称"文本框中输入"计算机"。

③ 选定"课号"字段，选择"记录"|"排序"|"升序"命令，在"请输入专业名称"文本框中输入"计算机"，完成"专业学生课表"设计，结果参见图 5-29 所示。

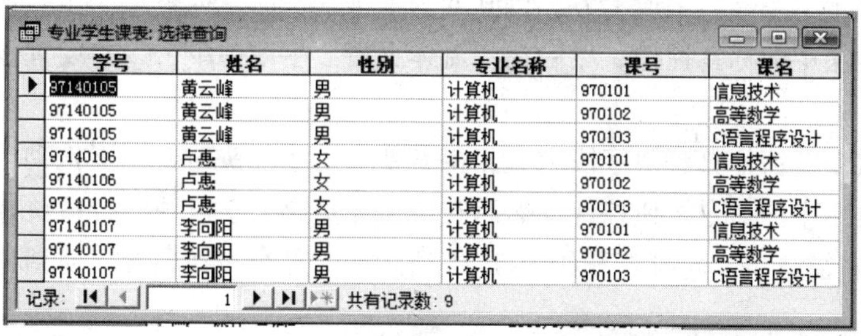

图 5-29 "专业学生课表"选择查询窗口

（11）使用"自动窗体"功能创建"学生登记卡"窗体。

① 在数据库窗口中，选择"对象"|"窗体"命令。

② 在数据库窗口工具栏上单击"新建"按钮，系统将打开"新建窗体"对话框。

③ 在"新建窗体"对话框中，先选择"自动创建窗体：纵栏式"选项，然后单击"请选择该对象数据的来源表或查询"下拉列表中的"学生"选项，如图 5-30 所示，单击"确定"按钮。

④ 保存窗体为"学生登记卡"，完成窗体设计，窗体视图如图 5-31 所示。

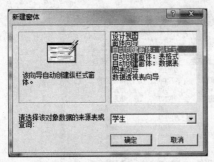

图 5-30 "新建窗体"对话框

图 5-31 窗体视图

（12）使用"窗体设计"功能创建"专业"窗体。

① 在"教学管理"数据库窗口中，打开"新建窗体"对话框。

② 在图 5-30 所示"新建窗体"对话框中，先选择"设计视图"选项，然后选择"请选择该对象数据的来源表或查询"下拉列表中"专业"选项，最后单击"确定"按钮，系统将打开窗体设计窗口。

③ 从字段列表中拖动字段到窗体设计窗口中，结果如图 5-32 所示。

④ 保存该窗体为"专业窗体"，其窗体视图如图 5-33 所示。

图 5-32 窗体设计窗口

图 5-33 "专业窗体"视图

（13）创建标签控件。

① 打开"学生登记卡"窗体的设计视图。

② 将光标置于"主体"字段上方，待其变为上下箭头时，向下拖动至合适位置。

③ 单击工具箱中的标签控件，然后在"窗体页眉"字段中单击，并设置该控件的属性，如图 5-34 所示。

④ 将光标置于"窗体页脚"字段上方，待其变为上下箭头时，向下拖动至合适位置。

⑤ 单击工具箱中的命令按钮控件，然后在"窗体页脚"字段中的合适位置单击，系统将一个初始按钮放置在窗体上，同时打开如图 5-35 所示的"命令按钮向导"对话框。

图 5-34 "窗体页眉"设置

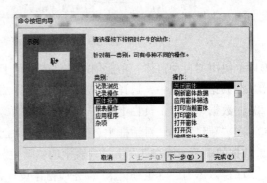

图 5-35 "命令按钮向导"对话框

⑥ 在"类别"列表框中选择"窗体操作"选项和"操作"列表框中"关闭窗体"选项。

⑦ 然后单击"下一步"按钮，系统将打开图 5-36 所示的"命令按钮向导"对话框，系统默认显示"图片"单选按钮。

⑧ 单击"下一步"按钮，系统将打开"命令按钮向导"对话框，在此设置按钮的名字为"exit"，并单击"完成"按钮完成该按钮的设计，结果参见图 5-37 所示。

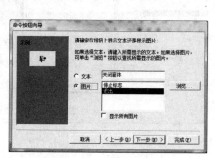

图 5-36　"命令按钮向导"对话框

图 5-37　创建标签控件参照图

（14）使用"自动创建报表"功能创建报表。

① 在"报表"对象下，单击数据库窗口的"新建"按钮，系统将打开"新建报表"对话框。

② 在该对话框中选择"自动创建报表：纵栏式"选项；在"请选择该对象数据的来源表或查询"下拉列表中选择"学生"选项，单击"确定"按钮，如图 5-38 所示。

③ 单击报表"关闭"按钮，系统将打开"保存提示"对话框，单击"是"按钮，将报表"另存为"学生信息纵栏式报表，结果如图 5-39 所示。

图 5-38　"新建报表"对话框

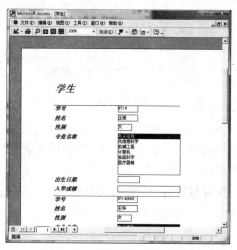

图 5-39　学生信息纵栏式报表

（15）使用"报表向导"创建"选课表"的报表。

① 在"报表"对象下，在数据库窗口中单击"新建"按钮，系统将打开"新建报表"对话框。

② 在该对话框中选择"报表向导"选项；在"请选择该对象数据的来源表或查询"下拉列表中选择"选课表"选项，单击"确定"按钮。

③ 在该对话框中，将在报表中需要使用的字段由"可用字段"列表框中的字段选择并移到"选定的字段"列表框处，如图 5-40 所示。

④ 单击"下一步"按钮，系统打开如图 5-41 所示的对话框，在"请确定是否添加分组级别"列表框中字段假设不分组。

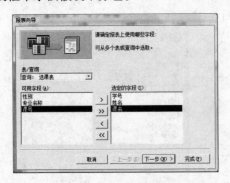

图 5-40 从"可用字段"移到"选定的字段"

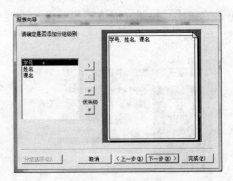

图 5-41 分组级别

⑤ 单击"下一步"按钮，系统打开如图 5-42 所示的对话框，在"请确定记录所用的排序次序"列表框中，可选择报表中允许的 1～4 个排序字段。

⑥ 单击"下一步"按钮，弹出有"请确定报表的布局方式"列表框的对话框，如图 5-43 所示。

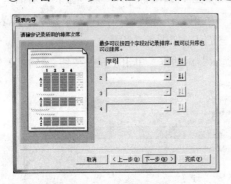

图 5-42 确定排序次序

图 5-43 确定布局方式

⑦ 单击"下一步"按钮，弹出有"请确定所用样式"列表框的对话框，如图 5-44 所示。

⑧ 单击"下一步"按钮，弹出"请为报表指定标题"对话框，输入"学生选课报表"，单击"完成"按钮。

⑨ 保存报表名为"使用向导创建的学生报表"，结果参见图 5-45 所示。

图 5-44 确定所用样式

图 5-45 报表结果参照图

【体验实验】

（1）创建"图书借阅管理"数据库，在"图书借阅管理"数据库中建立所有的表结构，同时设置表的索引。

（2）在表中输入相应的模拟数据。

（3）建立表间关联。

（4）创建"借阅清单"查询，用于显示图书借阅情况，要求按图书号的升序排序，同时可查看相应的读者姓名和书名。

（5）创建"图书编辑"窗体，用于新书录入和馆藏书查阅。

【归纳】

在创建与使用数据库之前，需要先设计数据库。数据库设计过程的关键在于明确数据的存储方式与关联方式，数据库设计的一般步骤如图 5-46 所示。

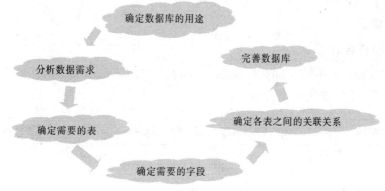

图 5-46　数据库设计步骤

数据模型是数据库系统的基础，常用的数据模型有三种，即层次模型、网状模型和关系模型。关系数据库是由若干个相互联系的关系组成的集合。一个关系实际上就是一张二维表。表是字段与记录集合。从数据库的角度讲，实体模型中实体的属性就是字段，字段值的有序集合就是记录。

Access 数据库包括表、查询、窗体、报表、页、宏和模块七大对象。

（1）"表"是数据库管理的基础部分，是数据库其他对象数据的来源。在各种类型的数据库管理系统中，为了能够更有效、更准确地为用户提供信息，往往需要将关于不同主题的数据存放在不同的表中。因此，设计数据库时，首先要将数据分解成不同相关内容的组合，分别存放在不同的表中，并要明确表相互之间是如何进行关联的。在确定了所需表之后，接下来应根据每个表中需要存储的数据确定该表需要的字段，这些字段既包括描述主体的字段，又包括建立关系的主关键字字段和外部关键字字段。

（2）查询提供了另外一种浏览数据表的方式。通过查询，用户可以有选择地浏览和编辑自己感兴趣的数据，这些数据可以来自一个数据表的一部分字段，也可以来自各不相同但存在关联的表中的字段。

索引是表记录排序的一种方法，通过建立表索引，可以提高查询速度。在 Access 中，可使用

单个字段或多个字段的组合作为索引关键字。创建索引时，可以在表设计视图中创建，也可以通过选择"视图"|"索引"命令设置。

（3）窗体是用户与 Access 数据库应用程序交互的主要接口，它提供了访问数据、编辑数据的界面。用户通过建立和设计不同风格的窗体加入数据等信息，使得数据的输入/输出更加方便，界面友好更加实用。

（4）报表是以打印的格式表现用户数据的一种有效方式。用户控制报表上每个控件的大小和外观，所以可以按照所需的方式显示信息。在报表设计中，还可以实现一些计算，这使得报表在数据库系统应用中非常实用。

5.2 网 上 开 店

【案例 5-2】网上开店

【案例环境】"淘宝网"平台

【任务及步骤】

1．网上提交开店申请

（1）在浏览器地址栏中输入 http://www.taobao.com，并按【Enter】键，则打开淘宝网首页，其顶部有一排按钮如图 5-47 所示。

图 5-47　淘宝网上的顶部按钮

（2）单击"我要卖"按钮，进入如图 5-48 所示的页面。

图 5-48　"我要卖"—申请网店第一步

（3）单击"免费注册"（在图 5-48 所示的被选框部分）按钮，此时页面显示如图 5-49 所示，根据电子表格的要求填写自己的相关信息，如会员名、密码、电子邮箱等。确认信息无误后，单击"同意以下服务条款，提交注册信息"按钮。

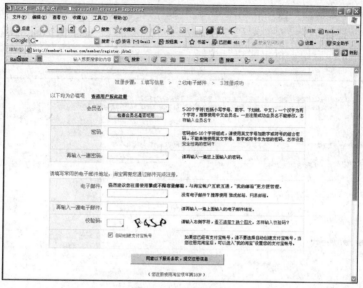

图 5-49　注册页面

（4）注册信息中填写电子邮箱，如果收到"淘宝"的邮件，信中会有一个链接地址，如图 5-50 所示。

图 5-50　来自淘宝的电子邮件中的链接地址

（5）单击如图 5-50 所示的被选框部分，此时系统会提示"你已经注册成功"。

（6）会员登录页面如图 5-51 所示，此时需要提供 "免费注册"中所填写的部分信息，如"会员名"和"密码"等。（登录后，"淘宝"可能提示密码不安全，其原因可能是由于密码太短或太简单，建议尽快将登录密码修改为安全性更高的密码，以免造成不必要的损失和麻烦。）

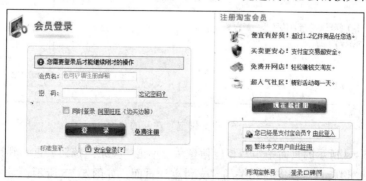

图 5-51　会员登录界面

（7）上传需要出售"商品"的相关信息，如图片等。此时"商品"可以存入"网店"的"仓库"中，但买家仍然看不到。这时还需要进一步的"实名认证"。只有在进一步的认证后，"商品"才能正式销售。

（8）单击"现在去认证"按钮，出现如图 5-52 所示的页面，需要填写店家的一些"真实信息"，如真实名字、证件名称、证件号码、登录密码、支付密码、安全保护问题等。确认信息无误后，单击"保存并立即启用支付宝账户"按钮。

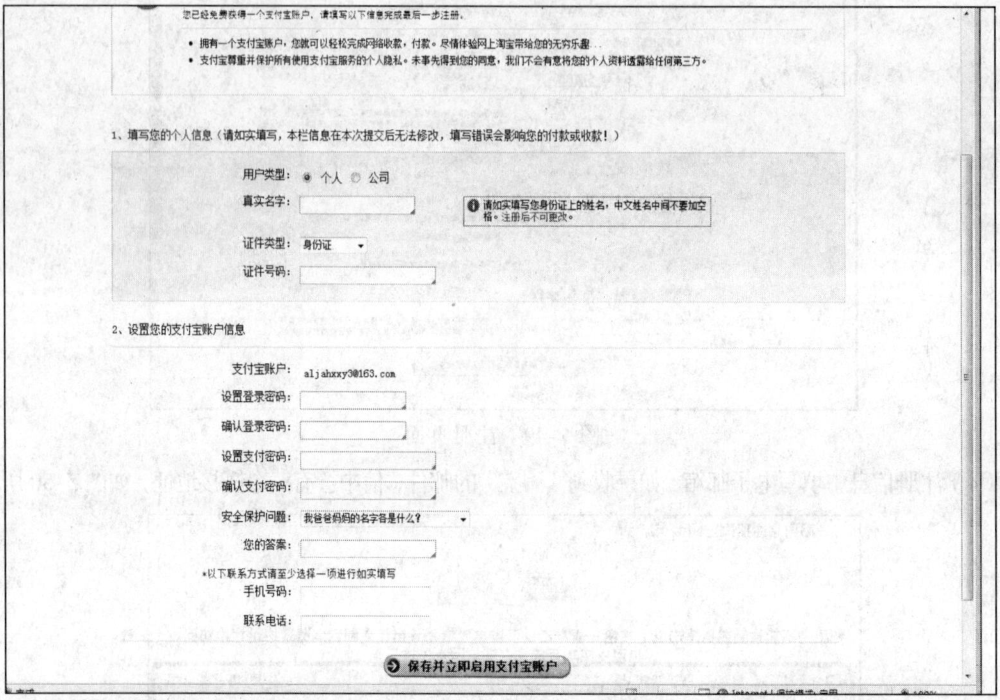

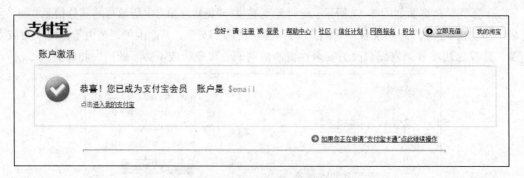

图 5-52　实名认证页面

（9）在图 5-53 所示的页面中单击"进入我的支付宝"按钮，出现如图 5-54 所示的页面。

图 5-53　"支付宝"欢迎的页面

（10）在图 5-54 所示的页面中填写相应信息后，单击"登录"按钮，进入到比较"敏感"的页面，即如何与"银行"金额支付相关的"支付宝"页面，如图 5-55 所示。

图 5-54 "支付宝"登录页面

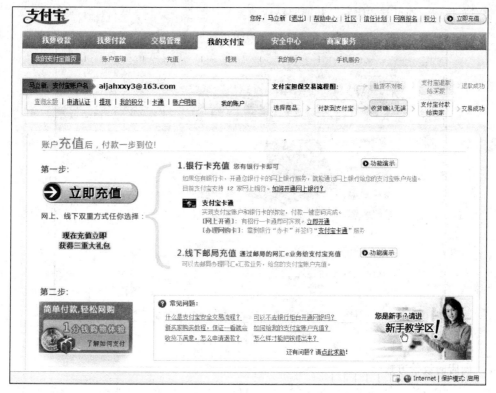

图 5-55 "支付宝"页面

（11）如果是第一次使用"支付宝"，可以通过图 5-56 所示界面的"功能演示"了解"支付宝"。

（12）办理"支付宝"后，银行账户将与店家申请时填写的某些信息绑定。"支付宝"设置成功，"实名验证"才真正完成。

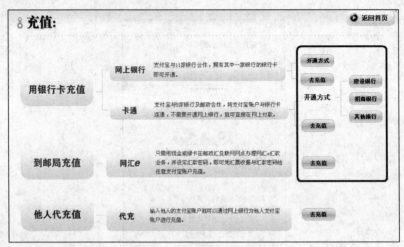

图 5-56 "支付宝"功能演示

　　图 5-57 所示的界面是一个"联想"品牌的"网店"页面。光顾该店的顾客只要单击"添加到购物车"按钮，即可与"店家"开展贸易活动。

图 5-57 某网店的门面

2. 网店的议价方式

　　淘宝为"店家"设置了三种议价方式："一口价"、"竞价拍卖"和"团购"，如图 5-58 所示。在"竞价拍卖"中的"起拍价"就是"店家"可以接受的最低价格，一般网站没有底价设置。如果有买家以起拍价拍到该商品，交易就结束了。此时，店家必须以起拍价销售该商品，设置一个合适的加价幅度是非常重要的；有些"店家"会亮出一个固定的价格，让买家没有讨价还价的余地，交易完成后，"店家"得到的货款是"一口价+邮费"；有些"店家"可能以团购（即批发）方式议价，"淘宝网"规定"店家"的好评率必须达到 97% 以上后才能进行"团购"。

图 5-58 商品的三种议价方式

3．组织货源——找到价格低廉的货源

"网上开店"的热点之一是成本较低。掌握了物美价廉的货源，就掌握了开"网店"的关键。怎么才能找到物美价廉的货源呢？除了直接从厂家进货外，主要有以下四种途径：充当市场猎手、关注外贸产品、拿到国外打折商品和批发。

（1）充当市场猎手，买入库存积压或清仓处理的产品。密切关注市场变化，充分利用商品打折找到价格低廉的货源。例如，网上销售非常好的名牌衣物，有些品牌商品的库存积压很多，一些商家干脆把库存全部卖给专职网络销售的卖家。如果有足够的"砍价"本领，能以低廉的价格收到库存，一定能获得丰厚的利润。品牌商品在网上是备受关注的分类之一，很多买家都通过搜索的方式直接寻找自己心仪的品牌商品，而且不少品牌虽然在某一地域属于积压品，但因网络覆盖面广的特性，完全可使其在其他地域成为畅销品。利用地域或时间差价获得足够的利润。例如，网上有一些化妆品卖家，在与高档化妆品专柜的主管熟悉之后，可以在新品上市前抢先拿到低至 7 折的商品，然后在网上按专柜折的价格卖出。大多因化妆品售价较高，从而利润也相应更加丰厚。

（2）关注外贸产品或 OEM 产品。外贸产品因其质量、款式、面料、价格等优势，一直是网上销售的热门品种。大多在国外售价上百美元的名牌商品，网上的售价仅有几百元人民币，从而使众多买家对此趋之若鹜。例如，淘宝店主张小姐从事外贸工作，将自己的闲置物品上网销售，没想登出不久就销售一空。

（3）拿到国外打折商品。国外的世界一线品牌在换季或节日前夕，价格非常便宜。如果卖家在国外有亲戚或朋友，可请他们帮忙，拿到诱人的折扣后在网上销售，售价是传统商场的 4～7 折，也有 10% 的利润空间。

（4）批发商品。需要关注地区性的批发市场，如上海的襄阳路、城隍庙，北京的西直门、秀水街、红桥。这样，店主不但可以熟悉行情，还可以拿到很便宜的批发价格。

总之，在定好卖什么的情况下，不管是通过何种渠道寻找货源，低廉的价格是非常重要的要素。找到了物美价廉的货源，"网店"就有了成功的基础。

4．开店注意事项

由于不了解情况，许多刚加入"网店"的老板行列者都会面临许多困惑。千万不要以为经营网上业务只是建个网上商店，还需要认真经营，只有经过长期的实践才能摸索出一套经营网上商店的规律。研究者整理出了八大诀窍如下：

（1）起名字要讲究。商品名称应尽可能以简洁的语言概括出商品的特质，力求规范，一看就能大致了解商品的基本信息，而且便于从搜索引擎中找到。推荐使用的商品名称格式是：品牌+商品名+规格+说明。

（2）"好东东"要尽量往前放。做好商品推荐，花工夫盘点商品，让最好卖的东西出现在最前面，让顾客在店里第一眼就看到，商品图片也会给顾客留下第一印象，一幅模模糊糊、色彩杂乱的商品图片会给人非常不好的感觉。

（3）合理的价格定位。"网店"目前不需要交房租和物业税，所以只要能有好的货源，就是一本万利。因此，价格要多参考其他同行，能便宜则尽量便宜，这样才能吸引和建立自己的客户群。

（4）店面主题明确，商品种类尽量丰富。试想如果一个店里只有几样商品，顾客会再次光顾吗？但如果店里的商品琳琅满目呢？

（5）尽量详细且诚实地说明产品。对产品的说明不仅仅只是说明，它还体现了"店家"对买家的尊重以及对自己产品的尊重。详细的说明可以增加买家对店家的信任感。

（6）不要忽视广告和宣传。最省钱的宣传方式就是在各个网络论坛中的发言，尤其是对精华帖中的"沙发"作回复将对宣传商品很有益处。

（7）与买家保持良好的联系。网络交易，不管是初期的信息沟通还是收款寄货，都应在第一时间通知对方，切忌拖拉，不要考验买家的耐心。即时的反应会让买家觉得卖家很有诚意，对成交也有很大的帮助。

（8）维护好客户群。对于曾经购买过商品的顾客，可以定期进行回访，比如：在发货后不久就可询问顾客是否收到；半个月后询问顾客是否满意等。让顾客觉得卖家重视他们，这样可以培养卖家忠实的客户群。

【体验实验】

（1）写一篇调研报告，阐述当前网络中的交易平台主要有哪些？它们在实名认证方面有哪些相异点？

（2）如果你是店老板，想开一个什么样的主题"网店"？将如何实施你的经营理念？

【归纳】

"网上开店"即在因特网上开个店铺，是通过因特网及其技术进行的商务活动，涵盖一般商务活动的全过程。除了交易、支付外，要想把网店经营红火，还需进行广告、服务等活动。网店是以网络为平台、以现代信息技术为手段、以经济效益为中心的现代化商业运转模式，其实质是实现网络技术与传统资源的有效结合，其最终目标是实现商务活动的网络化、自动化与智能化，代表着未来贸易方式的发展方向。

随着模式的进化，"网上开店"基本上把传统方式中的业务主体都包括进来，如企业、银行、税务部门、警察、消费者等，甚至政府机构。目前，发展出 B2B 模式、B2C 模式，以及 C2C 模式等，它们分别是企业与企业（business-to-business）、企业与消费者（business-to-customer），以及消费者与消费者（customer-to-customer）的简称。

根据是否需要"店家"自己进行技术维护，"网店"主要分为两种形式。一种是自立门户，自己架设专门的商务网站作为销售平台，自己进货，而且从网站的搭建、维护、更新、广告宣传、销售、售后服务都要自己参与，投入相应的人力物力。其优点是网站的设计可以体现出商家的个性，更易吸引顾客，而且可以自己设立网站论坛，及时收到买家的反馈，但投入的成本、精力和时间也相应较多。另一种是"网上加盟",利用其他网站提供的平台作为网站平台来销售自己的商品,如现在比较流行的亚马逊、易趣、淘宝等网站就为人们提供销售的平台。网上加盟的缺点是:"店面"的外观比较单一,缺乏个性;优点是省去设计网站的时间和节省网站的维护成本,大型网站的知名度也有助于增加自己店铺的点击率,省去宣传费用。

5.3 Visual Basic 调用数据库

【案例 5-3】控件调用数据库

【案例环境】

【任务及步骤】

1. 设置 Adodc 控件

在所用的用于数据库和数据绑定控件之间传输数据的数据控件中,Adodc 控件非常具有代表性。

Adodc 控件属于 Active 控件,不在 Visual Basic 标准工具箱面板中出现,使用前需要另外添加,以便在具体的编程环境中使用。添加该控件的一般步骤是选择"工程"|"部件"命令,打开"部件"对话框,选定所需要的控件并单击"确定"按钮,即实现添加到工具箱,如图 5-59 所示。

Adodc 控件在工具箱中以 ⊞ 的样子显示,选中并添加到窗体中的样子显示为 ◄◄ ◄ Adodc1 ► ►► ,其中 Adodc1 是该控件的默认名。Adodc 控件的属性面板如图 5-60 所示,程序设计者根据具体需要可以进行修改。

图 5-59 引用 Active 控件

图 5-60 Adodc 控件属性面板

Adodc 控件作为数据控件,需做相应的设置。如选择数据源连接方式、选择数据库类型、指定数据库文件和指定记录源等。

(1)选择数据源连接方式。右击 Adodc 数据控件,在弹出菜单中选择"Adodc 属性"命令,打开控件"属性页"对话框,如图 5-61 所示。数据源连接有三种不同的方式,本例使用的方式是"使用连接字符串"。连接字符串包含了 Adodc 控件，用于与数据库文件建立联系的相关信息。

（2）选择数据库的类型。单击图 5-61 所示中的"生成"按钮，打开数据连接属性窗口，如图 5-62 所示。OLE DB 提供者决定了将使用的数据库类型，数据提供者可看成某种类型数据库的驱动程序。连接 Access 2000 或者 Excel 2000 及更高版本的数据源文件时，需要选择 Microsoft Jet 4.0 OLE DB Provider 选项。

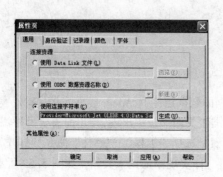

图 5-61　Adodc 控件属性页

图 5-62　数据资源连接属性窗口

（3）指定数据库文件名。在选择了 OLE DB 提供者后，单击"下一步"按钮或选择"连接"面板，进入如图 5-63 所示的对话框，指定"数据库文件名"。为了保证连接有效，可单击右下角的"测试连接"按钮，如果测试成功则关闭该对话框。

注意：如果所设计的窗体文件与数据库文件在同一个文件夹内，则把上述连接的数据库名的路径删除，只保留数据库文件名，形成相对路径。这样，当程序和数据库文件放置在任何一个文件夹时，都能正确连接该数据库。

（4）指定记录源。

① 切换到 Adodc 属性页的"记录源"选项卡，弹出记录源的"属性页"对话框，如图 5-64 所示。

图 5-63　指定连接的数据源及测试

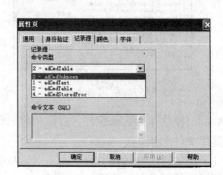

图 5-64　设置 Adodc 控件连接数据库的命令类型

② 在"命令类型"下拉列表框中选择用于获取记录源的命令类型,具体选择哪一类型需要根据具体数据源和相应的数据绑定控件情况而定。

2. 设置 DataGrid 控件

DataGrid 控件是数据绑定控件的一种,可以与 Adodc 数据控件配合使用,它与 MSHFlexGrid、DataList 和数据组合框 DataCombo 都属于复杂数据控件。从外部的部件添加到工具箱后的样子是 ，添加到窗体后的显示如图 5-65 所示。

(1)右击 DataGrid 数据绑定控件,在弹出菜单中的选择"属性"命令,打开控件"属性页"对话框,如图 5-66 所示。

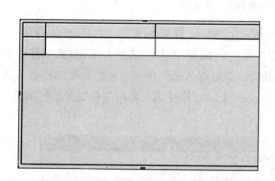

图 5-65 DataGrid 显示在窗体中

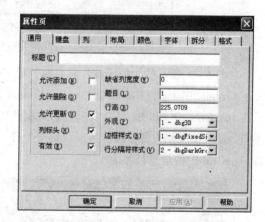

图 5-66 DataGrid 控件的属性页

(2)在属性页的"通用"选项卡中,除了可以设置该控件的标题外,还可以选定是否允许添加、是否允许删除、是否允许更新,以及列标头等复选框。

3. 具体实现

本例中将从 Excel 工作表中读取运动员的相关信息,并为每一位运动员生成一张证书并打印出来。Microsoft Excel 工作表中的行和列与数据库中的行和列非常相似。本程序之所以采用 Excel 工作簿作为保存数据的主要原因是大多数的用户都是能够熟练使用,而且其他的数据库软件,如 Microsoft Access、Microsoft SQL Server 等的数据库文件可以方便地导出 Excel 文件格式。但是,需要注意的是,Excel 不是关系型的数据库系统,并认识到这一事实所带来的限制。在许多情况下都可以利用 Excel 及其工具来存储和分析数据。如图 5-67 所示,Excel 工作簿的文件名为 "zhiyuanzhexinxi.xls",其中的工作表 Info 保存了所有运动员的相关信息,包括编号、姓名、院系、专业、项目、参赛的时间、地点和身份证号等。

Info 表的第一行是表头,从第二行起是一个运动员的一项具体的报名参赛项目。通过 "身份证号"列排序后,使得同一个运动员的各项信息是连续的。程序将把同一个运动员的各项信息打印输出到一张证书上。另外,在程序所在的文件夹中有一个文件夹"PIC",其中包含每一位运动员的照片,格式为 JPG,文件名是该运动员的身份证号,程序将把该照片图像加载并打印。

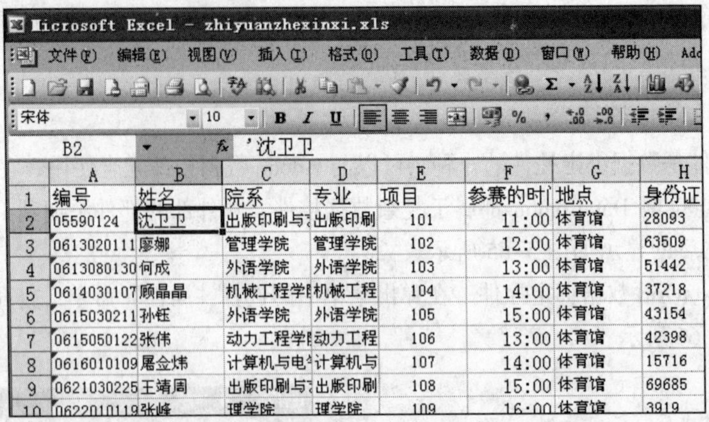

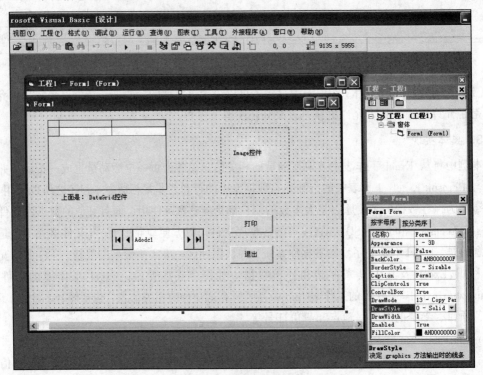

图 5-67 作为数据文件的 Excel 文件

在图 5-68 所示的为程序设计时界面，程序包括一个 Adodc 数据控件、一个 DataGrid 控件、一个 CommonDialog 控件、两个 CommandButton 控件和一个 Image 控件。其中，Adodc 数据控件用于在 DataGrid 控件和 Excel 文件间传递数据；DataGrid 控件将 Adodc 传递过来的数据绑定显示给用户，以及接受用户的修改传递回 Adodc 控件。CommonDialog 控件用于调用用户安装的打印机，将 DataGrid 中的信息打印输出。

图 5-68 程序设计时界面

因为本程序的目的是打印运动员证，所以没有提供其他更丰富的功能。Excel 非常简洁易用，地的操作，如添加记录，复制记录，删除记录，指定图片文件等，可以通过 Excel 和 Windows 资管理器来完成。

当单击"打印"按钮后，弹出如图 5-69 所示的对话框，从中用户可以选择打印机并指定相应的打印的参数，然后单击"打印"按钮，即可在所选择的打印机上输出运动员证。如图 5-70 所示的是一个打印出的样例。

图 5-69　选择打印机的界面

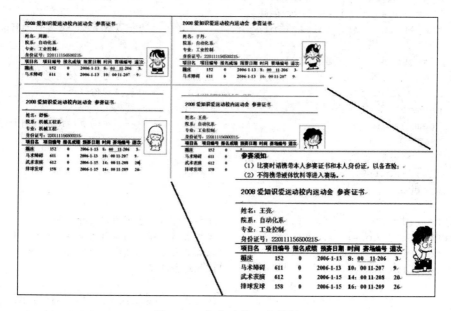

图 5-70　打印出的一个样例

为了提高纸张的利用率，每张 A4 打印纸上输出 4 名运动员的参赛项目信息。中间"十"字形的虚线是剪切线。实现方法为：

① 使用 Adodc 数据控件调用 Excel 文件中的数据。

参照上面提到设置 Adodc 控件的连接属性，需要注意的是：

a. 在 Adodc 控件的"属性页"对话框中"提供程序"选项卡上，须选择 Jet 4.0；Jet3.51 提供程序不支持 Jet ISAM 驱动程序。如果指定了 Jet 3.51 提供程序，在运行时会出现错误信息：Couldn't find installable ISAM。

b. 在 Adodc 控件的属性页"连接"选项卡上，浏览到您的工作簿文件。忽略"用户 ID"和"密码"选项，因为这些不适合用于 Excel 连接（无法打开受密码保护的 Excel 文件作为数据源）。

　　c. 在 Adodc 控件的属性页"全部"选项卡上，从列表中选择扩展属性，然后选中编辑值，输入 "Excel 8.0;"，用分号（；）将其与任何其他已有的项分隔。如果忽略此步骤，测试连接时将出现一条错误信息。因为如果不另行指定，Jet 提供程序期望的是 Microsoft Access 数据库，而不是 Excel 文件。

　　② 每一个运动员以其"身份证号"作为关键字在 Excel 文件"zhiyuanzhexinxi.xls"中排序显示。Adodc 控件负责与"zhiyuanzhexinxi.xls"相连，DataGrid 控件用来显示 Adodc 控件提供的数据。CommonDialog 控件调用系统"打印"对话框，它需要在外部控件加载 Microsoft Common Dialog Control6.0（sp3）。

　　③ 运动员证的打印需要用到 Printer 内部对象，图片、线条和文字都是通过 Printer 对象的绘图方法实现的。

　　④ "打印"按钮和"退出"按钮的 Click 事件过程的代码编写如下：

```
Private Sub Command1_Click()
Dim pagewidth As Single, pageheight As Single    '纸张的宽度和高度
Dim X As Single, Y As Single                     '打印位置的坐标
Dim i As Integer, j As Integer
Dim row As Integer, col As Integer               '一页纸上4个参赛证的行和列(2行
                                                  2列)
Dim offsetx As Single, offsety As Single         '偏移量
Dim isNew As Boolean                             '是否为下一位运动员
Dim strID As String                              '表征身份证号
Dim pageno  As Integer                           '页码
Dim item As Integer                              '一个运动员的比赛项目计数

row=0: col=-1
offsetx=0: offsety=0
isNew=True

cd.ShowPrinter                                   '显示打印对话框，用户选择打印机
Printer.ScaleMode=vbMillimeters                  '设置当前打印机的坐标系统，以mm为单位
Printer.Orientation=2                            '设置页面方向为横向
Printer.DrawWidth=3                              '设置线条宽度

                                                 'Printer对象Width和Height属性的单位为
                                                  前提，与ScaleMode属性的设置无关

pagewidth=Printer.Width/2/56.7                   '一个证的宽，转换为mm
pageheight=Printer.Height/2/56.7                 '一个证的高，转换为mm

                                                 '打印"十"字剪切线
Printer.DrawStyle=vbDash                         '设置线型为虚线
Printer.Line (0,pageheight)-(pagewidth*2,pageheight)
Printer.Line (pagewidth,0)-(pagewidth,pageheight*2)
Printer.DrawStyle=vbSolid                        '将线型恢复为实线

Printer.CurrentX=0
Printer.CurrentY=0
```

```
datinfo.Recordset.MoveFirst                         '移到记录集的首记录
Do While Not datinfo.Recordset.EOF                  '循环，判断是否到末记录
    If strID<>datinfo.Recordset.Fields("身份证号").Value Then
                                                    '使用身份证字段判
                                                     断是否为同一运动员

        isNew=True
    Else
        isNew=False
    End If
    If isNew Then                                   '如果为另一运动员，打印下一张证
        If col=1 Then
            col=0                                   '打印第二行
            row=row+1
        Else
            col=col+1
        End If

        If row=2 Then                               '打印新的一页
          row=0: col=0
          Printer.NewPage

                                                    '打印"十"字剪切线
          Printer.DrawStyle=vbDash
          Printer.Line(0,pageheight)-(pagewidth*2,pageheight)
          Printer.Line(pagewidth,0)-(pagewidth,pageheight*2)
          Printer.DrawStyle=vbSolid
        End If

    offsetx=col*pagewidth                           '根据不同的行列计算出左上角的坐标
    offsety=row*pageheight


                                                    '打印标题
    Printer.Font.Name="黑体"
    Printer.Font.Size=15
    Printer.CurrentX=offsetx+20
    Printer.CurrentY=offsety+5

    Printer.Print "2008爱知识爱运动校内运动会 参赛证书"

                                                    '打印证的列表头

    Printer.Font.Size=10
    Printer.CurrentX=offsetx+10
    Printer.CurrentY=offsety+37
    Printer.Print "项目名  项目编号 报名成绩 预赛日期 时间  赛场编号  道次号"

                                                    '打印参赛须知
    Printer.CurrentX=offsetx+10
    Printer.CurrentY=offsety+85
    Printer.Print"参赛须知"
```

```
        Printer.Font.Name="宋体"
        Printer.Font.Size=10
        Printer.CurrentX=offsetx+10
        Printer.CurrentY=offsety+90

        Printer.Print"（1）比赛时请携带本参赛证书和本人身份证,以备查验;"
        Printer.CurrentX=offsetx+10
        Printer.Print"（2）不得携带液体饮料、反民族标语等进入赛场."

                                '打印同一个证上5条横向分隔线
        Printer.Line (offsetx + 5,offsety + 12)-(offsetx + pagewidth - 5,offsety
+12)
        Printer.Line (offsetx+5,offsety+35)-(offsetx+110,offsety+35)
        Printer.Line (offsetx+5,offsety+42)-(offsetx+110,offsety+42)
        Printer.Line (offsetx+5,offsety + 85)-(offsetx + pagewidth - 5,offsety
+85)

                                '打印姓名等信息
        Printer.Font.Name = "华文楷体"

        Printer.CurrentX=offsetx+15
        Printer.CurrentY=offsety+15
        Printer.Print"姓名: "&datinfo.Recordset.Fields("姓名").Value
        Printer.CurrentX=offsetx+15
        Printer.CurrentY=offsety+20
        Printer.Print"院系: "&datinfo.Recordset.Fields("院系").Value
        Printer.CurrentX=offsetx+15
        Printer.CurrentY=offsety+25
        Printer.Print"专业: "&datinfo.Recordset.Fields("专业").Value
        Printer.CurrentX=offsetx+15
        Printer.CurrentY=offsety+30
        Printer.Print"身份证号: "&datinfo.Recordset.Fields("身份证号").Value

                                '打印照片
        Printer.PaintPicture  LoadPicture(App.Path  &"\pic\"& Trim(datinfo.
Recordset.Fields("身份证号").Value)&".jpg"),offsetx+115,offsety+20,27,35
        item=0
    Else
        item=item+1
    End If

                                '打印具体项目

    Printer.Font.Name="宋体"
    Printer.Font.Size=10

    Printer.CurrentX=offsetx+10
    Printer.CurrentY=offsety+45+5*item
```

```
Printer.Print datinfo.Recordset.Fields("项目").Value
Printer.CurrentX=offsetx+30
Printer.CurrentY=offsety+45+5*item
Printer.Print datinfo.Recordset.Fields("项目编号").Value
Printer.CurrentX=offsetx+45
Printer.CurrentY=offsety+45+5*item
Printer.Print datinfo.Recordset.Fields("报名成绩").Value
Printer.CurrentX=offsetx+55
Printer.CurrentY=offsety+45+5*item
Printer.Print datinfo.Recordset.Fields("预赛时间").Value
Printer.CurrentX=offsetx+85
Printer.CurrentY=offsety+45+5*item
Printer.Print datinfo.Recordset.Fields("赛场编号").Value
Printer.CurrentX=offsetx+105
Printer.CurrentY=offsety+45+5*item
Printer.Print datinfo.Recordset.Fields("道次号").Value

strID = datinfo.Recordset.Fields("身份证号").Value    '记录上一条记录的身份证
datinfo.Recordset.MoveNext                            '下一记录
Loop
Printer.EndDoc                                        '发送到打印机
End Sub

Private Sub Command2_Click()
Unload Me
End Sub
```

【体验实验】

存储打印准考证

（1）仿照本例，编写程序如何将存储在 Excel 文件中的研究生入学考试信息，及以考生身份证命名的照片文件相结合打印出其准考证。

（2）编写一个程序，将某杂货店一天中各个分类货物的销售量、库存量、畅销货、滞销货等打印出来。

【归纳】

真实的软件项目必须与数据库相联系。如何将数据从数据库文件中读出，以及如何将数据写到数据库文件中是必须掌握的技术。Visual Basic 是通过各种各样的数据控件和数据绑定控件帮助编程者来简化之一复杂的过程，而且这两类控件是配对使用的。

出于安全和效率查询等问题的考虑，基于数据库的软件使用者实际上很少被允许直接面对数据库中的数据，而是通过相应的控件对数据库中数据进行操作。这些控件分工协作，很好地体现了"社会分工"的机制。这些控件中有两类控件作用尤其突出，即数据控件（负责把数据信息以记录集的形式在用户界面中的其他控件与数据库之间传递）和数据绑定控件（负责在数据控件和用户之间传递数据），它们的关系如图 5-71 所示。

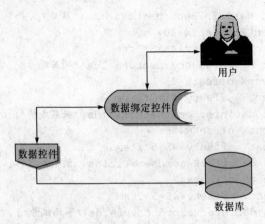

图 5-71　用户、数据绑定控件、数据控件及数据库之间的关系

　　根据不同的数据库性质和情况，程序设计者需要选择不同的数据控件和数据绑定控件，且两者要配合使用。

参 考 文 献

[1] 吴立德. 大学计算机信息科技实验指导[M]. 上海：复旦大学出版社，2007.

[2] 汪燮华. 计算机应用基础教程：2006 版[M]. 上海：华东师范大学出版社，2006.

[3] 汪燮华. 计算机应用基础实验指导：2006 版[M]. 上海：华东师范大学出版社，2006.

[4] 汪燮华. 计算机应用基础学习指导：2006 版[M]. 上海：华东师范大学出版社，2007.

[5] 阳红灵. FrontPage 2003 网页制作篇[M]. 北京：机械工业出版社，2006.

[6] 胡振辽. 大学计算机应用基础[M]. 北京：清华大学出版社，2007.

笔记栏

_____

_____

_____

_____

_____

_____

_____

_____

_____

_____

_____

_____

_____

_____